당신이
행복했으면
좋겠습니다

당신이 행복했으면 좋겠습니다

나는 인생과 행복을 덕질합니다

초 판 1쇄 2024년 12월 11일

지은이 이효명
펴낸이 류종렬

펴낸곳 미다스북스
본부장 임종익
편집장 이다경, 김가영
디자인 임인영, 윤가희
책임진행 이예나, 김요섭, 안채원, 김은진, 장민주

등록 2001년 3월 21일 제2001-000040호
주소 서울시 마포구 양화로 133 서교타워 711호
전화 02) 322-7802~3
팩스 02) 6007-1845
블로그 http://blog.naver.com/midasbooks
전자주소 midasbooks@hanmail.net
페이스북 https://www.facebook.com/midasbooks425
인스타그램 https://www.instagram.com/midasbooks

© 이효명, 미다스북스 2024, *Printed in Korea*.

ISBN 979-11-6910-945-1 03810

값 **19,000원**

미다스북스는 다음세대에게 필요한 지혜와 교양을 생각합니다.

당신이

행복했으면
좋겠습니다

나는 인생과 행복을
덕질합니다

이효명 지음

미다스북스

나이 40이 넘어서 좋아할 수 있는 사람이 생긴 것이 행복하다. 지금 순간이 즐겁고 행복하다. 음악이 주는 에너지로 활력이 넘치는 매일을 살고 있다. 마흔에 연예인을 좋아하면서 오히려 내가 성장했다. 나의 성장 이야기를 독자에게 들려주고 싶어 용기 냈다.

출근하는 남편과 학교로 아이를 보내고 난 후 집안일을 한다. 평상시처럼 출근 준비를 하고 일을 하고 퇴근한다. 저녁 준비하고 먹고 치우고 소파에 앉아 드라마를 보고 씻고 잔다. 쳇바퀴 돌 듯 매일 같은 일상이다. 내가 생각한 삶은 이런 것이 아닌데. 뭔가 극적이고 에너지가 가득 찬 삶을 꿈꿨다. 현실은 내가 누구인지 이름조차 잊은 채 살아가고 있다. 중요한 건 딱히 하고 싶은 일도, 하고자 하는 일도 없다는 것이다. 삶의 의미 자체를 잊어버린 채 세월만 흘려보냈다. 40대 중반으로 접어든 이 시점, 내 삶을 돌이켜보면 결혼 후 삶이 송두리째 날아가 버렸다. 나를 돌볼 여유조차 없었던 순간. 내가 누구였는지 과거 어떤 삶을 살았는지에 대한 생각도 나지 않는다.

결혼하고 엄마가 된다는 것에 큰 희생이 따르는지 미처 몰랐다. 경력이 단절되면서 나는 사회에서 쓸모없는 사람이 되어 버렸다. 소소하게 일은 계속했지만 만족스럽지 못했다. 항상 외부적인 한계에 부딪혔다. 일이 풀리려 할 때면 외부적인 상황이 또 발목을 잡았다. 우울한 날의 연속이었다. 끝이 없는 동굴 속으로 들어만 가는 느낌이었다. 의지할 사람도 주변에 없었다. 친정엄마는 힘들어 하는 딸을 보며 속상해하셨다. 친구들은 모두 행복하게 잘 사는 듯 보였다. 혼자서 해결되지도 않을 고민을 끙끙거리며 간직했다. 겉으로는 아무렇지도 않은 척하니 마음에는 병이 나기 시작했다. 현재의 외로움과 막연한 미래에 대한 불안감 때문에 매일 밤, 술 한 잔에 의지하며 지냈다. 자연스레 건강에는 적신호가 왔지만 적신호는 겉으로 드러났을 때만 알아차릴 수 있는 법이다. 빨간불이 켜졌을 땐 이미 늦을 수도 있다.

가장 힘들고 우울해 잠들지 못했던 어느 날, 노래 한 곡이 힘듦을 송두리째 바꿔 버렸다. 싯다르타가 고행의 끝에 부처를 만나 자신을 돌보지 않고는 열반에 이를 수 없다는 것을 알았던 그 순간처럼 말이다. 그 노래 한 곡이 나에게는 빛이 되었다. 주변 사람들이 변화된 내 모습을 보고 놀라기 시작했다. "종교적인 체험을 한 것이 아닌지, 새로운 사람을 보는 듯, 예전에 알았던 내가 아니다."라며 하나같이 입을 모아 말했다. 나 자신조차 변화된 내 모습이 어색할 때가 있다. 바로 그 밤, 그 노래 한 곡으로 인해 맘속의 희나리 같던 열정이 다시 불타기 시작했다. 지금까지 혼자 삭혀왔던 마음고생을 한 번에 보상받은 것처럼. 그날 내가 들었던 노래 한 곡의 위로는 무료하고 의미 없었던 나의 인생에서 너무나도 큰 선물이었다.

감정도 메말라 더 이상 눈에선 눈물이 나오지 않았다. 그날은 노래와 함께 눈에서 눈물이 흐르는 대로 두었다. 실컷 울고 나니 가슴이 뻥 뚫렸다. 아침이 가까워 오는 시간이 다 되어 잠이 들었다. 평상시보다 수면시간이 부족했지만 개운하게 다음 날 눈이 일찍 떠졌다. 창문 밖에서 들리는 새소리, 바람에 흔들리는 나뭇가지, 유달리 파랗고 청명한 하늘, 모든 것들이 새로웠다. 지금까지와는 다른 아침이었다. 다시 노래를 검색해 크게 들었다. 지난밤처럼 눈물은 나지 않았지만 목소리가 주는 울림과 감동은 가슴 깊이 파고들었다. 그때부터 시작된 짝사랑, 흔히 덕질이라는 것이 시작되었다. 지금까지 내가 하는 모든 일에 그 덕질이 동기가 되고 목표가 되었다.

가수는 누구며 어떤 노래들을 불렀는지 탐색전에 들어갔다. 나보다 나이가 어린 가수였지만 인생에서 배울 점이 많았다. 그의 성공 뒤에는 많은 노력들이 있었고 가슴 아픈 과거사까지 서사가 많은 가수였다. 사람들이 왜 그를 좋아하는지 알게 되었다. 모든 장르의 노래를 다 소화하기 위해 얼마나 많은 노력을 기울였는지 모든 기록들을 유튜브 영상에 담아 놓았다. 그의 음악 자취들을 하나씩 영상으로 보면서 지금까지 상황과 환경만 탓하며 스스로 변화를 시도하지 않고 원망만 했었던 나 자신을 돌이켜봤다. 결혼 생활이 남편과 주변 환경에 의해 힘든 거라고 생각했다. 사실은 모든 원인은 나에게 있었던 것이다. 나를 소중하게 여기지 못했다. 과거는 바꿀 수가 없다. 지금부터 앞으로의 인생을 위해 한 걸음씩 나아가자. 더 이상 인생에 시간을 헛되게 보내기 싫었다. 움츠렸던 몸을 움직이기 시작했다.

　내가 좋아하는 것이 무엇인지, 내가 진정으로 하고자 하는 것이 무엇인지 내 안의 목소리에 집중하기 시작했다. 40대의 덕질은 사춘기 철없던 시절의 것과 다르게 하고 싶었다. 건강, 행복 이 두 가지를 항상 강조하는 가수의 조언에 따라 건강 실천을 위해 금주를 선언하고 다이어트를 결심했다. 생각해 보니 결혼 후 쇼핑도 거의 하지 않았다. 입고 싶은 옷도 맞는 옷도 없었기 때문이었다. 다이어트를 성공하고 유지하는 기간에는 운동이 필요했다. 걷기부터 시작해 마라톤까지 이어 갔다. 마라톤 대회를 준비하면서 새벽에 일어나 뛰기 시작했다. 모두 잠든 그 시간에도 누군가는 분주하게 움직이고 있었다. 내가 자고 있던 순간에도 세상은 열심히 돌아가고 있었다. 그 사실을 알게 되니 하루 24시간 모든 시간들이 소중했다. 지금은 모든 순간순간이 소중하다.

　코로나 예방 주사를 맞고 한차례 죽을 고비를 넘겼다. 죽음이 막상 앞에 오니 역설적으로 더 살고 싶어졌다. 죽음 앞에서 다짐했다. 삶에서 후회하는 순간을 만들지 말아야겠다고. 매일 찾아오는 오늘과 지금 이 순간들을 아끼게 되었다. 더 이상 남은 인생을 허비하지 않겠다고 생각했다. 미래의 버킷리스트들 중 실현 가능한 것부터 실천해 가려고 노력한다. 지금 할 수 있는 것에 집중하며 하나씩 시도했고 실천해 나가고 있는 중이다.

궁금한 것이 많았다. 어쩌면 철학적인 질문일 수도 있다. 사람이 어떻게 태어나고 죽으면 어디로 가는지, 인연과 전생은 있는지에 대한 질문에 해답을 찾아가려고 했다. 이 질문에 대한 해답들도 과학 덕후인 가수 덕분에 답을 찾아가고 있는 중이다. 그는 팬들을 항상 별이라고 생각한다. 별 하나하나인 팬들을 모두 품을 수 있는 우주 같은 사람이 되겠다고 말한다. 칼 세이건의 『코스모스』에는 늘 궁금해했던 모든 질문의 대답이 있었다. 과학에 눈을 뜨게 되었다. 평생 문과생으로 살아온 내 인생에 과학이 들어오면서 삶이 풍성해졌다. 사물을 보는 시각도 달라졌다. 『종의 기원』, 『이기적 유전자』 등 물리학과 생물학 책들을 읽으면서 인문학과 과학을 연결하여 인간존재에 대한 질문들에 대한 답을 찾아가고 있다. 하나씩 지식들을 깨달을 때마다 사람과 세상에 대한 두려움이 없어지는 것을 느꼈다. 우리 모두는 하나로 연결된 우주라는 사실을 알게 되니 화낼 이유도 다른 사람들의 말에 신경을 쓰고 기분 나빠할 이유도 없었다. 이 광대한 우주 속 창백한 푸른 점 위에 모래 알갱이처럼 아주 작은 나의 존재. 나뿐만 아니라 인간은 누구나 다 소중하다는 사실을 다시 한번 더 느낄 수 있었다. 이 생각을 가지고 있으니 같은 마음을 가진 사람들에게 두려움 없이 다가가 스스럼없이 소통할 수 있는 힘을 얻었다.

나이가 들면 설레는 순간이 줄어든다고 한다. 더 이상 설레는 일이 없다고 말하는 사람도 있다. 덕질을 시작하면서 달라진 요즘이다. 매일이 설렘이다. 오늘은 또 무슨 일이 일어날까? 어떤 인연을 만날까? 앞으로의 인생이 기대되고 재미있어졌다. 나의 미래를 생각하면 벌써 웃음이 난다. 이 책이 출간되고 나면 또 어떤 일들이 펼쳐질지 궁금해진다. 뭔가를 할 수 있게 하는 용기를 주고 함께 하는 사람들이 옆에서 힘이 되어 주고, 스스로에게도 자신감이 충만해지고 있는 지금이다. 실패도 더 이상 두렵지 않다. 실패는 언젠가는 극복되는 것이기 때문이다. 이것이 끝인 줄 알았던 시련도 경험이 되어 나를 더 단단하게 만들어 줬다. 앞으로도 그럴 것이다. 건강과 행복, 몸의 근력과 마음 근력을 함께 키우면서 외면과 내면이 단단해진 내가 되었다. 40대 중반으로 접어들어 가는 나의 인생에서 인간 이효명이 HERO로 새로운 일상을 살아가고 있다.

이 책은 임영웅의 팬이 된 한 40대의 평범한 주부의 이야기다. 자식을 위해 가족을 위해 자신의 누구인지 잊어버린 채 누구의 엄마, 아내, 며느리로 살아가고 있는 40대 엄마의 자아 찾기 이야기다. 특히 일상에서 삶에 지쳐 자신을 잃어가고 있는 주부, 건강과 행복과 에너지가 필요한 사람, 소녀시대의 감정적인 풍요로움을 느끼기를 원하는 사람, 스트레스를 줄이고 싶은 사람, 나와 공통점이 많은 사람들을 만나 공감대를 형성하고 싶은 사람들을 위해 책을 썼다. 삶의 의미를 잊고 방황하는 주부들이 있다면 덕질이라는 동기 하나로 인해 용기를 얻고 세상 밖으로 다시 향해 다가가고 있는 나의 이야기로 용기를 얻길 바란다.

결혼은 제 2의
인생 시작

제 1 장

■ 1

결혼생활은
나를 내려놓는 일

평화를 찾기 위해 균열과 부서짐의 과정은 생긴다. 100프로는 없다. 80프로 정도만 궁합이 좋아도 성공이란다. 나와 신랑의 궁합 점수는 100점 만점에 절반 이하였다. 여자가 손해를 보고 희생을 많이 해야 한다는 것, 각오를 하고 결혼을 결정해야 잘한다고 했다. 내 눈에 흙이 들어갈 때까지 이 결혼은 절대 안 된다며 말리는 사람도 없었다. 당시 남자친구였던 남편의 동생이 형을 앞질러 먼저 결혼을 했다. 37살의 노총각이었던 남자친구는 나를 보자마자 놓치지 말아야겠다는 마음이 절실했다고 한다. 5살 나이차이, 나도 결혼에 여유를 둘 나이는 아니었다. 양쪽 집안에서는 서두르기를 바라는 눈치였다. 사람은 사계절을 만나 봐야 했다. 직장이 서울인 남자친구와 대구에 있었던 나는 1년 장거리 연애를 마치고 결혼식을 올렸다.

최고의 시간이었고 최악의 시간이었다. 지혜의 시간이었고 어리석음의 시간이었다. 믿음의 시간이었고 불신의 시간이었다. 찰스 디킨스의 『두 도시 이야기』 책의 서문을 읽자마자 결혼생활이 떠올랐다. 신혼의 환상들이 하나둘 부서졌다. 나를 진짜 사랑해서 결혼한 건지 의심이 들었다. 남편을 따라 연고지를 옮겼다. 주말 부부도 생각했다. 남편은 지금까지 혼자 살아왔는데 결혼까지 했으면 함께 살자고 했다. 재계약이 확정이었던 직장생활을 포기했다. 서울에 연고를 옮겨 신혼살림을 시작했다. 나의 삶은 송두리째 변했다. 공간도, 하던 일도 정리하니 할 일이 없었다. 남편의 삶은 그대로였다. 오히려 더 풍족해졌다. 빨래와 다림질, 그리고 더 이상 외식 메뉴를 선택하지 않아도 되었다. 설거지에서도 해방되었다. 퇴근하고 집으로 돌아오면 씻고 가만히 앉아 쉬기만 했다. 모든 집안일은 나의 몫이 되었다. 일을 안 하고 있으니 집안일은 당연히 내 몫인가 생각했다. 잘못됨을 느꼈다. 집안일을 나눠하려 할 때마다 계속되는 남편의 야근으로 흐지부지되었다.

명동, 경복궁, 양재천, 가로수길 등 서울의 명소들을 가 보고 싶었다. 연애할 때는 차 타고 경주, 청도, 안면도 등 가 보고 싶은 곳으로 언제든지 떠났다. 장거리 운전을 해도 피곤한 기색이 없었다. 결혼 후 달라졌다. 남편은 주말마다 소파에 앉아 다운받은 영화를 보기 시작했다. 영화 한 편에 두 시간, 또 끝나면 다른 영화 시작, 또 두 시간, 그러면 하루가 끝난다. 주말이 훌쩍 끝나버린다. 연애 때 도파민을 과도하게 쏟아 냈나 보다. 결혼 후 더 이상 쓸 호르몬이 없는 것인가. 신혼의 소소한 추억들을 만들고 싶었다. 남편의 일상은 늘 한결같았다. 차려 주는 밥을 먹고 영화를 보고 게임을 했다. 나는 이미 그에게 잡혀진 물고기처럼 어항 속에 갇혀 있었다.

결혼 후 남편은 효자가 되었다. 일주일에 두 번씩 시부모님께 전화를 하도록 했다. 평소 할 말 있을 때만 전화를 걸고 용건만 간단히 하는 나는 적응이 되지 않았다. 왜 전화하는 횟수까지 정해야 하는지. 숙제 체크하는 학원 선생님처럼 주말마다 그는 "엄마한테 전화했어?"를 반복했다. 전화를 몇 번 하는지 사소한 문제도 싸움이 되었다. 시부모님과의 전화가 부담되지는 않았다. 서로의 안부를 묻는 전화에 그저 "네."라고 대답을 할 수밖에 없었다. 나의 대화는 거의 정해져 있다. 그렇게 통화가 끝나고 나면 꼭 싸움이 일어났다. "왜 그렇게 성의 없게 전화를 받느냐, 할 말이 그것밖에 없냐."는 등 그 순간이 싫어 전화가 오면 한숨부터 나왔다.

먼저 결혼한 남편의 동생에게 아이도 먼저 생겼다. 친조카 돌잔치에 초대를 받았다. 돌 반지를 해 주려 금 시세를 체크하고 있었다. 남편은 갑자기 현금 100만 원을 주자고 했다. 당시 형편이 여유롭지 않았다. 여윳돈이 없었다. 마음 같아서는 100만 원, 선뜻 주고 싶지만 그럴 수 없었다. 남편은 동생이 결혼할 때 아무것도 못 해줬다며 지금이라도 형 노릇을 하고 싶다고 했다. 그 형 노릇을 왜 이제야 하는 건지 이해가 되지 않았다. 안 된다고 하는 나와 생활비를 아껴서라도 돈으로 돌잔치에서 마음을 보여 주자는 남편과의 의견 차이로 인해 첫 번째 부부싸움이 일어났다.

신혼집을 장만할 때도 은행 도움을 절반 이상 받았다. 열심히 둘이 벌어 아껴서 살면 금방 갚아 나갈 수 있을 듯했다. 돈이 없어도 마음만은 풍족했었다. 서울로 살림을 합치자마자 남편의 회사가 경기 침체라는 이유로 급여를 30프로 삭감했다. 급기야 월급이 열흘 정도 미뤄지기도 했고 한 달이 늦춰지기도 했다. 마침 내가 회사를 그만두면서 받은 퇴직금과 실업급여를 생활비에 보탰다.

신혼집 대출도 내 이름으로 받았다. 남편은 직장을 옮긴지 얼마 되지 않아 대출을 받을 수 없는 상황이었다. 결혼식은 11월이었지만 서울에 이미 거주하고 있었던 남편의 살던 집 전세 계약이 7월에 만료였다. 신혼집을 미리 계약했다. 식도 올리기 전 신혼부부 전세자금대출 때문에 혼인신고를 먼저 했다. 처음으로 내 이름으로 빚이 생긴 날이었다.

돌잔치 선물 때문에 일어난 첫 부부 싸움은 며칠 동안 지속되었다. 퇴근을 해도 서로 말 걸지 않았다. TV에만 눈이 고정되어 있었다. 돈 이야기가 나올 때마다 못 들은 척, 혼자 방 안으로 들어가 방문과 귀를 닫았다. 남편은 며칠 동안 계속 동생에게 돈을 왜 줘야 하는지 이유를 얘기했지만 그때마다 무시했다. 먼저 손을 내민 사람은 남편이었다.

저녁을 먹은 후 산책을 하자고 그가 제안했다. 마지못해 따라 나갔다. 평상시 같으면 손을 잡고 걸었을 거리였다. 하지만 지금은 냉전 중, 마음의 거리만큼 몸의 거리도 떨어져 있었다. 집 근처 대학 캠퍼스 안은 마지막 벚꽃이 흩날리고 있었다. 떨어지는 꽃잎처럼 남편에 대한 미움도 시간이 지나면서 떨어져 나가는 것 같았다. 그는 살며시 옆으로 와 먼저 손을 잡았다. 남들보다 늦게 결혼을 시작한 만큼 열심히 살아보려 했는데 결과가 좋지 않아 속상하다고 했다. 앞으로 100만 원을 달라고 하면 언제든지 줄 수 있도록 노력하겠다며 이번엔 돌반지로 하자고 양보했다.

그 뒤로 사소한 싸움들이 이어졌다. 공감능력이 부족하고 감정보다 이성을 먼저 생각하는 신랑 때문에 대화가 원만히 이뤄지지 않았다. 정치, 경제 문제도 서로 뜻이 맞지 않아 어긋나는 일이 많았다. 무언가 잘못하면 "힘들었겠다."라는 말 한마디 듣고 싶었는데 그러지 못했다.

생명의 탄생이라는 것을 제외하고는 인생의 모든 순간들은 선택할 수 있다. 결혼은 내 인생에 모험을 건 선택이었다. 대학교 졸업 후 지금의 일을 가지기까지 몇 번의 실패가 있었다. 하지만 결혼은 실패란 것을 하면 안 될 거 같았다. 신중하게 결혼 상대자로 남자친구를 잘 관찰했었다. 잘못 봤나? 1년이 아니라 10년을 만나 봐야 했나? 동거를 좀 해 보고 더 알고 결혼을 했어야 한 건가? 머릿속으로 이 남자와의 결혼에 대한 회의와 의문들이 쌓여 갔다. 나의 사주에 늘 따라다니던 이혼, 줄이 한번 그어지더라도 신혼일 때 헤어지던지 계속 살아가야 할지 선택해야 했다. 당장 모든 것을 그만두고 엄마 품으로 돌아가고 싶었다.

결혼은 나의 선택이었기에 탓할 사람도 없었다. 친정엄마에게 하나부터 열까지 답답한 속내를 전화로 말하기도 했다. 그때마다 예쁘게 키워 시집 보낸 딸이 힘들어하면 속상해했다. 내색하지 못했다. 마음 하나 둘 곳 없었다. 이미 결혼해서 잘 살고 있는 친구들에게 전화해 힘들다고 말하는 것도 어리석은 일이었다. 그제야 희생이라는 말이 와 닿았다. 이런 희생이 몇 번이 더 있을지 미래를 알 수 없었다. 그럼 계속 살아 보자. 나의 선택을 믿어 보자. 내가 택한 결혼, 내가 택한 남자, 후회는 하지 않기로 했다. 이해하고 배려하며 알콩달콩 살아가자고 말이다. 나보다 더 힘든 사람들을 생각했다. 남편은 착하다. 마음도 착하다. 공감은 못 해주지만 착한 남자다. 남편을 사랑으로 바꿀 수 있다고 생각했다.

결혼은 늘 꾸준히 나를 단련시키는 과정이었다. 남편은 전혀 바뀌지 않았다. 늘 한결같은 그 모습 그대로다. 내가 변해 가고 있다. 이해되지 않았던 남편의 모습들이 하나씩 이해되기 시작했다. 이제야 맞춰가려는 노력을 조금씩 하고 있다. 이 사실을 알기까지 강산이 한번 변하고도 남았다. 사람은 절대로 바뀌지 않는다. 특히 남편은 절대로 바꿀 수 없다. 어항 속 갇힌 물고기는 나만이 아니었다. 늘 조용하고 말수가 없는 남편도 갇힌 물고기였다. 어항에 갇힌 두 물고기가 잘 살아가기 위해선 많은 것들이 필요하다. 물의 질, 산소 공급, 사료는 생존을 위해서 필요한 것이다. 하지만 생존보다 어항이라는 제한된 공간에서 조화롭게 잘 살아가기 위해서 소통과 균형이 더 필요했다. 소통과 균형을 잘 맞추기 위해 내가 바뀌는 것을 선택했다. 내가 바뀌기 시작하니 과거 사소한 싸움들이 부질없이 보였다. 한 걸음 더 물러서서 보면 싸울 이유가 없는 것들도 많았다.

서로 사랑하며 살 시간도 부족하다. 결혼 13년이 다 되어 가는 지금 나를 내려놓기 시작한다. 과거 응어리졌던 속상함을 혼자서 삭혀 본다. 그리고 웃어 본다.

나도 중요한 사람이
되고 싶다

잃어 보면 소중함을 알게 된다. 결혼 후 백수로 지내는 동안 출퇴근하며 일했던 시간들이 그리웠다. 그때 나는 중요한 사람이었다. 생계 수단으로 월급을 받기 위해 억지로 일했던 순간조차 소중히 다가왔다. 미국의 철학자 듀이는 인간 본성의 가장 깊은 충동은 중요한 사람이 되고 싶은 욕망이라고 했다. 중요한 사람이 되고 싶었다.

패밀리 레스토랑에서 일한 적이 있다. 바텐더로 서버들이 적어 온 주문표에 써진 대로 음료를 만들었다. 바(bar)에 앉은 손님에게 맥주와 와인을 주며 이야기를 나눴다. 바(bar)로 찾아오는 단골손님이 몇 팀이 있었다. 기억에 남는 팀은 OB아저씨들이었다. 다섯 분 정도 되었는데 항상 오면 OB 맥주만 시킨다. 그 중 한 분은 내가 일하는 모습이 힘들어 보인다며 편한 사무실 일을 추천해 주겠다 했다. 솔깃했지만 활기찬 바텐더의 일이 좋아 거절했다.

또 한 팀은 두 남자, 절친이었다. A는 영어를 유창하게 잘했다. 미국으로 유학을 갈 준비를 하고 있었다. B는 공대생이었다. 어느 날 B가 학교 추천으로 미국에 있는 대학에 유학을 가게 되었다는 소식을 전했다. 축하 메시지를 전했다. 지금까지 바텐더와 손님으로 만난 것도 인연인데 밥 한번 먹자며 약속을 잡았다. A보다 키도 컸고 잘생긴 외모에 마음이 갔다. 어떤 사람인지 알고 싶었다. B의 집에서 미국을 혼자 가는 것보다 결혼을 하고 갔으면 하는 말을 했다고 한다. 헤어질 때쯤 그는 내가 여자로 보이기 시작했다며 고백을 했다. 그가 말하는 "여자로 보인다."는 말, 그 말의 의미가 뭔지 정확히 알지 못했다. 그것이 고백의 말이었는지 시간이 지난 후 알았다. 당시 B의 마음에 대한 확신이 없었던 상태였다. 연애 경험도 부족했다. 미처 그의 숨은 의미를 알아차리지 못했다. 대답 없는 나를 거절이라는 메시지로 알고 홀로 미국으로 정해진 날짜에 출국했다. 한 번 더 확실히 고백을 해 줬더라면 미국으로 함께 갔을까? 예전부터 엄마가 나의 사주를 넣으면 비행기 타고 멀리 떠날 운명이라 했다. 영어 공부를 위해 캐나다 어학연수를 다녀왔을 때도 엄마는 그곳에서 인연을 만나 시집갈 줄 알았다고 했다. 이미 B의 비행기는 떠났다. 어쩌면 내가 여자로 보인다는 말의 의미를 못 알아차렸던 게 지금으로선 다행인걸까. 그때 미국행을 선택했더라면 어떤 미래가 그려졌을까?

그 뒤 계속 시간제 근무로 일을 했다. 어떤 일을 할지 몰라 다양한 직업 경험을 쌓아 갔다. 대학교 때부터 시작한 아르바이트로 여러 곳에서 경험을 쌓았다. 빵집부터 레스토랑, 1등급 호텔 그리고 통신사에서 일했다. 어떤 일을 해도 적성에 맞는 일을 찾지 못해 방황했다.

한 아파트 복지관에서 형편이 어려운 아이들에게 영어를 가르칠 기회가 생겼다. 복지사는 아이들이 학원을 가고 싶어도 돈이 없어 갈 수 없다고 했다. 공부할 의지가 많은 아이들이라며 잘 지도해 달라 부탁했다. 누군가를 가르치는 일은 처음이었다. 레벨이 달라 수업 며칠 전부터 어떤 수업을 할지 고민했다. 학년은 초등학생부터 중학생까지였다. 첫 수업은 망했다. 아이들의 수준을 모르니 준비해 간 수업은 모두 무용지물이 되었다. 무슨 말을 해도 아이들은 알아듣지 못했다. 레벨을 높게 잡았던 것이다. 그 당시 초롱초롱한 아이들의 눈망울이 잊히지 않았다. 복지관 한편 강의실에 나란히 앉아 나만 쳐다보는 아이들, 지식을 얻고자 갈망하는 눈에서 빛이 났다. 결심했다. 누군가에게 도움이 되는 사람이 되고 싶었다. 선생님이 되자고 마음먹었다. 뒤늦게 영어교육 대학원에 원서를 넣고 합격을 했다. 대학원을 다니며 입시학원에서 영어를 가르쳤다. 학원에서 나를 처음 본 아이들은 영어선생님이라고 하니 매번 같은 질문을 했다. "외국 어디 갔다 왔어요?" 대답하지 못했다. 그 질문에 답하고자 돈을 모아 졸업 후 캐나다 어학연수를 떠났다.

한국으로 돌아와 학교에서 일할 기회가 생겼다. 매년 재계약을 해야 했지만 아이들을 가르치는 일은 즐거웠다. 학교라는 곳은 학원과 달리 공무적인 성격이 강했다. 늘어만 가는 업무량과 행정일이 적성에 맞지 않았다. 평생 문서 작성하고 결제 받을 일을 생각하니 앞이 깜깜했다. 교사자격증이 있어 임용시험을 준비 중이었지만 포기했다. 계속했었어도 될 확률은 낮았을 지도 모른다. 아이들을 가르치는 일은 좋았다. 계속 아이들에게 영어를 가르치며 살고 싶었다. 결혼과 동시에 그 일이 사라졌다.

결혼 후 주부가 되었다. 실업급여가 나오니 위로가 되었다. 무료한 3월을 보내고 있던 어느 날, 대학원 지도 교수님께 강사 자리 제안을 받았다. 금요일만 3시간 수업을 부탁하셨다. 지방 대학이지만 대학 강단에 설 수 있다니 이런 기회를 놓치고 싶지 않았다. 빠른 결정을 부탁했다. 집에서 서울역 혹은 수서역까지의 거리도 만만치 않았다. 금요일마다 3시간 수업을 하고 돌아오려면 주말이라 기차표 구하는 것도 힘들었다. 내가 얻는 건 무엇인가 생각해 봤다. 경력이 추가되어 이력서에 한 줄 더 넣을 것이 생긴다. 인연이 인연을 낳아 앞으로 어떤 미래가 펼쳐질지 당시에는 몰랐다. 단순하게 생각하면 기회를 잡아야 하는 것이 맞다. 현실은 육체적으로 힘들고 불가능 할 거라는 생각이 먼저 들었다. 시작을 주저했다. 조금만 더 절실했다면 딱 1년만 참고 해 볼 수도 있었다. 일자리를 거절했다. 걱정이 먼저 앞서 어떤 일에든 용기를 내지 못했다. 지금의 나라면 한번 부딪혀 봤을 것이다.

결혼을 하지 않았다면? 이 남자를 만나지 않았다면? 인생에서 결혼이 이만큼 중요한 갈림길에 서게 될지 몰랐다. 결혼하지 않았다면 대학에서 강의도 하고 더 큰 꿈을 꿀 수도 있을 것이다. 현실은 15평 조그만 신혼집에서 신세 한탄만 하고 있다. 친구들의 카카오 메인 사진, SNS 사진들을 보면 다들 행복한 모습이다. 각자의 커리어를 쌓으며 자신 있게 당당하게 살아간다. 이미 강의를 하고 있는 친구도 있었고 학원을 운영하며 확장도 여러 번 한 채 자리를 잡아 간 친구도 있었다. 부러운 마음만 있을 뿐 그땐 내가 무엇을 어떻게 해야 할지 몰랐다. 작고 초라해져만 갔다.

움직여 보자. 다시 시작하자! 서울과 경기도 교육청 사이트를 방문했다. 구인란을 클릭하고 단기 혹은 장기로 초, 중학교 영어 기간제와 강사 공고를 검색했다. 시간강사, 단기계약직이었지만 마음만 먹으면 다시 일을 시작할 수 있었다. 지금 나에겐 일이 필요했고 해야 했다. 월급은 신랑이 벌어오는 생활비가 있으니 아껴 쓰면 가능했다. 돈이 중요하지는 않았다. 일을 통해 사회에서 나의 역할을 찾고 성과를 내고 싶었다. 주변 사람들에게 멋지게 카톡 메인사진으로 '나 잘 살고 있다.'라며 보여 주고 싶었다.
중학교에서 영어 시간강사로 근무를 시작했다. 다시 일을 하니 숨쉬기가 쉬워졌다. 학교에서 일할 때 늘 마음 한구석이 답답했었다. 쉼을 가지고 나니 여유가 생겼다. 마음 속 답답함도 사라졌다.
인스타의 누군가의 말이 떠올랐다. "굶어 보면 안다. 밥이 하늘인 것을.

일이 없어 놀아 보면 안다. 일터가 낙원인 것을. 불행해지면 안다. 아주 작은 게 행복인 것을." 일이 힘들고 지칠 땐 그만두고 싶은 마음이 간절했다. 막상 일을 하지 않으니 부정적인 생각들로 끝없는 블랙홀에 빠졌다.

한번 놀아 보니 일의 소중함을 알게 되었다. 매일 출퇴근하는 일에서 살아 있음을 느꼈다. 어딜 가면 내 자리가 있고 역할이 있다는 것이 다시 한번 소중한 사람이 된 듯했다. 시간강사로 수업시간에만 근무하면 되는 일이었다. 정규직 선생님보다 일의 부담도 많이 낮았다. 작은 일이었지만 일을 한다는 것 자체가 소중했다. 절실했다. 인정받고 싶고 가치 있는 존재가 되고 싶었다. 사회에서 누군가에게 도움을 주는 사람이 되고 싶었다. 무슨 일을 할 수 있음에 감사했다.

시련 뒤에
좋은 일이 오려나 보다

초등학교 영어 강사가 되었다. 초등학교는 중학교와는 시스템이 달랐다. 선생님들이 각 반에서 수업을 한다. 교무실에 모여 근무하지 않았다. 각 반에 있던 교사들은 쉬는 시간이면 따로 마련된 휴게실에 모여 시간을 보냈다. 영어실에서 근무했던 나는 몇 학년 휴게실에서 쉬는 시간을 보낼지 몰랐다. 영어실과 가까운 6학년 휴게실을 방문하곤 했다. 점심을 먹고 난 후 홀로 영어실에 있으니 따분했다. 근무를 하면서 그들만의 리그에 외톨이 신세였다. 몇몇 선생님들과 친분관계도 유지했지만 형식적이었을 뿐, 친하게 지낼 선생님도 없었다.

집에만 오면 남편은 학교생활이 궁금했는지, 밥은 뭘 먹었는지, 어느 선생님하고 무슨 이야기를 했는지 물어봤다. 그럴 때마다 어디 소속되지 못하고 겉도는 내 모습이 머릿속에 맴돌아 괜히 남편에게 짜증만 났다. 초등학교 강사로 근무하니 가장 좋은 점은 칼퇴근이었다. 성적에 대한 부담도 줄었다. 영어는 성적에 들어가지 않는 만큼 학생들 평가는 가능성 있는 긍정적인 말로 생활기록부에 기록했다.

일이 있다는 것에 만족했다. 주변에서 아이에 대한 질문을 받았다. 언제 가지냐, 소식은 없는지 등 학교에는 이미 임신을 한 선생님도 있었다. 왜 임신이 안 되는 건지 나도 궁금했다. 6학년 선생님들이 결혼하고 1년 동안 아이가 생기지 않으면 산부인과에 가 봐야 한다고 조언했다. 난임에는 원인을 아는 경우가 있지만 원인 미상으로 임신이 안 되는 경우가 더 심각한 거라고 말이다.

예약 자체도 몇 달을 기다려야 하는 유명한 난임 병원에 어렵게 예약을 잡았다. 신랑과 함께 시간을 맞춰 검사를 진행했다. 의사는 언제 임신이 될지 기약이 없다 했다. 자연임신은 희망이 없는지 담담하게 물었다. "한 10년 기다릴 여유가 있으면 시도해 보세요." 의사는 이어 남편에게 문제가 있어 아이 가지는 것 자체가 힘들 수 있다고 했다. 아이가 생기지 않는 이유 중 하나로 어느 정도 예상했다. 신랑은 흔히들 남자 몸에 좋다 하는 음식은 전혀 먹지 않았다. 계란, 굴, 조개류, 두부 등 단백질이 가득한 음식들을 먹지 못한다. 비위도 좋지 않아 냄새가 비린 음식인 순대나 곱창은 집에 포장도 못 해간다. 운동도 하지 않는다. 절대 뛰는 일이 없다. 취미생활은 영화 보기와 오락이었다.

결혼했으니 서로가 아이를 원하면 최소한의 노력은 필요하다. 조심스레 신랑에게 아이를 원하냐 물어봤다. 그는 힘들더라도 아이를 가지자고 말했다. 의사에게 다음 과정이 무엇인지 물어봤다. 인공수정을 일단 해 보고 시험관으로 넘어가자 하셨다. 난임의 시술 과정에서는 어떤 과정이든지 여자가 더 힘들다. 나만 마음먹으면 되었다. 아직 젊으니 아이 욕심이 있었다. 얼마나 힘든 과정이 될지 알지 못하니 시도해 보자 결심했다.

인공수정을 위해 한 달에 한 번 배란일에 맞춰 산부인과를 갔다. 유명한 병원이라 예약을 잡아도 기본 2~3시간을 기다려야 했다. 산부인과 옆에 붙어 있는 난임센터였기 때문에 갈 때마다 갓난아이를 안고 있는 엄마들을 보게 된다. 아이들은 하나같이 모두 예뻤지만 당시 마음의 여유는 없었다. 당장 예쁜 아이 한 명을 데리고 도망치고 싶었다. 절대반지처럼, 나와 신랑을 닮은 아이를 어쩌면 평생 가질 수 없을 거 같았다. 의무적으로 때맞춰 병원을 갔다. 갈 때마다 몇 시간씩 기다렸다. 인공수정을 3번 진행하는 동안 몸뿐만 아니라 실패로 인한 좌절감에 마음의 상처가 더 커졌다.

"시험관으로 넘어가겠습니다. 더 이상은 인공수정은 의미가 없는 거 같아요." 의사가 말하기도 전에 내가 먼저 제안했다. 병원도 난임 전문병원으로 옮겼다. 그곳에선 아이와 함께 있는 엄마들의 모습은 거의 찾아볼 수 없었다. 마음이 오히려 더 편했다. 예약시간에 맞춰 가는 시스템으로 대기시간도 줄었다. 시험관 시작은 준비가 되었다. 신랑과 함께 병원을 방문했다. 인공수정과 달리 할 일이 더 많았다. 호르몬 약을 타오고 배란일에 맞춰 배에 호르몬 주사를 직접 놓았다. 그 영향인지 아랫배는 계속 나오고 몸무게는 시험관 시술을 한번 할 때마다 2~3킬로그램씩 늘었다. 수정란을 만들어 배에 이식하고 온 날은 배가 빵빵해지고 복수가 차는 건 일상다반사라 이온음료를 1리터 넘게 마셔야 했다. 복수가 차는데 왜 이온음료를 더 마시라는지 이해되지 않았다. 호르몬이 내 몸 이곳저곳 과도하게 분비되어 짜증이 나기도 하고 잠이 쏟아지기도 했다. 임신과 비슷한 증상도 있었다. 그때부터 병원 일정이 잡히기 전 날까지, 혹시나 하는 임신 성공의 기대감 때문에 이 모든 증상들이 반갑기만 했다.

병원 방문의 날, 이날만을 손꼽아 달력에 표시해 놓고 기다린다. 피를 뽑아 수치를 검사해 임신 가능성 여부를 판단한다. 기다리는 30분 정도의 시간이 한 달 같이 느껴진다. 모든 시술 과정들이 주마등처럼 흘러 지나간다. 곧이어 의사 선생님이 다음 2차시 시험관 일정을 바로 진행할 건지 쉬었다 할 건지 물어본다. 그 순간이 시험관에서 제일 힘들다. 임신이 성공하지 않았다는 의미다. 다시 일정을 잡고 약을 타고 주사 놓기를 반복해야 한다. 몸의 후유증도 컸다. 회복한다고 좋은 음식을 먹고 다시 연달아 두 번째 시술을 반복했다.

연이은 시험관 일정으로 인해 몸에서 기운이 빠져나갔다. 수업하는 도중 갑자기 몸에서 한기가 느껴졌다. 발끝부터 한기가 타고 올라왔다. 내 앞의 모든 것이 흔들리는 것을 느꼈다. 칠판 분필 받이를 부여잡고 겨우 설수 있었다. 원어민 선생님께 수업을 넘긴 후 난간을 붙잡고 겨우 계단을 내려가 아래층에 있는 보건실로 향했다. 온몸의 열기가 빠져나가 몸이 차가워졌다. 보건실 문을 열자마자 선생님은 급히 침대 전기장판에 불을 켜 주었다. 최고 온도로 설정을 맞춰줬다. 몸에서 온기가 돌아오는 것을 느꼈다. 이대로 계속 시술을 하는 것이 맞을지, 몸에 무리는 가지 않을지 걱정되었다. 그래도 삼세판이라는 마음에 조금 쉬었다 늦은 가을 세 번째 시술을 진행했다. 이번엔 마음을 편하게 가지리라.

시술을 하고 일주일쯤 뒤 피가 맺히기 시작했다. 이번에도 실패구나 포기했다. 혹시나 하는 마음에 병원에 전화를 했다. 상황을 설명하니 그래도 검사는 하러 오라고 했다. 약속된 날짜에 임신 성공여부를 확인하는 피 검사를 진행했다. 수치가 '0'이 되어야 하는데 80이 나왔다. 3일 뒤 수치를 검사해 높으면 임신, 낮으면 유산 혹은 흘러내린 것이다. 3일이 어떻게 지나갔는지도 모르겠다. 침대에 누워 기대 반 걱정 반, 시간이 가기만을 바랐다. 지난 실패로 인해 기대감을 낮췄다. 수치를 확인하니 300, 그다음은 750으로 숫자는 계속 올라갔다. 유산방지 주사를 맞고 침대에 누워있는 시간이 늘었다. 혹시나 무리하게 움직였다가 소중하게 가진 아이를 잃어버린 건 아닐까. 다행히 근무하고 있는 학교는 겨울 방학 기간이었다.

2주 정도가 지나자 피가 그쳤다. 명절이 다가왔는데 고향으로 내려갈 수가 없어 시부모님께서 아들 집으로 왔다. 함께 외식을 하러 나가려는 찰나 다시 시작된 하혈, 응급실로 향했다. 응급실에서 초조하게 상황을 설명하고 기다렸다. 비어 있는 침대로 자리를 잡고 의사가 오기만을 또 기다렸다.

초음파로 아이의 심장소리를 들었다. 쿵쾅쿵쾅, 엄마의 기우와는 달리 잘도 뛰고 있었다. 그 생명의 소리에 안도했다. 결정했다, 이 작은 생명을 남은 8개월 동안 잘 지켜내야겠다고. 다시 찾은 나의 일을 그만두기로 했다. 재계약 서류에 사인을 하는 대신 후임자를 구해 달라 부탁했다.

명절이 지난 후 난임 병원으로 입원이 결정되었다. 병원에서 남은 2월을 보냈다. 뱃속의 아이는 4개월쯤 되니 안정적으로 자리를 잡아나갔다. 5개월쯤 일반 병원으로 옮겨 진료를 보고 다른 임산부들처럼 운동도 하고 바깥활동을 시작했다.

힘든 순간이 시간이 지나고 다시 봄이 오듯 지나갔다. 결혼을 하고 난 후에도 삶은 순탄하지 않았다. 아니 순탄했을지도 모른다. 내 마음이 거센 파도를 만난 배처럼 요동쳤다. 아이마저 쉽게 되는 일이 없구나 생각하며 삶을 탓하기만 했다. TV에선 셋째를 임신했다는 연예인들의 소식, 해맑게 웃는 아이들의 모습이 보기 싫어 세상과도 문을 닫고 살았다. 힘들다는 말에 위로와 공감이 부족한 신랑, 마음 터놓고 이야기 나눌 누군가가 절실했던 순간이었다. 조금의 배려, 약간의 관심이 필요했지만 당시에는 사는 것이 바빠 서로 챙겨주지 못했다.

세상에는 물론 나보다 더 힘든 사람도 있다. 주위에 시험관 10차, 15차까지도 하는 사람들도 있다고 한다. 나의 경우는 원인이라도 알았지, 원인도 없는 난임인 경우 방법을 찾아가는데도 시간을 기약할 수 없다고 의사 선생님은 말했다. 이 정도면 다행이다. 시험관 세 번째에 아이를 가져 다행이었다.

세상 모든 일에는 이유가 있었다. 긴 기다림 끝에 태어난 딸, 엄마도 처음, 남들보다 조금 무딘 나는 초예민 딸을 가졌다. 마음의 준비를 가질 시간을 충분히 주신 것이다. 시험관 과정은 엄마가 되는 과정에 비하면 힘든 것이 아니었다. 아이가 태어나고 진정한 엄마가 되면서 더 큰 인내를 배우기 시작했다.

아이를 만들기 위해 힘든 과정들을 거치면서 얻은 교훈이 하나 있다. 힘든 상황은 변하지 않는다. 내 생각과 마음이 변하는 것이다. 모든 힘든 일은 시간이 지나면 지나가기 마련이다. 언젠가는 웃는 날이 다가온다. 이 마음을 새기며 또 다른 시련이 와도 용기를 내어 본다.

■ 4

처음은 언제나
힘든 법이니까

세 시간 연속으로 우는 아이의 울음에 이유를 알 수 없는 초보 엄마 한강은 아이에게 "왜 그래."만 외치다 문득 "괜찮아."라고 말했다. 거짓말처럼 아이의 울음이 그치지 않았지만 오히려 엄마인 본인의 울음과 걱정스러운 마음이 누그러졌다. 며칠 뒤 아이의 저녁 울음이 멈췄다는 시가 있다. 한강도 초보 엄마였던 시절이 있었다.

"아이가 뱃속에 있는 순간을 즐겨라."는 조언이 뼛속까지 와 닿았다. 아이가 태어나고 2주 동안 조리원이 천국이라는 말은 나에게 해당사항이 없었다. 자연분만을 했지만 아래 상처가 아물지 않았다. 몇 년 전에 알았다. 상처가 나면 잘 낫지 않는 켈로이드성 피부였다. 어쩐지 한여름 밤 모기에게 물린 상처가 다음해 여름까지 지속되었다. 수유를 하러 앉아 있을 때도 불편함이 몰려왔다. 출산 후 일주일 뒤 검진으로 방문한 병원이었다. 도착하자마자 다시 수술실로 향했다. 상처를 다시 꿰맸다. 남은 조리원에서의 일주일 동안 그 어떤 생활도 즐기지 못한 채 수유와 침대에 누워있기를 반복했다.

회복이 더디었고 조리원 방 안에 홀로 있으니 답답했다. 당시 남편은 자격증 시험 준비로 바쁜 시간을 보냈다. 집에선 공부를 한다고 하는데 영화를 본 건지 게임을 한 건지는 알 수 없었다. 첫날 조리원에서 함께 지냈지만 그 뒤 너무 덥다며 잠은 집에서 자겠다고 했다.

수유 콜이 올 때마다 불편한 걸음을 옮겨 수유를 하러 갔다. 거동이 불편하다고 하면 아이를 방으로 데리고 와 수유를 했다. 나머지 시간은 휴대폰을 하며 보냈다. 아이 관련 상품들을 온라인으로 구입했다. 신랑에게 집에 택배가 도착할 때마다 잘 정리해 달라 부탁했다.

조리원 퇴소 날, 불면 날아갈 듯한 아이를 안고 집으로 갔다. 집 나갈 땐 혼자였지만 내 품에 안긴 아이와 함께 집에 들어가니 묘한 기분이 들었다. 미리 준비해 놓은 이불 위에 아이를 눕혔다. 그간 택배로 온 상품들을 확인했다. 작은방에 차곡차곡 잘 정리해 놓았다는 신랑의 말에 의심하지 않았다. 작은방 문을 열자마자 박스도 뜯지 않은 택배 상자가 천장 가까이 닿을 듯이 차곡차곡 정리되어 있었다. 한손에 커터 칼을 들고 택배 상자부터 빠르게 정리했다. 손이 부어 있어 손놀림이 빠르지 않았다. 빈 상자들을 현관으로 던졌다. 상자 안 내용물인 기저귀, 물티슈, 새로 산 젖병을 제자리에 정리했다. 정말 차곡차곡 잘 쌓아 놓은 상자를 보고 울어야 할지 웃어야 할지 묘한 감정이 들었다.

아이는 잘 자고 잘 먹었다. 어렵게 얻은 아이를 볼 때면 행복했다. 나는 라푼젤이다. 육아라는 높은 탑에 갇혔다. 머리카락이 없으면 내려갈 수도 없는 그곳, 육아의 탑, 육아의 늪이었다. 육아를 교대로 하고 싶었다. 여유 시간도 가지고 싶었다. 아이 없이 혼자만의 시간도 보내고 싶었다. 계속되는 남편의 야근, 17시간 계속되는 육아의 시간을 나 홀로 감당했다. 남편은 자신도 아이와 나를 위해 열심히 회사에서 일을 하니 본인도 육아를 하는 것이라며 정당화했다. 맞다. 인정한다.

슬슬 스트레스가 쌓였다. 스트레스가 많아지니 모유량이 줄었다. 아이는 먹는 양이 작아지니 밤마다 수시로 깨 울며 밥을 찾았다. 분유를 먹이려 노력했으나 몇 번의 분수토와 젖병 거부로 인해 실패했다. 급기야 약간 먹은 분유가 마음에 들지 않았는지 위액까지 다 토해 낸 아이는 병원에 일주일 입원도 했다. 그 뒤 8개월 동안 나오지 않는 모유를 수유했다. 아이는 이유식도 거의 먹지 않았다. 지금에서야 알았다. 미각이 예민했던 아이는 스스로 먹는 것도 조심했었다. 이유는 모르겠지만 죽 종류는 아직도 먹지 않는다.

딸은 미각뿐만 아니라 오감이 모두 예민했다. 키즈 카페를 가도 내 품에 안겨 2시간을 구경만 하고 올 뿐이다. 카페 안에 있는 놀이 기구를 타거나 방방이에 앉혀 놓아도 울면서 내 곁을 떠나려 하지 않았다. 같은 장소를 세

번 이상 가야 비로소 그 장소에 적응했다. 여행노 가지 못했다. 낯선 곳에
서 잠을 깬 아이는 매번 여기가 아니라며 집에 가야 한다고 울기 시작했다.

많이 울었다. 한강 작가의 아이가 세 시간이라면 그 두 배의 시간을 울었
다. 정오부터 시작된 울음이 저녁 6시까지 그치지 않았던 때도 있었다. 거
실 바닥을 계속 뒹굴며 나의 눈치를 살피며 울었다. 누군가의 울음소리를
6시간 동안 듣고 있다고 상상해 보자. '괜찮다'가 아니라 도망가고 싶은 생
각이 간절하다. 나의 스트레스가 극에 달했다. 혼자만의 시간이 절실했다.
남편의 끝나지 않은 자격증 준비로 인해 주말마다 학원을 다녔다. 남편대
로 힘들었다. 야근하고 집으로 돌아오면 웃는 얼굴로 "수고했어."라는 말
한마디 해 주는 것이 그가 바라는 한 가지였다. 그 시간이면 나에게 더 이
상 웃음은 찾아볼 수 없는 시간이었다. 남편이 퇴근한다는 것은 육아를 교
대해 주는 의미가 아니었다. 나에겐 집에 돌봐야 할 사람이 하나 더 생긴다
는 의미다. 퇴근하고 씻고 잠을 자고 다시 아침이 되면 나가는 남편이 반갑
지도 않았다.

새벽에 2시간마다 깨는 아이 때문에 계속 선잠을 잤다. 아이가 낮잠을
자는 시간에도 끊임없는 집안일, 무의미한 하루의 연속이었다. 도대체 세
상 엄마들은 아이 둘 셋을 어떻게 키우는지. 이게 다 사는 것이라고 한다.

아이의 예민함은 더해 갔다. 어렸을 적 머리가 땅에 닿으면 잠을 잔 나와
는 달랐다. 엄마는 나의 어릴 적에 대해 말하길 잠을 너무 많이 자 죽었나,

살았나 코에 손을 대며 체크했었다. 언니만 데리고 시장에 다녀와도 그 자리 그대로 누워 자고 있었다. 우는 일도 잘 없었다. 그런 엄마가 손녀를 보고는 의아해했다. 예전에 엄마가 화나서 "너 같은 딸 낳아서 고생해 봐."라고 했던 말을 취소한다 했다.

딸의 울음이 극에 달하는 순간이 왔다. 낮에도 마찬가지지만 밤에도 정해진 시간부터 걷잡을 수 없을 정도로 울기 시작했다. 오은영 박사님의 훈육법을 보고 팔 다리를 붙잡고 울지 말라며 제압도 했다. 토하면서까지 팔을 뿌리치고 거부하는 딸을 보고 있으니 그 방법은 아니라 생각했다. 항상 같은 시각, 밤 11시쯤 시작된 울음은 새벽 2~3시까지 이어졌다. 결국 짜증내는 남편과 싸움이 일어나기도 했다. 검색을 해 보니 야제증 증상과 비슷했다. 치료도 받아 봤지만 별 수 없었다. 오은영 박사님을 만나고 싶었다. 그녀를 한 번에 만날 수 없음을 알았다. 다른 상담을 받아 볼 수 있었지만 처음이라 뭘 해야 할지 몰랐다.

아이를 키우는 일은 내 안에 인내의 싹을 키우는 일이었다. 마음속 참을 인 자를 새기고 계속 참아가며 몸 속 사리를 키워 가는 과정이었다. 나와 전혀 다른 인격체를 키우는 과정에서 참아야 했고 감정적, 육체적으로 버텨야 하는 상황들이었다. 교육관과 육아관이 맞지 않은 남편과 갈등은 커졌다. 딸은 모든 육아 서적에 나오는 것들이 맞지 않다. 신랑은 육아서와 인터넷 지식으로 정석대로 육아를 하려 했다.

임신했을 당시 하혈을 많이 했다. 아마 그때 시험관 시술로 인해 쌍둥이

가 생겼을지도 모른다. 그中 한 아이가 흘러내린 상황, 딸이 끈질기게 살아남으려 뱃속에서 버티고 있지 않았을까. 작은 수정란이 엄마 자궁에 착상을 할 때부터 살아남기 위해 얼마나 애를 썼을까. 그때 상황을 생각하면 예민한 성격을 가지고 있는 건 당연한 걸까. 도대체 누구를 닮은 아이인가.

지금 돌이켜 보면 모든 것이 추억이 되었다. 당시는 내 아이가 예민했다는 사실을 전혀 알지 못했다. 후에 책을 통해 알았다. 오감이 예민한 아이들이 있다. 이 아이들은 예술적인 기질이 타고난 경우일 수도 있다. 환경이 아이의 성격을 많이 좌우하기도 하지만 타고난 기질도 무시 못한다. 인정하고 받아들이는 것도 중요하다. 다름을 빨리 인정하고 아이를 존중하는 것이 우선이었다. 당시에는 몰랐다. 아이가 원하는 것이 무엇인지 맞춰놓은 틀 안에서 기준을 정해 놓고 판단하려 했다. 다들 "육아는 힘든 거다."라고 말했다. 나의 힘듦을 말하면 당연한 것이고 너만 겪는 것이 아니라며 상투적인 말들로 위로를 했다. 직접 겪어 보면 아이가 별나다고만 손사래를 쳤다. 아이가 별나다는 그 말도 듣기 싫었다. 어느 순간부터 키즈 카페도 가지 않았다. 아이를 데리고 동네 커피숍, 놀이터도 나가지 않았다.
내가 무던해서 아이의 순간 불편함을 재빨리 알아차리지 못했다. 아이는 그 나름대로의 서운함을 말로 표현하지 않고 울음으로 표현했던 것이다. 나만 힘들다고 느꼈다. 아이도 불편하고 힘들었을 것이다. 그때 조금만 더 세심하게 행동을 관찰했으면 알아차릴 수도 있지 않았을까. 후회해 보지만 이미 지나간 과거일 뿐이다. 지금은 아이의 기질을 알고 받아들인다. 새로운 환경에 가면 기다릴 여유도 준다. 옷을 사러 갈 때도 먼저 선택권을 주고 재질도 꼼꼼히 체크한다. 입맛도 예민해 못 먹는 음식도 많다. 고쳐 보려고 해도 쉽게 고쳐지지 않는다. 예전의 나였다면 강제로 입을 벌려 먹어 보라고 했겠지만 지금의 나는 기다려준다. 아이의 의사를 존중해 준다. 자유를 허용해 주니 그 안에서 보호받고 안정을 찾아가는 아이. 지금은 나의 가장 든든한 지원군이 되었다.

　모든 아이는 각자 타고난 기질과 성향이 다르다. 전문가들과 책에서 말하는 접근 방식이 맞을 수도 있고 아닐 때도 있다. 표준에 맞지 않다고 이상한 것이 아니다. 개개인마다 특성이 있고 그에 따른 육아 방식을 터득해야 한다. 아이를 잘 관찰하고 서로를 알아가는 시간도 필요하다. 힘든 상황이 닥쳐오면 생각할 여유가 줄어든다. 당시에는 뭐가 잘못된 건지 상황을 객관적으로 보지 못했다. 지금은 아이가 원하는 것이 무엇인지 알고 있다. 먼저 알아가려고 노력한다. 육아도 결국 아이와 나, 서로를 이해하는 과정이다. 결국 육아는 아이를 키우는 것이지만 나를 알아가고 키워 가는 과정인 것을 깨닫고 있는 요즘이다. 결혼도 임신도 엄마도 모두 처음이다. 처음은 언제나 힘들다.

미운 정
고운 정

사람 성격 유형을 검사하는 도구로 MBTI 검사가 유명하다. 학부모 공개 수업 때 DISC 검사를 할 수 있는 기회가 생겼다. DISC 검사는 행동 유형을 평가하는 도구다. 주로 의사소통 스타일과 성격적 경향을 이해하는 데 사용된다. DISC는 네 가지 주요 유형으로 나뉜다. D(Dominance): 주도적이고 목표 지향적인 성향, I(Influence): 사람 중심적이고 사교적인 성향, S(Steadiness): 안정적이고 협력적인 성향, C(Conscientiousness): 분석적이고 세밀한 성향이다. 이 검사를 통해서 나의 성향을 파악하고 다른 사람간의 관계에서 더 효과적으로 의사소통 할 수 있는 방법을 찾는 것이다. MBTI보다 간단하게 검사할 수 있어 최근에 많이 이용된다.

처음 수업을 시작하면서 강사님은 자식들과 의사소통이 힘든 이유에 대해 설명했다. 특히 사춘기의 아이들과의 소통이 더 힘든 이유를 뇌의 한 부분인 전두엽의 변화와 신체와 감정 호르몬의 변화 때문이기도 하다고 설명하셨다. 함께 사는 가족들이 어떤 유형인지 알면 의사소통에 도움이 많이 된다며 설문지를 나눠 주고 검사를 시작했다. 설문지에는 여러 질문들이 적혀 있었다.

답을 적은 후 각각의 점수를 더한다. 더한 점수대로 자신의 성격이 나온다. 약간의 오차는 있겠지만 지금의 내 모습은 D유형이었다. 예전이었으면 S성향이 강했을 것이다. 내가 생각한 아이는 I형이었다. 아이의 아빠는 S가 약간 섞인 C형인 듯했다. 우리 집엔 DISC의 모든 유형들이 살아가는 성격 복합체 장소였다. 이렇게 각기 다른 성격을 가진 인격체들이 한 공간에서 살아가니 이런저런 일들로 행복한 날보다 싸움으로 가득한 날들이 더 많았다. 이런 검사를 하기 전에는 서로 다르다는 것을 받아들이기가 힘들었다. 다르니 맞춰 살기 위해 노력하고 변해야 한다고 생각했다. 함께 살아간 지 10년이 넘어서 서로 다름을 인정하고 맞춰 가려 한다. 남의 편인 남편을 내 것이 아니라 내 편으로 만들어 가야 한다는 걸, 맞춰 간다는 것이 상대방을 변화시키려고 하는 것이 아니라 상대방을 이해하는 것이라는 걸 알아가고 있는 중이다.

결혼 후 모든 집안일은 내 몫이었다. 남편은 퇴근하고 집에 오면 들고 온 가방을 구석에 놓는다. 옷을 갈아입고 화장실로 가 손을 씻는다. 저녁 준비가 완료될 때까지 소파에 앉아 뉴스를 틀고 기다린다. "저녁."이라고 내가 소리치면 식탁에 앉아 밥을 먹는다. 숟가락, 젓가락 놓는 것 좀 도와달라, 반찬 좀 식탁으로 옮기는 거 도와달라 해도 그때뿐이었다. 식사를 하면서 눈은 뉴스에 고정되어 있다. 밥 먹는 시간도 길다. 먼저 밥을 다 먹은 나는 빨리 정리하고 쉬고 싶은 생각이 간절하다. 드디어 밥을 다 먹은 남편은 다시 소파로 가 리모콘을 만지작거린다. 남편은 씻는 것조차 귀찮은 듯 보였다. 아이가 잠이 들면 대화를 한다. 서로의 불만을 이야기하다 결국 싸움이 된다. 대화가 통하지 않아 남편과의 대화는 벽을 보고 이야기하는 듯했다. 벽은 가만히 들어주기라도 하지 벽보다 더 못한 대화 상대였다.

집안일을 분업하라는 주변 선배 부부들의 말을 듣고 주말에 남편이 해야 할 일 3가지만 부탁했다. 말로 하니 잊어버려 포스트잇에 써 냉장고 자석을 이용해 옆에 붙여 두었다. 그것조차 싸움이 되었다. 이유인즉슨 남편은 일요일 저녁까지 3가지 일 중 아무것도 하지 않는다. 자신이 봐야 할 TV 프로그램을 다 챙겨보고 난 후 그제야 몸을 움직인다. 3가지의 일 중 꼭 하나는 빼먹는다. 메모는 쓰레기 분리수거하기, 화장실 청소와 같은 집안일들 중 하나이다. 마음만 먹으면 주말 동안 충분히 할 일을 한 후 메모지 옆에 완료 체크도 할 수 있는 일이다.

임신과 출산 후, 따뜻한 말이 필요한 순간에도 미운 일이 있었다. 출산 예정일이 다 되어 가도 소식이 없던 아이가 바로 다음 날 새벽에 피가 비치기 시작했다. 서둘러 신랑을 깨우고 병원으로 향했다. 출산하러 병원 가기 전, 마지막 힘을 내고자 달콤한 커피 생각이 간절했다. 병원 가는 길에 캐러멜 마키아토 한 잔 아니 한 모금만이라도 먹고 싶다고 부탁했다. 남편은 오히려 아이에게 해가 될까 임신 기간 중 참았던 커피를 지금 이 순간을 못 참고 마시려 한다며 타박을 줬다. 옛날 같았으면 목숨 걸고 출산을 하는 일도 많다며 오늘이 마지막일지도 모르는 사람 소원이라도 들어달라 했다. 그는 이성적으로 생각하라며 다그치기 시작했다. 목적지인 병원으로 차를 몰았다.

도착하자마자 진통이 시작되었다. 주기적으로 배가 아팠다. 배의 진통은 참을 수 있었지만 허리의 진통은 참을 수가 없었다. 진통의 강도는 출산이 임박할 때 더 심해져 2분마다 한 번씩 아랫배가 뭉치고 끊어질 듯한 허리 진통이 동시에 왔다. 허리를 누군가가 주물러 주거나 주먹으로 톡톡 쳐 주면 고통이 덜했다. 신랑에게 부탁했다. 그는 몇 번 나의 허리를 주먹을 쥐고 토닥이고 때려 주더니 본인 허리가 아프다며 더 이상 못 해 주겠다고 했다. 10분도 채 안 되어 몇 번의 허리 두들김으로 끝이 났다. 그 뒤 남편을 욕하며 혼자 진통을 참아 냈다.

아이가 태어나고 육아도 오롯이 나의 몫이었다. 비위가 약한 신랑은 아이 똥 기저귀도 몇 번 갈아 주지 않았다. 젖병 거부로 모유를 먹인 탓에 수유 시간에도 홀로 소파에 앉아 아이 얼굴만 바라봤다. 옆에서 대화 상대가 되어 달라는 부탁에도 그는 방으로 들어간 적이 많다. 불러도 나오지 않았다. 수유가 끝나고 방으로 들어가 보면 기에 이어폰을 꽂은 재 영화나 드라마를 보곤 했다.

아이가 4살쯤 감기에 걸려 평상시 가던 소아과에서 진료를 봤다. 당시 선생님께서 심장에서 잡음이 들린다며 큰 병원 심장 전문의를 찾아가 보라고 의뢰서를 써 주셨다. 아이는 7살 학교 들어가기 전 '심실중격 결손'이라는 병명으로 심장 시술을 받았다. 시술 후 혈액 순환과 심장을 튼튼하게 만들기 위해 아스피린을 6개월 정도 지속적으로 먹어야 했다. 단 아스피린의 부작용으로 상처가 나거나 피가 나면 잘 멈추지 않는다. 피가 날 일이 몇 번 있겠냐 했지만 아이는 코피가 자주 났다. 한번 흘린 코피는 1시간이 지나도 멈추지 않았다. 꼭 밤 11시, 잠 자기 전 코피가 나기 시작했다. 한번 약해진 혈관 때문인지 거의 매일 밤 코피로 인한 전쟁이 일어났다. 수술 받은 병원에 전화를 해 사정을 설명하고 아스피린을 끊으면 안 되냐고 물어봤다. 대답은 냉정했다. 코에서 핏덩어리가 흘러나왔고 코에 쑤셔 넣은 휴지가 축축하게 피로 젖었다. 나는 아이에게 고개를 뒤로 젖히지 말고 피를 쏟게 하라 했다. 코피가 멎을 때까지 기다리기로 했다. 하루는 참다못한 신랑이 아이에게 머리를 뒤로 젖혀 코피를 멎게 해야 한다며 소리쳤다. 고개를 젖히면 안 된다고 들은 나는 아이에게 젖히지 말라 했다. 남편은 젖혀야 한다, 나는 안 된다며 큰소리가 오갔다. 그날 남편은 평상시보다 화를 더 많이 냈다. 큰소리치는 아빠의 목소리에 깜짝 놀란 아이를 끌어안았다. 그날 밤, 남편 입에서 이혼 이야기가 나왔다. 인주 대신 코피를 손에 묻히고 이혼 서류에 도장을 찍고 싶었다. 예민한 딸을 생각하며 화를 꾹꾹 참아 내었던 순간이었다.

　당시 남편에게 바라는 것은 내 말에 먼저 "힘들었겠다, 속상했겠다."며 공감해 주는 것이다. 그는 이성적인 사람이라 공감보다는 해결책을 먼저 찾고 잘잘못을 따졌다. 서로 갈등이 커지자 "나에게 센스를 바라지 마."라고 먼저 큰소리를 쳤다. 그 후 우리 부부는 서로 맞지 않는다는 결론을 내고 살았다. 정치, 육아, 교육관 모든 것이 달랐다. 여유가 없었던 당시 다름에서 오는 차이를 생각하지 않았다.

　먼저 결혼한 친언니에게 조언을 구했다. "결국 아프면 너 옆에서 돌봐 주는 사람, 싫어도 남의 편이어도 평생 함께 있을 친구가 남편이야."라는 조언대로 다시 생각해 보기로 했다. 정석대로 살아온 신랑, 그 정석과 거리가 전혀 먼 나의 삶이다. 남편이 정해 놓은 삶의 기준에 어디로 튈지 모르고 허당끼 있는 내가 들어왔다. 여행을 가려고 해도 계획 없이 어디론가 떠나는 스타일인 반면 그는 항상 계획을 짜고 거기에 맞춰서 실천을 해야 하는 타입이다. 등산을 가더라도 산 정상에 꼭 가야 하는 남편과는 달리 나는 상황에 맞게 하산을 할 수도 있다.
　서로가 이해가 되지 않았던 결혼 초반, 즉 다름을 인정하지 않았던 순간들이었다. 누구 하나는 주도권을 잡기를 바랐지만 그것조차 쉽지 않았던 것이다. 나는 친구들과 수다를 떨며 남편 욕만 했다. 누군가에게 이야기를 하며 답답한 마음을 풀어냈다. 말이 없는 그는 받은 스트레스를 어디다 풀었던 것일까. 남편이 내뱉는 한숨의 의미에 대해선 생각해 보지 않았다. 힘든 시절이 지나고 아직 그가 내 옆에 있다.

남편은 현재 골프라는 새로운 취미를 가졌다. 주말 밤이면 친구들과 함께 스크린 골프장으로 가 운동도 하고 이야기도 나누고 온다. 골프 스코어가 낮다며 매일 퇴근 후 연습장에서 두 시간씩 연습도 한다. 예전에 몸 하나 움직이기 싫어했던 모습이 아니다. 활기차다. 딸은 아빠를 닮았는지 끈기와 인내심이 많다. 요즘 가족이 같이 살고 있지만 서로 각자의 시간을 보내는 경우가 많다. 조금 떨어져 서로를 바라보니 마음의 여유가 생겼다. 남편의 장점이 조금씩 보이기 시작했다. 급한 성격의 나, 신중한 성격의 남편, 맞지 않는 듯하지만 조화를 이루고 살아간다. 신혼의 자존심 싸움과 육아 문제의 갈등을 헤쳐 나간 지금 이제야 부부로서 조화를 이뤄 간다.

이미 지나간 일을 계속 꺼내 두고 마음 아파해 봤자 소용없다. 과거의 일은 그만 서랍에 넣어 닫아 두기로 했다. 그에게 미안하다는 사과 한번 듣고 싶어 서운했던 일들을 모아 놓은 서랍을 열었다 닫았다를 반복했다. 부질없는 일이었다. 순간, 현재만을 보고 우리 가족의 행복을 지키면서 살아간다. 남의 편이 되어 가는 남편을 내 편으로 만들어 간다. 한 가정의 듬직한 가장으로 인정해 주고 서로 친구처럼 늙어 가는 노후를 만들어 가려는 바람이다.

　서로 다른 세상에 살던 사람 둘이 만나 부부의 인연을 맺고 맞춰 가는 과정에서 싸움과 화해, 오해와 이해들이 생긴다. 그 과정에서 균열과 싸움은 일어나는 법이다. 누가 더 억울하다는 생각 대신 서로의 마음을 더 헤아려 주는 것, 그 마음을 가지기 위해서는 내 마음부터 여유가 있어야 가능하다는 것을 알았다.

다시 일상을
준비하다

　예민할 대로 예민한 아이, 쌓여만 가는 스트레스, 육아는 나에게 맞지 않는 옷을 입은 듯 하루가 1년같이 느껴지는 순간이었다. 한시라도 가만히 있지 못하는 나는 동네 친구들을 만나 이야기하던 중 부업의 세계에 발을 들였다. 액세서리를 만드는 일이었다. 오링이라는 것을 작은 펜치로 벌린 후 펜던트를 연결해 목걸이, 머리 방울, 팔찌, 신발 혹은 가방의 부자재 액세서리를 만드는 일이었다. 아이가 낮잠 자는 동안 부지런히 손을 움직였다. 한 달에 기껏 해 봐야 수입은 10만 원도 채 안 되었다. 돈을 생각하지 않고 뭔가 집중해서 할 수 있는 것이 있다는 사실만으로도 좋았다. 부업은 각 지역을 담당하는 담당자가 있었다. 내가 만든 액세서리가 중국으로 수출되고 다이소에 포장되어 나간다는 말에 사회에 보탬이 되는 존재가 되는 거 같았다. 주변에선 특히 신랑은 육아가 힘들다고 하지 말고 아이가 자는 동안 잠도 자고 쉬라며 걱정했다. 부업을 한다는 사실을 알게 된 친정엄마도 당장 그만두라고 하셨다.

나의 어릴 적 기억에 아빠는 사업을 하면서 어음 거래가 많았다. 약속한 날짜에 거래 은행에서 어음을 현금으로 바꾼다. 현금 유통이 되지 않을 경우, 한 달 생활비가 미뤄지는 경우도 생겼다. 엄마는 그때마다 가만히 있으면 안 되겠다 생각하셨는지 부업을 했다. 집 한구석에는 박스들이, 또 어느 날에는 인형이, 봉투들이 쌓이기 시작했다. 엄마는 모든 집안일을 마치고 밥상을 펼친 채 작업을 시작했다. 급기야 필라, 게스 등 영어로 큼직하게 써진 스웨터, 티셔츠 등 검은색 옷 봉지를 가득 들고 오더니 이리저리 다니면서 옷을 팔기 시작했다. 언니와 나는 팔다 남은 옷들을 입고 학교에 간 적이 있었다. 한 친구가 너 옷에 적힌 글씨가 Guess가 아니라 Cuess라고 놀렸다. 그제야 '엄마가 메이커가 아닌 비슷한 옷들을 저렴하게 판매하는 부업을 하고 있구나!' 눈치챈 적이 있다. 또 한 번은 주택에 살았는데 집 옆에 5평 정도의 공간이 있었다. 그곳에 하얀색 천막이 지어지더니 여러 개의 흙이 담긴 상자들이 놓였다. 그 속에는 엄청 큰 달팽이들이 있었다. 그 달팽이들을 잘 키워 호텔이나 레스토랑에 팔면 수입이 된다고 정성스럽게 키웠지만 결국 돈맛을 보지 못했던 기억이 난다.

많은 부업을 했던 엄마는 고생은 고생대로 하지만 돈이 되지 않는 것을 이미 알았다. 딸이 부업을 한다는 사실을 알았을 때 계속 전화를 걸어 그만 두었는지 체크했다. 안 한다고 거짓말하며 계속 부업을 했다. 왜냐하면 부업은 나에게 일이 아니라 하나의 취미생활이었기 때문이다. 재미있게 일을 하다 보니 일거리가 계속 늘었다. 결국 동네에서 부업 팀이 꾸려졌다. 일을 하다 보니 담당자분이 주는 일거리 양이 점점 늘어났다. 급한 건이라며 다른 곳에서 불량 난 것도 가져왔다. 아이를 재우고 새벽까지 부업을 하고 할 당량을 맞춰주곤 했다. 서로 신뢰가 쌓이다 보니 더 이상 부업은 취미가 아니었다. 수입이 많은 달은 부업으로 30만 원 후반 정도까지 돈을 번적도 있었다. 건당 1원에서 300원까지 다양한 아이템들이었다. 30만 원까지 가려면 얼마나 많은 양을 했던 것인가. 급기야 리본 부업이 돈이 많이 된다며 리본 수업을 들어보라는 말에 솔깃하기도 했지만 이사 문제로 인해 더 이상 부업은 할 수가 없었다.

아이가 18개월이 되자마자 집 근처 어린이집에서 아이를 맡길 수 있다는 전화가 왔다. 아이와 분리가 되면 육아에서 잠깐이라도 벗어난다. 개인적인 업무도 볼 수 있을 거 같았다. 교육청 홈페이지에 들어가 학교에 있는 일자리들을 검색했다. 오전 3시간 근무를 하는 단기 아르바이트를 모집한다는 구인광고를 보고 근처 고등학교에 이력서를 냈다. 아이와 떨어져 출근을 하는 그 시간만큼은 충실히 나에게 집중했다. 집이 아닌 곳에 일할 공간이 있다는 사실만으로도 행복했다. 엄마는 행복한 반면 18개월에 첫 집단생활을 한 아이는 분리불안으로 힘든 시간을 보냈다. 2시 30분쯤 어린이집으로 아이를 데리고 가면 걱정스러운 얼굴로 선생님은 나를 대면한다. 아이가 아무것도 안 먹는다고, 물조차도 안 마신다며 걱정했다. 지금 엄마가 약해져 아이를 기관에 맡기지 않으면 앞으로가 더 힘들 거라는 주위 말에 마음을 굳게 먹었다. '몇 시간이니 괜찮을 거야.' 생각하며 아이를 매일 아침 어린이집으로 데리고 갔다. 집에 오자마자 바로 아이가 먹을 수 있는 간식과 음료수를 많이 준비해 두었다. 당시 아파트를 은행 도움으로 구입해 대출금 이자를 부담해야 했다. 신랑이 준 생활비로는 빠듯했다. 내 용돈이라도 벌고자 시작했던 일이지만 은연히 가계에 도움이 많이 되었다. 부업을 통해서 액세서리 원가도 알아가고 남은 재료들을 몇 개씩 이용해 나만의 액세서리도 만들었다. 학교에서도 오전 3시간만 한 일이지만 담당업무도 생겼다. 작은 일, 하찮은 거 같지만 사람들이 나를 찾는 일이 생기니 성취감과 자신감이 생겼다. 교무실에 앉아 있는 짧은 3시간의 근무시간이었지만 이사 후 장래 계획에 대해 생각할 시간도 가졌다. 아파트를 세 식구가 사는데 저층으로 무리하게 큰 평수로 얻었다. 거실 공간을 공부방을 만들어 운영할 계획이었다. 이사가 1년 앞으로 다가온 날, 신도시에 이름 있는 프랜차이즈로 공부방을 할 경우 대박 날 듯했다. 어떤 프랜차이즈가 좋을지 이름 있는 회사로 오픈해야겠다고 생각했다. 무작정 이름이 알려진 회사에 전화를 걸어 가맹 상담을 받았다. 당시 프로그램에 대해 무지했었다. 공부방을 오픈하려면 내가 어떤 일을 해야 할지도 모른 채 막연히 꿈만 꾸고 있었다. 조금

비싼 가맹비를 냈지만 네임 밸류가 있는 영어 프렌차이즈, 독섬이란 말에 덜컥 이사가 1년이나 남은 시점이었지만 계약을 진행했다.

호기롭게 공부방을 오픈했다. 지사장님은 사업 확장과 본인 건수에만 신경을 썼을 뿐 생각처럼 도움을 주지 않았다. 즉 사후 관리가 제대로 되지 않았다. 계약금과 기기 구입에 2천만 원 정도의 자본금이 들어갔다. 몇 달 수업을 해 보니 나와 맞지 않았다. 지금 돈 들인 것을 포기하고 다른 프랜차이즈를 알아보자니 포기해야 할 것들이 많았다. 1년 하고 그만둘 것이 아니고 앞으로 평생 직업으로 삼아야 했기에 멀리 내다봐야 했다. 나에게 돈을 내고 영어 공부를 하러 온 아이들을 생각하면 할 수 있는 수업의 퀄리티도 생각해야 했다. 앞으로 길게 놓고 보면 초보 원장인 나에게 가장 필요한 일은 회사에 대한 확실한 이해였고 운영이었다. 내가 만난 지금 지사장은 그 일을 해 줄 수 없는 사람이었다. 과감해질 용기, 손해를 보더라도 비전이 있고 잘 운영할 수 있는 나만의 프로그램 찾기가 시작되었다. 처음부터 이름만 믿고 계약을 한 나를 원망하며 다른 영어 프랜차이즈로 이름을 변경했다. 현재까지도 그 이름으로 된 학원을 잘 운영하고 있으며 만족도도 높다.

공부방이라는 작은 사업을 시작해 보니 매 순간 선택이었다. 잘못된 선택은 경제적으로도 시간적으로나 손해가 크기도 했다. 주변에서 여러 의견들을 주지만 결국 모든 선택은 나의 몫, 어떤 결과가 주어지든 후회하지 않고 빠르게 대처해 나가야 했다. 아이를 어린이집에 맡기고 과감히 일을 선택했고 모두가 반대한 부업을 한 것도 내가 선택한 일이었다. 후회도 원망도 칭찬도 모두 내 몫이었다.

선택할 당시 결과를 미리 알면 좋겠지만 미래는 아무도 알 수 없다. 다만 선택에 책임을 질 뿐이다. 그러고 보니 결혼도 선택, 태어난 것 빼고 모두 선택하는 인생이다. 살다 보면 삶을 좋은 방향으로 선택할 지혜가 생길 것이다. 그전에는 이것저것 부딪혀 보는 용기가 우선적으로 필요하다. 무엇이든지 일단 부딪혀야 한다. 그 부딪힘으로 더욱 단단해진다. 선택의 지혜는 많은 경험을 통해 이뤄지는 것이다. 바다 위 소주병 하나가 아름다운 씨 글라스가 되는 과정을 지켜보자. 날카로운 유리 조각이 수없는 파도와 모래에 부딪혀 영롱한 색깔을 지닌다. 더 많은 고난과 시련을 겪은 씨 글라스의 색이 더 깊고 영롱하다. 아무도 가지지 않는 깊은 색을 가지고 싶다. 미리 걱정하지 말고 선택에 후회를 하더라도 부딪침이 필요한 순간 부딪혀 보는 것이다. 부딪히면서 다시 일상을 준비했다.

■7

희망을
기다리다

공부방을 오픈했다. 딸은 어린이집에서 가장 늦게 하원을 했다. 어린이
집에서 집으로 오는 길, 차로 10분 정도의 거리였다. 아이를 차 뒷좌석에
태우고 오는 그 10분이 고행이었다. 아이는 이유 없이 짜증을 냈고 발로 운
전석을 계속해서 차면서 울었다. 사고 날 위험도 있고 뒷자리에서 우는 아
이를 어찌할 방법이 없었다. 이유를 알 수 없는 울음이 일주일 정도 반복되
었다. 아이의 입장이 되어 본다. 원인이 뭘까? 어린이집에서 안 좋은 일이
라도 있었나? 혹시 배가 고파서? 아이의 기분은 헤아릴 수 없지만 배고픔
은 해결 방법이 있었다. 아이를 데리러 가기 전 슈퍼에 들러 좋아하는 간식
을 가득 샀다. 평상시처럼 뒷자리에 태우고 오는 길 조용했다.

어렸을 때부터 예민했던 아이는 어린이집에서 많이 먹지 않았다. 집에
오는 그 10분이라는 시간이 배고픔을 느끼니 길게 느껴졌을 것이다. 짜증

이 늘었던 건 당연한 일이었다. 원인을 아니 문제는 조금 더 효율적으로 해결이 되었다. 하지만 원인도 모르게 감정적으로 일어나는 일은 어쩔 도리가 없었다. 시간이 해결해 주리라 기다릴 뿐이었다.

　아이가 일찍 하원한 날에도 나는 일을 해야 했다. 딸은 하염없이 창밖을 바라보며 놀이터에서 노는 아이들의 모습만 바라만 봤다. 수업이 일찍 끝나는 날, 함께 놀이터로 나간다. 또래 아이들은 모두 저녁을 먹거나 들어가는 시간이라 함께 놀 친구가 없었다. 아이가 창밖을 바라보는 시간이 늘어만 갔다. 시간이 지날수록 아이의 눈은 더 이상 밖이 아닌 텔레비전이나 유튜브로 고정이 되었다. 공부방은 입소문이 나기 시작했다. 거실을 가득 채웠던 책상이 작은방 하나를 더 차지했고 급기야 부엌 식탁까지 활용해야 했다. 아이는 커가고 가족 공간도 필요한 시기였다. 학원을 차려도 되겠다는 생각에 서서히 일터와 사는 공간을 분리했다.

　엄마의 커리어는 성장할수록 아이는 점점 더 혼자만의 세상에 들어갔다. 부동산에 들를 때마다 아이는 집에서 나가기를 거부했다. 급기야 이유 없이 울기 시작했다. 가게 계약을 하러 상가 주인과 만나는 날, 약속 시간이 다 되어 가는 급한 상황, 엄마 다리를 붙잡고 집 밖으로 나가지 못하게 안방부터 나를 막았다. 우는 아이를 거실까지 질질 끌고 나왔다. 연신 울려대는 부동산 전화를 무시한 채 현관에서 아이를 들쳐 업고 협박하며 부동산으로 향했다. 아이의 상태는 점점 더 심해졌다. 원인을 파악하려 했지만 바쁜 일상 탓에 여유가 없었다. 이대로 아이를 위해 내 꿈을 접을까 생각했지만 이번 만은 양보할 수 없었다. '이 또한 지나가리.' 정신으로 밀고 나갔다. 늘 고민에 선택의 기로에 서 있었다. 내가 일을 하는 이유는 무엇일까? 결국 내 가족과 내가 잘 살기 위함인데 가족이 피해를 보고 손해를 본다면 과연 맞는 것일까? 정답은 없었다. 현재에만 집중하기로 했다. 도움을 요청했다.

시어머니에게 전화를 걸었다. 12월과 1월 학원 오픈하고 자리 잡을 때까지만 집으로 와 아이를 봐 달라 부탁했다. 아이는 할머니와 함께 밖을 구경하기 시작했다. 또래 친구들도 만나 놀았다. 새로운 환경에 적응하기 힘들어했던 아이는 태권도 학원도 다니기 시작했다. 창밖으로 바라만 봤던 그 풍경에 본인이 속해있으니 웃음을 다시 되찾았다. 집에서 울기만 했던 아이는 조잘조잘 말도 많아지기 시작했다.

아이가 할머니와 함께 안정을 취하는 동안 1월 초 학원은 정상적으로 오픈했다. 수강생들도 새로운 환경에 적응하며 순조로운 시작을 알렸다. 책상과 의자로 꽉 찼던 집은 이제 한 가족이 살아가는 모습을 갖춘 거실을 찾았다. 소파를 놓고 그 앞에 티비를 두었다. 거실에 앉아 TV를 이사 후 3년 만에 처음 봤다. 출퇴근을 하는 삶을 살았다. 집이 곧 직장이었을 땐 출근과 퇴근이 같은 공간에서 이뤄졌다. 하루 종일 일의 구분 없이 일과 집안일을 병행했다. 처음에는 편했다. 시간이 지날수록 답답함이 커졌다. 드디어 일하는 공간과 쉬는 공간의 분리가 이뤄졌다. 지금 만족스러움을 즐길 시간은 짧았다.

　명절을 지내러 고향으로 가는 길이었다. 인터넷 기사에 중국에서 시작된 이상한 바이러스가 온다고 했다. 어떤 뉴스에는 괜찮다, 어떤 뉴스에서는 대비를 해야 한다고 했다. 심상치 않았다. 1월 말 대구에선 코로나가 신천지를 중심으로 퍼졌고 그 여파가 내가 사는 동네까지 이어졌다. 2월부터 개학을 앞두고 학부모님들은 아이를 학원에 보내지 않았다. 계획되었던 학부모 설명회도 개최하지 못했다. 학원은 텅 비어 갔다.

　매달 월세 나가는 날이면 금액을 겨우 맞춰 보냈다. 다행히 신랑이 벌어다 준 고정 수입이 있어 생활은 이뤄졌다. 뉴스에선 연일 망하는 자영업자들의 모습을 보여 줬다. 나라에서는 학원 강제 폐쇄 명령까지 실행되었다. 하필 학원으로 나가고 난 후 한 달도 채 되지 않은 상황. 나는 무엇을 해야 할까? 나만의 시련이 아니라 온 국민이 겪는 시련이다. 시기나 상황을 탓해 봐도 부질없었다. 스타강사 겸 작가 김미경은 피아노 학원을 차리고 힘든 시기, 친정엄마가 아침 일찍 일어나라고 조언했다고 한다. 아침 일찍 학원에 출근한 그녀는 학부모님들께 정성스럽게 편지를 썼다. 그녀처럼 일찍 일어나 편지를 써 볼까도 했지만 그러지 못했다. 시간이 있을 때 나만의 능력을 키우기로 결정했다. 바빠지기 전에 꾸준히 해 둬야 하는 것, 바로 공부였다.

어렸을 땐 공부를 잘하는 편도 좋아하는 편도 아니었다. 살아가면서 아는 만큼 보이는 것을 경험했다. 하나의 지식을 알고 나면 주변 세상은 더 풍성해졌다. 배우는데 끝이 없다는 것을 알았다. 혼자만의 시간, 내 인생에서 다시는 이 조용한 순간이 오지 않을 거라 생각했다. 텅 빈 학원 강의실의 고요함을, 혼자만의 시간을 존중하기로 했다. 바이러스가 극복되는 날이 오면 나는 발전해 있을 것이다. 학원은 더 많은 아이들로 붐비게 될 것이다. 빈 책상이 꽉 차는 순간을 계속 상상했다. 좌절의 순간 좌절하지 않고 다음 오르막길을 더 열심히 올라가기 위한 노력으로 나 자신을 단련시켜 나갔다. 원서를 다시 읽고 영어 문법을 공부했다. 수업 과정도 다시 체크하고 유명 강사의 강의도 들었다.

코로나 끝, 밝은 태양을 보기까지 긴 시간이 걸렸다. 학부형들과 아이들도 서서히 코로나에서 무감각해졌고 무뎌져 갔다. 그때 한 아이가 코로나에 감염이 되었고 역학 조사관이 왔다가기도 했다. 다시 긴장감이 되살아나고 무뎌지기를 반복했을 때쯤 코로나로부터 서서히 일상을 회복했다.

가족에게 많이 미안했다. 긍정적으로 생각하려고 노력했으나 뜻대로 되지 않았다. 곧 좋아질 거라는 생각만 반복했다. 시간이 갈수록 걱정만 늘었고 불안하기만 했다. 정작 남에게는 친절을 베풀었지만 함께 사는 가족들에겐 다정한 말도 나오지 않았다. 은연중 짜증을 많이 냈다. 신랑의 사소한 말 한마디에도 우울감이 밀려왔고 밝은 모습을 되찾은 딸에게도 화를 많이 냈다. 코로나에 예민해져 가족에게 더 예민하게 굴었다. 하지만 정작 나는 그 사실을 느끼지 못했다. 나에겐 잘못이 없다는 오만함으로 그들을 대했다. 그럴 필요가 없었는데 가장 중요한 사람들에게 칼날을 세우고 있었다.

위기의 순간은 마음의 여유가 필요한 순간이다. 잘못된 점을 알고도 고치기 어려웠다. 나에게 잠시 휴식을 주고 감정을 정리해야 하는 시기지만 당시에는 몰랐다. 작은 목표를 세우고 천천히 내 일을 해 나가고 상황이 좋아지기를 기다려야 하는 것이 순리였다. 자신에게 관대해져야 했다. 그때 가장 필요한 건 숨쉬기였다. 숨 한번 쉬고 호흡을 가다듬고 다시 현실을 파악하고 현재에 집중해야 했다. 여행을 다녀오든지 아니면 스트레스를 제때 풀어야 했지만 그럴 생각조차 할 수 없이 갑갑했던 일상이었다. 지금 후회한들 무엇하랴. 다시 이런 순간이 온다면 소중한 사람들에게 칼날을 세우는 일은 없을 것이다.

■ 8

마음의 평화를
이루는 길

또다시 새해가 밝았다. "40대 중반에 인생 대운이 찾아와 44이나 5이면 정점을 찍겠네."라는 점쟁이의 말을 믿었다. 나는 운을 믿는다. 사주를 믿고 팔자를 믿고 사람의 기운을 믿는다.

한 사람의 운은 크게 3가지로 나눈다. 시기상 초년, 중년, 말년 운이 있다. 말년이 좋으면 좋다고 젊어서 고생은 사서도 한다는 말에 위로받았다. 사람이 살면서 인생에 대운이 한번은 온다고 했다. 혹여 대운이 없는 사람은 그냥 나쁜 일 없이 평범하게 사는 행복한 사람들이라고 한다. 나의 경우는 초년 운이 좋지 않았다. 중년에 대운이 오니 그때가 오면 놓치지 말고 잡으라고 했다. 그런데 한 가지 걱정이 있다. 그 대운이라는 것이 내가 알지 못하고 살짝 스쳐갔는지 어떤 형태로 오는지 알 수가 없다. 혹여나 지나쳤다면 언제였을지 나의 대운은 도대체 어떤 기회로 언제 올지 모르는 것이다. 침대에 누워 한참을 생각해도 답이 나오지 않았다. 예전엔 사주팔자를 자주 보러 갔다. 어느 순간부터 태어난 시간과 날짜를 넣으면 매번 같은 이야기만 들었다. 어차피 들은 이야기를 또 반복해서 들으니 돈이 아까웠다. 올해는 신내림 받은 곳을 찾아가 보자며 검색을 시작했다. 대학교 때 선녀 신을 모시는 굿당에 친구와 함께 갔다. 어떤 일을 하면 좋을지 남자친구 하나 없었던 내가 결혼은 하는지 물어본 적이 있었다. 그 선녀신은 나에게 굿을 하라고 했다. 친구에겐 나에게 밥을 많이 사 주고 덕을 쌓으라 했다. 그 뒤 신점은 보지 않았다. 무서웠기도 하고 또 굿을 하라 할까 걱정스러운 맘이 먼저 앞섰다. 게다가 이번엔 혼자 신점을 보러 가려니 혹시 무서운 신이 나타나 괴롭힐까 봐 걱정이 되었다. 인기 있는 곳은 예약이 6개월치 꽉 차 있었다. '세상 사람들이 참 나처럼 고민이 많구나. 미래를 알고 싶어 하고 고민을 해결하려고 신의 도움을 많이 받구나.'라고 생각했다.

동자신과 장군신을 함께 모신다는 하얀 대문의 점집으로 4개월 후 예약을 잡았다. 예약 일주일 뒤, 당일 예약한 사람이 취소해 갑자기 시간이 비었다며 연락이 왔다. 당장 올 수 있냐는 질문에 차를 몰고 점집으로 향했다. 초행길이었지만 과감히 서울 도로 한복판을 운전하고 갔다. 주차를 하고 하얀 대문 집으로 들어갔다. 일반 가정집과 비슷한 입구, 거실은 주방과 연결되어 있고 방은 2개였다. 한 곳은 신을 모시는 곳, 다른 공간은 상담을 하는 곳이다. 잠시 기다리라는 무당의 말에 거실에서 대기했다. 들어오라는 소리와 함께 방 안으로 갔다. 신을 모시는 공간 옆에는 상담받을 수 있는 장소가 방 한편에 마련되었다. 밥상이 놓여 있었고 빨간색 화려한 장식의 비단 방석이 바닥에 깔려 있었다. 자리를 잡고 앉자마자 무당은 한 손으로 방울을 흔들고 한 손으로 쌀알을 밥상 위에 던졌다. 동전 모양의 엽전도 만지작거리며 이야기를 시작했다. 그녀는 아기 동자가 들어온 듯 아기 목소리를 내기 시작했다. 한편으론 다행이었다. 장군신은 왠지 무서웠기 때문이다. "나무 냄새가 나는구먼? 학생들 가르쳐? 글 써? 종이 만지는 일인데?" 아무 말도 하지 않았다. 나의 직업을 맞추는 그녀. 믿음이란 것이 마음속에 자리 잡기 시작했다. "혼자 살아?", "아니요." 사실이 아닌 것에는 믿음이 깨졌다. "혼자 살 팔자야."라고 깨진 믿음을 살짝 다듬는 무당. 그렇다. 혼자 살 팔자거나 이혼 수가 있다는 이야기는 많이 들었다. 믿음이 깨어질지 말지 줄다리기를 하는 사이 그녀는 나의 과거에 대해 모두 맞췄다. 과거가 궁금해 점을 보러 오지는 않는다. 지금이 불행하고 미래를 미리 알고 싶어 점을 보러 온다. 학원을 확장해야 할지, 지금 하는 일이 나에게 맞는지, 신랑과 아이와의 관계 등 궁금한 것을 모두 물어봤다. 그리고 내 인생에 대운도. 올해쯤 도착해야 할 대운이 코로나로 인해 조금 늦어진다고 했다. 조금만 더 기다리라고 말했다. 도대체 그 대운이 뭘까? 가장 중요한 그녀의 말, "남자가 있어." 남편 외의 남자. 그 남자가 평생 마음의 위로가 되어 줄 거라는 의문의 말을 남겼다. '지금 신랑 말고 다른 남자가? 누가? 내가 바람을 피우는 건가?' 궁금했지만 그녀의 말을 믿어 보기로 했다. 오늘 점 본 건 신랑에게 비밀로 해야겠다.

　집에 와 곰곰이 다시 생각해 봤다. 점을 본 게 아니라 나의 근심 걱정을 털어놓고 온 기분이다. 속이 뻥 뚫린 것 같다. 학원 확장엔 신중하게 생각하란다. 과거는 잘 맞추는 편이고 미래는 긍정적이라고. 이 정도면 다행이다. 마음 편했다. 혹시 대운이 오면 어떻게 할까? 지금 하는 일 열심히 하다 보면 대운도 내 손에 걸리겠지. 앞일이 궁금하기도 하고 재미도 있어 점을 보러 다니긴 한다. 그러나 점쟁이의 말을 무조건 믿을 것은 못 된다. 좋은 점이 나오면 기분 좋으면 그만이고 혹여 나쁜 점괘가 나온다 하더라도 다하기 나름이라고 생각하면 된다. 중요한 것은 언제나 나의 태도와 생각이다. 세상에 부끄럽지 않게. 나 자신에게 당당하게. 그런 삶이 최고다. 연예인들도 한순간의 실수로 전성기가 왔지만 놓쳐버리는 경우가 허다하지 않은가. 작은 기운이든 큰 기운이든 나에게 오는 모든 행운들을 내 스스로 다 놓치지 않고 알아차릴 거라는 믿음이 생겼다. 그러기 위해서 내가 할 일은 그냥 열심히 살아가자. 남에게 부끄러운 행동하지 않고 나 자신에게 떳떳하게 살아가는 것이다. 못하는 것에 부끄러워하지 말고 상황 탓하지 말고 묵묵하게. 좋은 기운이 내 주변에 몰려와 좋은 사람들, 좋은 일들로 내 주변을 가득 채우자고. 대운이 나에게 찾아왔을 때 웃으며 반갑게 맞이할 수 있게 말이다.

현실은 영어 학원 하나 제대로 운영하기 버겁고 학원 끝나 집으로 돌아가면 몸은 만신창이가 되어 소파와 한 몸이 되어 집안일은 내팽개치고 이도 저도 할 수 없는 상태다. 몸은 몸대로, 코로나로 인해 정신도 피폐해진 상태였다. 밤마다 스트레스가 극에 쌓여 맥주로 스트레스를 푸니 살은 늘어만 가고 매달 위염으로 내과를 2~3번씩 방문했다. 식도염 등 각종 병을 달고 살았다. '내가 변하지 않으면 아무것도 할 수 없겠구나.'라는 생각에 마음만 무거웠다. 뭐부터 시작해야 할지 몰랐다. 언젠가 기회가 오면 잡고 놓치지 않을 준비를 계속해야 했다. 이조차도 힘든 시기였다. 내 몸이 말을 듣지 않고 여기저기 아팠다. 근본 원인을 파헤쳐 보기 시작했다. 결국은 살, 비만이 원인이었다. 나이가 드니 살을 빼기 위해 온갖 노력을 해도 쉽게 빠지지 않았다.

마침 동네에 한의원이 새로 개업해 다이어트 한약 세일을 했다. 딱 한 달만 한약의 도움을 받고자 한의원으로 향했다. 한약은 생각보다 나에게 잘 맞았고 효과도 금방 나타났다. 한 달만 한약 도움을 받기로 했지만 3개월 행사가로 판매되어 3개월의 도움을 받았다. 3개월이 또 3개월 또 한 번의 3개월이 넘어가면서 총 9개월의 한약 다이어트 결과 살이 15kg가 빠졌다. 몸도 한결 가벼워지고 식도염과 위염도 사라졌다.

다음 해가 다가오는데 올해도 대운은 오지 않았다. 하지만 내 몸에 나쁜 살들과 비만으로 인해 생긴 나쁜 병들이 없어지고 빠져나가기 시작했다. 살이 빠지니 자신감이 조금씩 생기기 시작했고 성격이 밝아지기 시작했다.

성격이 밝아지니 근심 걱정들이 하나둘씩 없어지기 시작했다. 인생 대운을 그렇게 찾던 나는 '언젠가는 오겠지.'라며 여유도 생겼다. 매일이 피곤했던 삶에서 몸무게가 줄어드니 조금씩 활기를 되찾았다. 운동을 시작했다. 집안일을 늘려도 피곤하지 않았다. 매일 밤 먹었던 맥주도 거리를 두었다. 다이어트, 이것이 내 인생의 대운인가? 아닌 거 같다. 조급해하지 않았다. 천천히 준비하며 기다려 보자. 내가 가장 하고 싶은 일이 뭔지 리스트를 만들기 시작했다. 할 수 있는 것들을 스스로 하면서 내 인생의 대운들을 스스로 찾아 나가려 한다. 언젠간 내 앞에 웃으며 대운이 올 것이다. 쓱 스쳐 지나가더라도 놓치지 않을 것이다.

한 가지 확실한 것을 깨달았다. 대운이 오기 전 그 운을 받아들일 몸을 먼저 만드는 것이 우선이라는 것을. 모든 것에는 건강이 우선이다. 건강이 먼저 뒷받침이 되어야 마음의 평화가 찾아오는 것이다.

다른 인생을
시작하다

제2장

■ 1

새벽에 들은
노래 한 곡

주저앉는 자영업자와 문 닫는 가게들. 코로나 백신 개발이 박차를 가하고 있다는 희망찬 뉴스도 있다. 어느 순간부터 뉴스도 보지 않았다. 살아갈 세상만 걱정할 뿐이다. 가고 싶은 곳에 가지 못하고 만나고 싶은 사람도 못 만났다. 마음속 응어리만 쌓여 갔다. 매일 스트레스 가득한 하루의 연속이었다. 이유도 없는 짜증은 고스란히 가족에게 돌아갔다. 신랑과 아이에게 간 부정적 감정의 화살은 다시 나에게 돌아왔다. 결국 내 몸속 사리를 키우며 생활했다. 학원 원장이 코로나에 걸리면 안 된다며 몸도 사렸다. 2년째 명절에 부모님도 찾아뵙지 못했다. 언제까지 이런 날이 계속될지 기약 없는 기다림에 지쳤다.

살다 보면 이유 없이 절망감을 더 느끼는 날이 있다. 호르몬 영향인지 상황 때문인 건지 이유도 모른 채 말이다. 내 주변 모든 것이 싫어 화와 짜증을 많이 낸 날이었다. 특히 가족에게 말이다. 남편과 아이가 하는 짓마다 미워 보였다. 아침에 일어나 밤까지 한숨이 끊이지 않은 날이었다. 침대에 누워 하루를 되새겨 보고 잠을 청해 봤다. 마음대로 잠도 오지 않는 날이었다. 옆에서 자는 신랑의 코 고는 소리조차 귀에 더 시끄럽게 들렸다. 아이는 몸부림을 많이 치며 침대 여기저기를 이동했다. 발로 나를 차며 편안히도 잤다. 오늘 있었던 일을 되짚어 보려다 포기했다. 넷플릭스 로그인을 한다. 이것저것 살펴봤다. 이제는 볼 프로그램도 없었다. 인터넷에 접속해 오늘 하루 무슨 일이 있었는지 살펴봤다.

음악 프로그램에서 한 가수가 방송 횟수 점수가 0으로 되어 있어 1위를 놓쳤다. 그 이유로 해당 프로그램은 순위 조작 의혹 대상으로 고발에 들어갔다. 일반 가수들이 음반이 나오면 방송 횟수 점수가 나오기 마련인데 '왜? 방송 횟수가 0일까?' 궁금했다. 하지만 모든 일들을 제쳐두고 가장 궁금했던 건 '누가 부른 무슨 노래일까?'였다. 기사를 채 읽기도 전 제목을 몇 개 훑어봤다. 유튜브 검색창에 '뮤직뱅크 1위 노래'라고 검색어를 입력했다. 노래의 후렴구가 나왔다. 화면에는 하얀색 슈트를 잘 차려입은 비율 좋은 남자 솔로 가수 한 명이 무대를 꽉 채웠다. 곱실한 앞머리, 작은 얼굴, 훤칠한 이목구비, 옷맵시와 몸매의 비율이 완벽한 8등신 아니 9등신이라도 해도 믿을 만할 정도의 비주얼. 피아노로 시작된 노래는 잔잔하고 덤덤하게 시작되었다. 다소 긴장한 듯 가수의 첫 음절은 조금 떨리게 느껴졌다.

우리 만날 수 있을까. 다시 만날 수 있을까. 그리 좋던 예전처럼 그때처럼 되돌
아갈 수 있을까. 다시 우리가 만나면 무엇을 해야만 할까. 서로를 품에 안고서
하염없이 눈물만 흘러볼까.

임영웅, <다시 만날 수 있을까> 후렴

후렴구와 2절을 향해 갈수록 감정은 더 짙어졌다. '오늘 하루 힘들었지?'
라며 노래가 위로를 건넸다. 코로나로 보고 싶어도 만날 수 없었던 사람들.
다시 예전처럼 돌아가면 무엇을 정말 해야 할까? 엄마를 안고 하염없이 눈
물을 흘리고 숨결을 느끼고 싶었다. 친구들을 보면 마음껏 그들의 이야기
를 듣고 수다를 떨고 싶었다.

소설을 읽을 때만 발단, 전개, 위기, 절정, 결말이 있는 줄 알았다. 4분짜
리 음악 하나에도 5단계가 있는지 깨달았던 순간이었다. 한 음을 내뱉을
때마다 가수의 목소리에는 약간씩 떨림이 느껴졌다. 한 음이 끝나면 목소
리에는 자연스럽게 공명이 일어나 이전 음과 연결이 되어 여운을 남겼다.
다음 가사를 내뱉기 전 호흡을 가다듬고 내뿜었다. 숨소리마저 라이브로
고스란히 느껴졌다.

처음 <다시 만날 수 있을까>를 라이브로 들었던 순간을 잊을 수 없다. 노
래는 마음에서 잔잔한 위로가 되어 파도처럼 모든 걱정거리들이 휩쓸려 갔
다. 새벽 2시, 같은 곡을 3번 연달아 들었다. 듣는 내내 신랑의 코 고는 소
리가 노래를 방해했다. 자리에서 일어나 거실 불을 켰다. 가방을 뒤적여 이

어폰을 찾았다. 이어폰을 귀에 꽂았다. 귓속으로 바로 파고드는 목소리는 더 깊숙이 들어와 심장까지 바로 직통했다. 호흡할 때의 숨소리는 더 선명하게 들렸다. 노래를 들을수록 이유 없이 눈물이 계속 났다. 내 가슴속에 있던 불안, 걱정, 부정의 응어리들이 하나씩 사라졌다. 하루 종일 답답했던 마음이 고요해졌다. 한 시간이 훌쩍 지나갔다. 이상하게도 같은 노래를 반복해서 들었지만 그때마다 새롭게 들렸다. 다른 음악방송에서 그는 같은 노래를 블랙 슈트를 입고 불렀다. 팬들은 그때를 회상하며 화이트 웅, 블랙 웅으로 불렀다. 코로나로 힘들었던 2년, 아니 결혼 후부터 지금까지 쌓여왔던 좋지 않은 모든 감정들이 노래 한 곡에 씻겨갔다.

늦게 잤지만 다음 날 오히려 일찍 눈이 떠졌다. 창문 밖으로 들리는 새소리가 유독 청명했다. 늘 같은 창문 밖 풍경이었지만 나뭇잎도 푸르게 보였다. 하늘은 유달리 높고 파랬다. 전날 밤 노래 한 곡이 준 위로에 어리둥절할 뿐이다. 아이를 학교에 보내고 같은 곡을 다시 들었다. 휴대폰이 아닌 큰 TV 화면으로 보니 가수는 더 잘 생겨 보였다. TV 앞으로 다가가 그와 눈높이를 맞추며 서 있었다. 〈다시 만날 수 있을까〉는 들을 때마다 가수의 음정, 노래 가사 한음의 소리가 매번 다르게 느껴졌다. 특히 "그리운 마음이 서럽게 흘러넘쳐 너에게 닿을 때."라고 절정에 달한 후 잠시 이어지는 침묵의 시간. 부드럽지만 애절한 목소리로 이어 숨을 쉰다. 다시 힘을 빼고 다음을 이어 가는 부분은 압권이다. 모든 것을 놔 버린 듯 힘을 빼고 감정만 실어 들리는 그의 목소리는 들을 때마다 전율을 느꼈다. '뭐 이런 노래가 다 있어? 이 가수 대체 뭐지?'라는 생각에 어리둥절했다. 그는 내가 알던 트로트 가수가 아니었다. 다음 날도 하루 종일 블랙 웅과 화이트 웅을 번갈아 보고 들으면서 〈다시 만날 수 있을까〉의 늪에서 빠져나오지 못했다.

한 노래에 빠져 며칠을 보냈다. 그의 1집 수록곡을 모두 들었다. 늘 걱정 가득 무뚝뚝한 내 표정에서 입꼬리들이 올라갔다. 어떤 곡이든 그의 목소리를 들을 때마다 마음이 편안해졌다. 종교를 믿고 초월하면 나오는 열반의 느낌. 모든 인간들을 다 이해할 수 있다는 넓은 마음이 생긴다면 너무 큰 과장이려나. 도대체 이 감정을 어떻게 설명하는 것이 좋을지 고민해 본다. 그냥 벅차오른다. 1집 수록곡은 모두 처음 들을 때보다 들을수록 계속해서 빠져드는 묘한 매력을 가졌다. 목소리는 또 어떤가. 그냥 가슴에 와 내리꽂아 버린다.

그날 밤, 그 노래 한 곡이 나에게 준 위로는 강렬했고 대단했다. 우연히 길거리나 라디오에서 혹은 어느 순간 〈다시 만날 수 있을까〉를 들을 때마다 처음 빠졌던 순간에 대한 기억이 생생하다. 그렇게 나의 영웅시대는 시작되었다. 잠 못 든 어느 날 밤 시작된 덕통 사고로 인해 생각과 사고방식 생활까지 모든 것이 변화되었다. 열정으로 식어가던 마음의 장작불에 불이 붙기 시작했다. 잠이 안 올 때 평상시 루틴대로 드라마를 봤었더라면 어땠을까? 그 음악을 듣지 않았다면 지금 나는 어떤 모습일까? 내 인생의 불씨를 만날 수 있었을까? 나의 열정을 어디에서 찾을 수 있었을까?

　우연히 검색한 뉴스 기사, 그리고 이어진 노래 한 곡, 눈물, 다시 태어남, 모든 것이 우연을 가장한 인연일 거라 생각한다.

　새벽에 들은 노래 한 곡이 한 사람의 인생을 바꿔 놓았다. 무기력하고 살아갈 의욕을 잃어가던 한 사람의 삶에 열정이라는 불을 지피기 시작했다. "나도 그런 계기가 있었으면 좋겠다."며 누군가는 부러워한다. 우리 모두는 어느 순간 인생에 열정을 피울 불꽃을 만나게 된다. 그때가 지나갔을지, 아직 오지 않았을지 모른다. 주변을 잘 찾아본다. 설령 그 시기가 지나갔다 해도 순간 가슴이 뛴다면 내면의 목소리에 귀를 기울인다. 그러면 또다시 열정의 씨앗이 불타오른다. 그 순간을 놓치지 않기를 바란다. 나에게 임영웅이 그러했듯이 말이다.

마흔,
조금씩 익어 간다

횡단보도에서 신호를 기다린다. 나와 비슷한 연령의 40대 여성 두 분이 이야기를 나누고 있었다. "넌 지금이 좋아, 20대로 돌아가고 싶어?"라는 한 여성의 질문에 다른 여성은 "지금이 좋다."고 했다. 그녀는 20대는 막연했고 뭘 할지 몰라 고민했던 시기였지만 지금은 안정적이고 편안하다고 덧붙였다. 내 대답도 그렇다. 40대 중반을 향해 가는 지금이 더 만족스럽다. 치열했던 20대로 다시 돌아간다면 글쎄다. 젊음은 부럽다. 더 치열하게 앞으로 살아갈 내 모습을 생각하면 과연 그때로 돌아가면 행복할까? 김미경은 그녀의 저서 『마흔 수업』에서 말한다. 20대는 방향을 모른 채 나아가는 나이, 30대는 방법이 서툴러 나아가지만 머물러 있는 나이, 40대는 힘이 가장 좋으면서 방향도 제대로 잡을 수 있는 시기다. 인생의 변곡점을 지나 두 번째 청춘을 맞이하는 마흔이 좋다.

마음은 내가 할 수 있는 대로 다잡는 대로 잡을 수 있지만 신체적으로 나이가 들었다는 신호를 보낼 때마다 당황스러운 요즘이다. 나의 평생 인생 숙제 중 하나는 다이어트다. 20대, 살도 쉽게 빠졌다. 젊었을 땐 저녁을 굶거나 단백질 셰이크로 일주일만 저녁을 대체해도 2~3킬로그램 몸무게 빼는 건 자신 있었다. 지금은 절대 있을 수 없는 일이다. 물만 먹어도 살이 찐다. 물을 먹으니 차라리 맥주를 마시리라. 같은 물인데 뭐가 차이 날까 싶다. 신체 대사 속도도 느려져 소화력도 약해진다. 먹는 양도 줄었다. 맛있는 것이 있으면 배불리 먹고 싶은데 늘 먹고 난 후 며칠 동안 속이 더부룩하다. 먹는 양도 줄었는데 살은 더 쉽게 찐다. 나이 먹는 것도 서러운데 살도 나이만큼 찐다. 한창 땐 피자헛에 가면 피자도 먹고 한 그릇에 6,000원 남짓한 샐러드 하나 시켜 최대 17번, 그릇을 가득 채울 정도로 음식을 먹어치운 적이 있었다. 식욕 왕성한 옛날이 가끔 생각난다.

비 오는 날 밤 운전대를 잡고 어디론가 향했다. 앞이 보이지 않았다. 가뜩이나 어두운데 비까지 오니 차선이 보이지 않았다. 신호등은 밤이라서 그런 건지 색이 번져 보였다. 초록색과 빨간색이 희미하게나마 구분이 되긴 했다. 다행히 혼자가 아니었다. 조수석에 앉은 지인이 길을 안내해 무사히 집으로 도착했다. 다음날 바로 안과를 갔다. '노안'이 올 나이라 했다. 노안이라는 단어를 직접 들으니 머릿속 종이 하나 울렸다. 띵! 정신이 번쩍 들었다. 의사는 내 마음을 아는지 모르는지 차분히 말을 이어 갔다. "다행히 아직 다초점 렌즈 안경을 쓸 단계는 아닙니다. 조금 더 있다가 다시 검진하러 오세요." 뭐가 다행인 상황인 건지 모르겠다. 노안과 나이듦이라는 말을 들을 때마다 '아직 나는 아니다.'라며 부정하고 싶은 맘이 간절하다. 몸의 기능들이 약해져 가는 나이, 늙어 가는 것을 인정하고 받아들여야 하는 나이다. 마음은 아직 열정 가득인데 하나둘씩 몸에선 고장 신호를 보내온다. 건강, 그리고 행복이라는 단어가 절실한 요즘이다. 그래서 내 가수가 "건행"을 그렇게 외치는가 보다.

글쓰기 수업에서 『마흔은 쓸데없이 불안하다』 이은희 작가의 저자 특강을 들었다. 그녀는 이 책을 쓴 계기가 어느 날 샤워를 하다 본인이 샴푸를 했는지 안 했는지 기억이 나지 않아 한참을 망설였다고 했다. 샴푸를 다시 묻혀 머리를 감았지만 거품이 계속 나 생각해 보니 이미 샴푸를 했던 것이었다. 그녀는 또 차를 마트에 주차해 놓고 걸어온 후 다음 날 아파트 주차장에서 차를 도난당했다고 경비실에 신고를 하기도 했다며 자신의 경험담을 이야기했다. 마흔 나이에 디스크로 인해 몸과 마음도 다 꺾인 느낌이었다고 작가는 본인이 전하는 마흔의 메시지 3가지로 특강을 마무리 지었다. 일단 시작하자, 나와 제대로 친해지자, 그리고 지금의 여정을 즐기자. 지금의 청춘을 즐기면서 쓸데없이 불안해하지 말고 지금을 충실히 살아가자고 마무리를 지었다.

『미리, 슬슬 노후대책』에서 이영미 작가는 품위 있게 늙는 것이 중요하다고 언급했다. 품위는 나이가 들어가면서도 성숙하고 고귀한 태도를 유지하는 것이다. 나를 포함한 주변 사람들에게 예의 바르고 존경받을 만한 방식으로 삶을 살아가는 것을 의미하기도 한다. 이영미 작가는 품위는 스스로 깨달아서 갈고닦아 나도 모르게 우러나오는 것이라고 정의했다. 그녀는 모든 주변 사정들이 제대로 맞물려 돌아갈 때 품위를 지키는 것은 쉽지만 나이가 들거나 몸이 아프거나 사는 형편이 나빠지면 제일 먼저 달아나는 것 또한 품위라고 전했다. 우연히 들은 두 작가의 저자 특강에서 '이제는 노후를 준비해야 할 시기구나!'라는 것을 깨달았다.

나이가 들어 꼰대 소리를 듣는 어른들이 많다. 꼰대가 아닌 내 삶을 주체적으로 살면서 품위 있게 늙어 가는 어른이 되고 싶다. 어떤 어른이 되고 싶냐고 물어보면 품위 있고 아름답게 늙어 가고 싶다고 답한다. 품위 있게 젊은이들과 만나도 세대 차이 없이, 조금은 있겠지만 없을 정도로 이야기 나누고 싶다. 지갑은 두툼하게 열고 입은 다물고 싶다. 많이 들어주는 어른이 되고 싶다. 내 경험이 젊은이들에게 좋은 조언이 되도록 만들어 주고 싶다. 또래 친구들과도 멋진 우정을 쌓아 가고 싶다. 더 이상 자랑과 질투 섞인 대화로 친구들과 시간을 보내고 싶지 않다. 형편이 좋지 않을 때 어느 순간 달아날지 모르는 품위를 꼭 잡고 싶다.

최근 나보다 연배가 있으신 분들을 많이 만났다. 영웅시대, 그들을 보면,

콘서트 현장에서 누구보다 더 열정적이다. "임영웅 때문에 살맛 난다. 인생이 재미있어졌다. 내 자식 키우는 것 같다. 마냥 좋다. 아픈 것도 이겨냈다. 예전 취미를 다시 시작했다. 하루를 더 열심히 살아가게 되었다." 그들은 가수에 대해 열렬히 지지해 주고 공부도 게을리하지 않는다. 스밍(음악 스트리밍 실시간 서비스)을 위해 음악 앱을 깔고 유튜브와 포토샵을 배우기도 한다. 그림 그리기부터 피아노 뜨개질, 팔찌 만들기 등 임영웅 굿즈들도 직접 제작해 나눠 주기도 한다.

그 사람들과 이야기를 나눠 보면, 다시 희망을 얻기도 하고 열심히 순간을 살아가는 것처럼 느껴진다. 연예인이 됐든, 누가 됐든, 사람이 누군가를 온 마음 다해 좋아하게 되면 인생에 활력이 솟는다는 걸 나는 알고 있다. 단순히 노래가 좋고 가수가 좋다는 정도를 넘어, 내 삶에 기쁨과 기운을 샘솟게 해 주었다는 점에서 나는 그를 사랑하는 것이다. 힘들고 팍팍한 인생을 살면서 누군가를 진정으로 좋아하는 마음 한 번쯤 느낄 수 있다면 그것이야말로 행복 아니겠는가.

우린 늙어 가는 것이 아니라 조금씩 익어 가는 겁니다

나이듦과 삶에 대해 많은 생각을 하고 있던 터라 가사가 더 와 닿았던 노래 〈바램〉이다.

나이가 들어가는 것을 부정적으로만 생각하지 않기로 했다. 삶에 대한 지혜가 더 생기는 것, 포용할 수 있는 넓은 마음을 가지는 것으로 웃으며 세월을 맞이할 것이다. 도전에 대해서도 두려워하지 않을 것이다. 영웅시대로서 든든한 내 편들이 많이 있으니 무서울 것이 없다. 그들과 함께 품위 있고 아름답게 재미나게 인생을 살아가고 싶다. 오늘이라는 하루를 살면서 나는 조금씩 익어 가고 있다.

■ 3

매일 아침
행복이 도착했습니다

매일 일어나자마자 하는 행동 즉 아침 루틴이 생겼다. 리모컨을 찾아 TV를 켠다. 유튜브 앱을 클릭 한 후 임영웅이라는 세 글자를 검색창에 입력한다. 그가 부른 노래 한 곡을 검색하면 스트리밍 방식으로 같은 가수의 다른 노래들이 연속 플레이된다. 노래로 시작하는 아침이다. 오늘은 어떤 음악에서 행복을 느낄지 모른다. 유튜브에 재생되는 대로 음악을 들었다. 다음 곡이 어떤 곡이 나올지 알지 못한다. 다음 곡이 무엇이고 그가 어떤 성대를 장착하고 노래를 부를지 상상하는 것만으로도 두근거린다. 사실 요즘 아이돌의 노래는 듣기만 하면 무슨 말을 하는지 알아듣기 힘들다. 가사를 보면 '아~ 이 단어를 이렇게 발음했구나.'를 안다. 가사를 봐야지만 음악을 들으면 그 가사가 귀에 슬며시 들어온다. 처음 들었을 땐 영어인지 한글인지조차 구분이 힘들 때가 많다.

옛날 감성익 7080세대까지 거슬러 가지는 않지만 90년대에서 2000년대 노래를 들으며 옛 추억에 잠기곤 한다. 음악만 집중해서 들을 수 없다. 청소를 하기도 하고 아침을 만들기도 하고 책을 읽기도 하고 빨래를 해야 한다. 흥얼거리며 집안일을 한다. 익숙한 노래가 나오면 하던 일을 멈추고 옛 추억으로 돌아간다. 큰 소리로 따라 부른다. 음악과 함께 하는 아침, 무슨 노래가 내 맘에 들어와 하루를 시작할지 기대로 가득 찬 하루를 시작한다. 임영웅을 알고부터 매일 밤 이어폰으로 음악에 취해 잠에 들었고 음악으로 시작하는 아침에서 에너지를 얻고 있다.

뒤늦게 웅덕(임영웅에 빠진 순간을 말하는 용어, 보통 '입덕한다'는 말을 임영웅의 웅을 이용해 입덕 대신 웅덕이라는 용어를 사용함)한 경우라 1집 수록곡만 한 달 넘게 반복해서 들었다. 검색을 해 보니 그가 부른 옛 노래들이 많았다. TV조선에서 〈미스터트롯 시즌1〉이 끝나고 우승 멤버들을 모아 〈사랑의 콜센타〉라는 프로그램을 방송했다. 시청자들의 신청곡과 사연을 받고 우승 멤버 중 한 명을 지목하면 그 가수가 해당 노래를 불러 주는 프로그램이었다. 멤버들과 콩트도 하고 새로운 곳을 방문해 미션을 주고 도전하는 〈뽕숭아학당〉 프로그램도 있었다. 이 두 프로그램에서 임영웅은 예전 노래를 리메이크해 본인만의 스타일로 소화시켜 역주행을 시킨 곡이 많았다. 가장 좋아하는 곡은 신성우의 〈서시〉, 드라마 〈도깨비〉의 삽입곡이었던 크러시의 〈Beautiful〉, 뮤지컬 〈지킬 앤 하이드〉의 삽입곡 〈지금 이 순간〉, 스페인 감성을 돋우는 〈데스파시토〉, 한동준의 〈그대라는 사치〉 등이 있다. 장르도 보면 록에서부터 팝까지 다양하다. 모든 장르를 다 성대를 바꿔 가며 소화해 내는 그가 존경스러웠다. 예전 추억의 노래와 가수의 목소리에 빠져 TV를 보면 스피커 볼륨이 계속 올라간다. 주말 아침, 아직 잠에서 깨지 못한 신랑은 눈을 비비며 방에서 나와 한마디 한다. "적당히 좀 하자." 그럴 때마다 '소리가 컸나?' 혼잣말하며 미안함에 소리를 잠시 줄였다 다시 키우기를 반복했다.

내 음악 취향에 한 가지 변화가 생겼다. 트로트를 듣기 시작했다. 트로트는 가끔씩 엄마가 부르는 노래, 젊은 시절 노래방에서 상사들에게 잘 보이고 흥을 돋우기 위해 부르고 들었던 음악이었다. 내 손으로 직접 검색해 찾아 듣는 장르가 아니다. 아직 트로트를 듣기에 이른 나이라고 생각했을지도 모른다. 내 맘속 어딘가에 트로트는 50대 이후부터 듣는 음악이라는 편견을 가졌었다. 요즘은 연령대가 더 높아졌을지도 모른다. 〈미스터트롯 시즌1〉에서 임영웅이 부른 〈일편단심 민들레〉를 듣기 전까지 나도 그랬다. 경연에서 노래 부르기 전 얽힌 일화를 소개해 줬다. "6·25 전쟁 당시 납북된 남편의 귀향을 기다리면서 30년 넘게 홀로 지내신 할머니의 망부가인데요. 한 라디오 PD님께서 이 가사를 접한 후 이 내용을 조용필 선배님께 전달했는데 선배님께서 바로 그 자리에서 만든 노래입니다."

처음 만나 맺은 마음 일편단심 민들레야 행복했던 장미 인생 비바람에 꺾이고

긴 세월을 하루같이 하늘만 쳐다보니 그리운 님의 목소리가 그립다.

임영웅, <일편단심 민들레> 중

무덤덤하게 힘을 뺀 목소리로 고급스럽게 그의 스타일대로 노래를 불렀다. 그의 트로트에는 특유의 꺾임이 없다. 꾸미지 않는다. 그냥 가사대로 느낌대로 남편을 기다리는 여인의 마음을 담아 부를 뿐이다. 2절은 더 애절하다. 이 노래가 이렇게 슬픈 노래였던가. 순간 나는 남편을 전쟁터로 보낸 새색시로 빙의되었다. 그녀의 슬픔과 그리움이 노래 한 곡으로 전해졌다. 다음 경연 노래로 예쁜 사랑 노래, 사랑을 고백하는 노래를 하고 싶다고 했다. '트로트에 사랑을 고백하는 노래가 있을까?' 그가 택한 가수는 설운도였다. 감미로운 색소폰 소리로 시작하는 <보랏빛 엽서>였다. 첫 소절부터 관객들의 탄성을 자아냈다. 처음 들어본 곡이었다. 트로트가 이렇게 감미로운 사랑의 음악이었던가. 당시 심사 위원이었던 설운도는 "이 노래가 이렇게 좋은지 처음 알았습니다. 제가 임영웅 씨한테 배울 것이 있어요. 저는 지금까지 이 노래에 감정을 담아 부르지 못했어요. 저도 가슴이 찡했어요."라고 말했다. 원곡자에게 최고의 칭찬을 들은 <보랏빛 엽서>는 지금도 나의 애창곡 중 하나가 되었다.

아직 트로트를 듣기에는 이른 나이라 생각했다. 트로트 가수들이 누가

있는지 이름조차도 몰랐다. 하지만 임영웅, 그가 부르면 트로트도 아름다운 우리의 인생을 표현하는 노래로 변신했다. 음악 장르에 대한 편견이 없어졌다. 그가 타이틀곡 중 실패했다고 말했던 〈따라따라〉 노래는 나의 하루 퇴근 송이 되었다. 2절 부분은 특히 힘들었던 날, 더 큰 위로가 되었다. 그 외 그가 경연 때 아버지를 생각하며 부른 〈배신자〉는 어린 나이에 일찍 돌아가신 아버지가 즐겨 불렀던 노래였다. 엄마 앞에서 차마 부를 수 없었던 노래를 경연 마지막 곡으로 선택했다. "얄밉게 떠난 님아~"라고 두 번을 읊조리면서 시작한다. 감정을 절제하고 노래를 이어 가던 그는 마지막엔 모든 감정을 "배신자여~"라는 가사에 쏟아 냈다. 뒤늦게 출렁이는 감정을 다스리며 마스터들의 점수가 눌러지는 동안 그는 계속 눈물을 흘렸다. 당시 그는 최저 점수가 94점으로 완벽에 가까운 점수를 받았다.

그가 부른 노래는 장르를 불문하고 모두 역주행을 해 다음 날 음반 차트 100위 안에 안착했다. 비록 1집 가수지만 수많은 다양한 장르의 커버 곡들의 영상을 연습생 시절 꾸준히 유튜브에 업로드했다. 그 모든 영상들을 섭렵하는데 약 석 달 정도가 걸렸다. 그 시기 동안 남들보다 늦게 시작한 덕질에 아침부터 자기 전까지 그의 음악을 들으며 행복한 밤과 아침을 맞이했다. 나는 음악평론가도 아니다. 평범한 40대 주부인 내가 감히 그의 음악과 트로트를 평가하지는 못한다. 트로트라는 장르는 한국에선 어르신들이나 중장년층 사이에서 많이 즐겨들었던 음악이다. 최근 몇 년간 장윤정과 홍진영 등 젊은 가수들을 중심으로 젊은 트로트가 등장해 인기를 얻고 있었다. 코로나로 인해 〈미스터트롯〉 열풍이 불면서 중장년층 어머님들의 마음에 훅 들어와 버린 임영웅. 당시 나는 〈미스터트롯〉이라는 프로그램을 볼 여유조차 없었다. 특히 임영웅은 매번 프로그램 끝에 등장해 아이를 재워야 하는 시간과 겹쳐 TV를 꺼야 했다. 조금 더 일찍 그를 알았다면 나도 〈바램〉 2초의 기적에 빠져들었을까. 알 수 없다. 지금 나는 그를 알았고 힘든 시기 위로가 되었고 마음속 깊이 그를 새겼다.

사랑에만 타이밍이 있는 건 아니다. 음악과 뭔가에 빠지는 것에도 타이밍이 중요하다. 확실한 건 트로트 가사는 어느 노래보다 삶에 대한 메시지를 더 확실히 전달해 준다. 둘러대는 것이 없다. 네가 좋으면 좋고 싫으면 싫다. 직구다. 솔직하다. 그래서 좋다. 임영웅이 부르는 트로트는 하나의 장르다. 그가 하는 모든 이야기가 위로요, 삶의 희망이다. 그가 부른 트로트에서 오늘도 삶의 지혜를 배운다. 더 이상 트로트는 나이 드신 분들의 음악만이 아니다. 전 세대를 아우를 수 있고 공감할 수 있는 노래의 한 장르이다. 오늘 아침, 나에게 또 행복이 도착했다.

보고 듣는 것의
재미에 빠지다

예민한 아이를 키우며 받는 스트레스, 조선시대에서 타임머신을 타고 온 신랑, 주변 인간관계에서 오는 스트레스를 다스릴 줄 몰라 화를 안으로 쌓아만 갔던 때가 있었다. 무엇을 해야 행복한지 기분이 좋은지 어떤 말과 상황일 때 기분이 나쁜지 나에 대해 무지했다. 이 시기 내 인생이 어디로 흘러갈지 모르는 막연한 불안감도 함께 했었다. 내가 나를 모르기 때문에 내 감정을 들여다보지 않았다. 자신에 대해 알 기회가 없었다. 나의 감정을 어떻게 다스리는지 몰랐다.

지금은 내가 좋아하는 일이 뭔지 알고 있다. 임영웅 노래를 들을 때 행복하다. 하루 중 방전되었던 에너지가 음악과 함께 충전된다. 딸이 "엄마, 오늘은 에너지 몇 프로야?" 물으면 "오늘은 에너지 70프로인데 네가 안아 주면 30프로가 채워질 거야."라고 기분 좋게 말한다. 아이는 이내 나를 꼭 안아 준다. "엄마, 오늘은 몇 프로야?", "오늘은 에너지가 10프로야. 그래서 임영웅 타임이 필요해."라고 대답하면 아이는 "그럼 내가 30분 줄게. 임영웅 노래 마음껏 들어."라고 말하며 잠시 나만의 시간을 만들어 준다. 30분 후 "충전 다 됐어?"라고 물으면 고맙다는 말과 함께 한 번 더 아이를 꼭 안아 준다. 자연스럽게 임영웅을 좋아하는 맘이 커진 것을 알게 된 딸은 나이 답게 질투를 하곤 한다. "엄마는 임영웅이 좋아, 내가 좋아?" 솔직한 말로는 100프로 딸이 좋다고 말하지는 못한다. 자식도 속 썩일 때 미울 때도 있다. 하지만 그때만큼은 "당연히 가족인 딸이 좋지."라고 말한다.

나의 감정을 관리할 수 있게 되니 하루가 더 편해졌다. 마음의 평화가 찾아오니 가족에게도 짜증을 덜 냈다. 얼굴 미간 사이에 생겨야 할 걱정 주름도 하나둘씩 없어졌다.

음악을 자주 듣다 보니 신기한 경험도 하게 된다. 같은 음악을 반복해서 듣는 중에도 어떤 날은 후렴구가 또 다른 날은 앞 소절이 귀에 꽂힌다. 유달리 악기 하나가 아름답게 들리는 날도 있다. 처음엔 들리지 않던 크리스털처럼 맑은 종소리가 들렸다. 가수의 미세한 숨소리가 크게 들리는 날도 있다. 생각해 보면 모든 악기들이 다 하나로 어우러져 하나의 곡이 완성된다. 그 곡을 온전히 감상하는데 대중가요의 경우 4분 정도 시간이 걸린다. 감상을 마치면 에너지로 마음이 가득해지고 풍성해진다. 윤광준의『심미안 수업』에서 그는 음악을 지금 이 순간을 사는 행복이라고 정의했다. 음악의 특별한 점은 당연 사라지는 예술이다. 그 순간에만 존재하고 사라지기에 현재만 있는 예술, 사라지기에 더 강렬한 예술이 음악이다. 지금 느끼는 것의 힘이 아는 것의 힘보다 얼마나 강렬한지가 음악을 통해 증명된다고 했다. 새로운 아름다움이 마음속까지 들어오면 이전의 나와 전혀 다른 내가 되는 경험을 하게 된다. 오롯이 임영웅 그의 음악을 느끼는 것 하나만으로도 다른 내가 되어갔다.

꼭 음악이 주는 위로가 아니어도 좋다. 덕질을 한 후부터 생긴 변화 중 하나는 인터파크와 예스24 예매창에 자주 접속을 하는 것이다. 처음엔 콘서트 잔여석을 알아보기 위해 접속을 했다. 잔여석을 구하지 못한 경우엔 연극, 뮤지컬, 음악회도 검색해 본다. '할인, 무료 공연, 몇십년 만의 연극 개봉, 내한 공연' 등의 단어들로 '저희들 좀 보러 오세요.'라고 유혹한다. 20대에는 대학로에서 연극도 보고 혼자 뮤지컬도 보러 가곤 했었다. 그때 이후 삶에 지쳐 문화생활을 거의 접하지 못했다. 용기를 내 혼자 연극을 예매했다. 아이 친구 엄마에게 말하니 표만 있으면 같이 가고 싶어 했다. 사실 그녀도 젊었던 시절이 그리웠던 것이다. 함께 대학로로 향했다. 나처럼 20대 때 연극을 많이 봤던 그녀는 대학로가 여전하다며 추억의 장소를 함께 걸었다. 맞다. 우리에게도 젊은 날이 있었다. 그날 이후 둘은 이어 〈캣츠〉 내한 공연을 함께 봤다. 매년 뮤지컬이나 연극 공연을 꼭 한편씩 보자고 다짐했다. 하루의 일탈과 경험을 통해 추억에 잠겼다. 스트레스를 날릴 수 있었던 하루였다.

　외부에서 압력을 받으면 긴장, 흥분, 각성, 불안 같은 생리 반응이 일어나는데 이런 외부 압력을 스트레스 요인이라 칭하고 여기서 벗어나 원상복귀하려는 반작용을 스트레스라고 칭한다. 그러므로 스트레스는 즐길 수 있는 것도 아니고 억지로 없앨 수 있는 것도 아니다. 관리할 수 있을 뿐이다. 미술관을 가든, 전시회나 음악회를 가든지, 영화나 연극, 뮤지컬을 보러 가는 것이다. 손쉽게 할 수 있는 방법이 독서다. 책을 읽고 글을 쓰는 것도 좋다. 아니면 가까운 분위기 좋은 카페를 가 여유를 즐기고 오는 것도 하나의 방법이다. 이 모든 것을 했는데 벅차오르는 감정이 느껴지고 먼 길을 다녀왔지만 피곤하지 않으면 한 번 더 그 일을 해 보는 것이다. 그러면 그것이 자신에게 에너지를 주는 일이 된다. 화가 날 때 좋았던 순간을 생각하면서 감정을 다스릴 수 있게 된다. 건강한 자신만의 스트레스 관리법을 찾아가는 일은 자신이 좋아하는 일을 알아가는 것이다. 그렇게 하나씩 알아가면 삶은 에너지로 가득 차게 된다.

　나에겐 음악이 그랬다. 좋은 음악은 몸에서 먼저 반응이 일어난다. 기분이 좋아지고 가슴은 금세 온기로 차오른다. 힘이 나고 용기도 나고 편안해진다. 화날 때 기분 좋은 음악을 가볍게 한 곡 틀어 본다. 가장 손쉽게 스트레스를 풀 수 있는 좋은 방법이다. 어떤 음악이든지 좋다. 클래식도 좋고 추억의 가요 혹은 최신가요도 좋다. 유튜브나 네이버에서도 손쉽게 음악을 접할 수 있다. 귀에 이어폰을 꽂고 볼륨을 높인 채 조용히 음악의 선율에 귀 기울여본다. 홀로 있어도 위안의 음악이 흐르면 따뜻해진다. 거센 음이 흐르면 집안에 있어도 세찬 바다 위에 놓인 듯 위태롭게 느껴진다. 따뜻한 음악은 집안의 분위기도 따뜻하게 만들어 준다. 음악은 주변 풍경까지 바꾸는 힘이 있다. 사람을 바꾸는 힘도 있다. 그 강력한 힘을 느껴본다.

인터파크나 예스24 티켓창에 오늘도 로그인을 한다. 연극도 얼리버드로 예매하면 저렴하게 즐길 수 있다. 매월 마지막 주 수요일은 문화가 있는 날이다. 이날은 티켓 할인율이 상당히 높다. 가족 모두가 함께 이용하려면 가격에 부담도 된다. 좋은 공연은 함께해야 하지만 그러지 못하는 경우도 있다. 40대 중반, 나를 위해 평상시 조금 아껴 쓴다. 적금을 넣어 몇 달 돈을 모은다. 혼자 공연을 볼 때 경제적으로 가족 눈치를 보지 않아도 된다. 비싼 공연이 아니어도 괜찮다. 대학로 연극이나 보고 싶었던 미술관, 음악회, 콘서트 아무거나 좋다. 시간이 되면 예약하고 일단 간다. 좋은 시간과 함께 스트레스를 그곳에 두고 온다. 40대! 보고 듣는 기쁨에 빠진다. 보고 들으며 나를 찾아간다. 인생에 돈과 건강과 행복만 쌓아 놓자. 스트레스는 쌓아 놓지 말자.

■ 5

다시 나를 찾아가는
첫걸음

어김없이 되풀이되는 하루의 시작이다. 음악을 틀어놓고 밀린 집안일을 한다. 흥얼거리며 설거지를 하고 잠시 쉬러 앉았다. 바닥에 보이는 머리카락들과 가구 위 먼지가 보인다. 물티슈 몇 장을 꺼내 뭉치를 만든 다음 걸레 대용으로 사용한다. 환경오염으로 물티슈 대신 걸레를 사용하는 게 맞지만 빨고 말리기가 귀찮아 물티슈로 대신 청소를 한다. 먼지 조금만 닦고 버리기에는 아까워 티슈의 오염된 부분이 보이지 않게 접어 바닥 닦기를 시작한다. 평상시 사는 집은 크지 않지만 바닥을 청소하려고만 하면 내가 사는 공간이 무척 커지는 기이한 경험을 한다. 거실 바닥을 반 정도 닦고 있었을 즈음 틀어놓은 노래의 가사가 귓가에 꽂혀 들린다.

순간 정신이 번쩍 뜨였다. 내 이름이 무엇인지 생각나지 않았다. 아이를 낳고부터 아이 위주의 동선으로 살았다. 문화센터나 친구들의 모임에서 "유진이 엄마"로 불리는 것이 익숙했다. 익숙한 것은 깨달음이 있기 전까지 인식하기 어려운 법이다. 현재 나는 환경을 걱정하며 물티슈 뭉치를 들고 청소를 하고 있는 아이 엄마다. 문득 청소하다 들리는 노래 가사에 존재의 깨달음과 인식이 밀려왔다. 나도 이름이 있었다. 연애 때 신랑은 "효명아"라고 자주 이름을 불러 줬다. 그러다 "자기야, 여보" 등의 호칭으로 변경되었다. 지금은 호칭을 생략할 때도 있다. 시부모님도 아이를 낳기 전 이름을 자주 불러 주셨다. 아이를 낳은 후 "유진 애미" 혹은 "큰 애"가 되었다. 내 이름을 찾아야겠다. 더 이상 누구 엄마로 사는 것이 아닌 나를 찾아가야겠다! 청소를 멈추고 창밖을 바라봤다. 그 순간 이어지는 노래 가사는 손에 쥐고 있던 티슈 뭉치를 던져 버리게 만들었다.

갑자기 아무 이유도 없이 눈물이 났다. 그저 노래 가사가 잘 살았다며 덤덤한 위로의 손짓을 해 주었다. 영원히 계속될 것만 같았던 인생의 찬란한 젊은 날이 아쉬웠다. 찬란히 빛날 인생이 다시 올지 모르는 일이다. 사는 것에 두려움이 커졌다. "내일은 처음 가는 길. 언제나처럼 또 두려워. 버들강아지 활짝 웃는 날. 후회하지 않으리." 노래 가사는 또 한번 나에게 깨달음을 주었다.

버들강아지라 하면 길가에 피는 솜털 같은 모양의 식물이다. 식물에 대해서 잘 알지 못한다. 그 버들강아지가 웃는 모습으로 보이는 날, 후회하지 않은 인생을 살려면 어떻게 살아야 하는 것인가. '내일 가는 길은 나뿐만이 아니라 모든 사람들에게 두려운 것이니 이런 가사가 있겠지.'라며 스스로를 위로해 봤다. 다시 멈췄던 청소에 집중해 본다. 잠시 딴 생각을 하는 동안 물기가 빠져버린 물티슈를 다시 잡았다. TV 뒤 쪽 보이지 않는 곳으로 머리카락과 먼지가 수북이 쌓여 있었다. 다시 닦았다. 말라 버린 티슈로는 깨끗하게 닦이지 않았다. 걸레를 가져올까 잠시 생각하다 그냥 물티슈로 문지르고 말았다. 왔다 갔다 하기 귀찮아 분무기를 옆에 두고 물을 뿌려가며 하던 청소를 마무리했다.

후회 없는 인생. 거창하게 나의 미래를 짚어 보는 것도 중요하다. 지금처럼 내게 주어진 일에 최선을 다하는 태도가 먼저 필요했다. 먼지와 머리카락이 시커멓게 뭉쳐진 티슈를 휴지통에 버렸다. 걸레를 물을 적시고 닦고 다시 빨아 건조기에 널어놓는 잠시의 행동들이 귀찮다는 이유로 물티슈를 사용하는 내 모습. 이런 하루가 쌓이면 또 어느 순간 후회하는 날이 오지 않을까. 앞으로 후회하는 일 없이 살아가고 싶었다. 내 이름을 찾아가는 과정이 뭔지 생각해 봤다. 후회 없는 삶을 위해 가장 하고 싶었던 일, 버킷리스트의 일을 하나씩 해 보기로 용기를 냈다.

예전부터 피아노를 배우고 싶었다. 어렸을 땐 엄마에게 이끌려 가 피아노 학원에 등록해 2년 정도 배웠다. 예전 기억에 피아노는 클래식이라는 이유로 마냥 어렵다 생각했다. 임영웅 노래를 하나씩 직접 연주해 보고 싶었다. 처음엔 그의 1집 수록곡 〈연애편지〉 속의 기타 선율이 좋아 기타를 배울까 싶었다. 기타로 칠 수 있는 곡은 제한적일 거 같았다. 피아노는 어렸을 적 배운 기억이 있고 마침 딸 교육 때문에 먼지가 쌓여 가는 전자피아노가 집에 있었다. 엄마에게 끌려갔던 피아노 학원, 지금 내 의지대로 가고 싶었다.

초등학교 학부모 독서모임 때 읽은 책 중『프레임』이 생각났다. 책 속에서 막연히 꿈꾸고 있던 것들을 하나씩 실천해 보라고 말한다. 자신만의 프레임을 깨고 세상 밖으로 나오라는 강력한 메시지를 주는 책이다. 꿈을 현실화하기 위해서 꿈만 꾸지 말고 밖으로 나와 부딪쳐 보라 한다. 지금 내가 해야 할 일이 무엇인지 확인하고 바로 실행해 보라 했다. 근처 피아노 학원 여러 군데 전화를 했다. 성인 수업 있는 곳이 없었다. 독서동아리 모임 멤버 중 한 엄마가 피아노와 드럼을 배운다고 말한 기억이 났다. 마침 연락처를 받아 놓은 것이 있어 찾아봤지만 보이지 않았다. 용기를 내 단체 카카오톡방에 사연을 말했다. 피아노 학원 정보를 다시 물었다. 당시에는 단톡방에 글 하나 쓰는데도 용기가 필요했던 소심한 나였다. 다행히 바로 답을 주셨고 받은 연락처로 피아노 학원 원장님께 문자 메시지를 보냈다. 성인 수업이 가능하다는 연락이 왔다. 혹시 임영웅 노래만 치고 싶은데 가능한지 추가로 물었다. 긍정의 대답을 받았다. 정해진 요일과 시간을 알려 주면 내일 당장이라도 수업이 가능하다는 메시지를 이어받았다. 어렵게만 생각했던 버킷 리스트 하나가 이뤄지는 순간이었다. 이어서 울리는 메시지 소리에 휴대폰을 확인했다. 성함과 처음으로 연주하고 싶은 곡을 알려달라 했다. "이효명입니다. 임영웅 노래면 아무거나 좋아요."라고 답했다. 오늘 아침 물티슈를 들고 존재감이 없었던 나는 드디어 이름을 찾았다. 노래 가사처럼 내 인생 미안하지 않게 하나씩 이뤄 가며 살고 싶어졌다. 후회하지 않게, 찬란한 인생을 만들기 위해서.

　하고 싶은 것, 배우고 싶은 것이 있으면 알아보고 바로 실천으로 옮기려 노력한다. 어려운 것이 아니었다. 정보를 찾고 연락을 했고 답을 받았고 약속을 잡았다. 뭐가 어렵다고 지금까지 미뤄 놓았을까. '내 나이 50이 되면 피아노 멋지게 한 곡 연주해야지.'라며 막연하게 꿈꾸던 일이었다. 꿈만 꾸면 이뤄지지 않는다. 구체화하고 행동하고 실천으로 옮기는 순간 버킷리스트 하나, 목표가 시작되는 순간이다. 뭘 주저했던가? 돈? 시간? 아니다. 용기가 부족했다. 모르는 사람에게 연락을 하고 새로운 것을 시작한다는 것은 소심한 전형적인 A형, MBTI의 극 I 유형인 나에게는 큰 용기였다. 지금은 달라졌다. 노래 하나로 용기를 얻었다. 정말 간절히 원한다면 바로 실행할 수 있는 것들이 있다. 그런 것들을 하나씩 생각해 보고 이루어나가는 삶을 살아가 보려 한다. 하나씩 능력이 쌓이다 보면 언젠가 찬란하게 빛날 인생이 다가올 것이다. 버킷 리스트가 경험이 되고 이뤄 가며 후회 없는 삶을 살고 싶다.

■ 6

과학을
만나다

    평생 문과남자로 살아온 유시민의 『문과 남자의 과학 공부』라는 책을 읽었다. 그는 과학을 전혀 몰랐을 때 세계를 일부밖에 보지 못했다고 고백했다. 타인은 물론이고 본인 자신도 잘 이해하지 못했다고 말한다. 과학을 아는 지금 예전보다 훨씬 더 많은 것을 다양한 관점에서 살핀다. 과학을 이해하고 과학적 사실을 받아들이면 인간과 사회를 더 잘 이해할 수 있게 된다. 책에서는 뇌과학부터 생물학, 화학, 물리학, 그리고 수학까지 모든 과학의 기초를 인문학적 상식과 함께 그의 생각들이 잘 표현되어 있었다.

    평소 삶과 죽음 그 너머의 삶이 궁금했었다. 샤머니즘도 관심을 가졌다. 사찰과 교회도 찾아갔다. 원하는 정답을 듣지 못했다. 사찰과 교회를 다녀온 날이면 마음만은 뻥 뚫린 듯 편안했다. 시험관 시술을 하면서 인간의 운명에 대해 더 알고 싶어졌다. 인간 존재의 시작이 무엇인지 한 유전자가 어떻게 만들어지는지 죽으면 사람은 어디로 가는지 궁금증이 궁금증을 낳았다. 남편과 자식은 전생의 원수라는 말도 있지 않은가. 그럼 정말 전생이 있는 건지, 인간은 환생을 하는 건지, 인연과 운명이 무슨 연관이 있는지 세상은 온통 미스터리한 것들로 가득했다. 답을 알고 싶었다.

드라마 〈도깨비〉에서 인간은 네 번의 생을 산다고 한다. 씨 뿌리는 생, 뿌린 씨에 물을 주는 생, 물을 준 씨를 수확하는 생, 수확한 것을 쓰는 생이다. 나의 이번 생은 몇 번째 생인지. 이전에는 어떤 삶을 살고 여기까지 온건지, 혼자 있을 때마다 항상 머릿속을 가득 채웠던 모든 고민들. 언젠가는 답을 찾을 수 있을지도 모른다 생각했지만 사실은 막연했다.

한 예능 프로그램에서 임영웅은 본인을 과학 덕후라 밝혔다. 평상시 과학 유튜버 궤도의 방송을 자주 본다고 말했다. "우리가 보는 별은 작아 보여도 실제로는 엄청 크다. 팬분들의 사랑도 마찬가지다. 얼핏 작아 보여도 그 깊이는 어마어마할 것."이라며 팬들을 별빛으로 비유했다. 과학 덕후이자 특히 우주에 관심이 많다고 했다. 그의 노래와 콘서트에는 우주에 대한 애정이 고스란히 드러난다. 2023년 시작한 콘서트에서 그는 우주선을 타고 지구에 도착하는 컨셉으로 처음 시작을 잡았다. 〈모래알갱이〉를 부르기 전, 칼 세이건의 책 『코스모스』속 유명한 구절을 인용하기도 했다. 내 가수가 우주 덕후면 나도 우주 덕후가 될 것이다. 덕후는 내 가수가 좋아하는 것을 따라하고 싶은 욕망이 있다. 궤도의 방송을 보고 우주 관련 책들을 읽었다.

첫 번째 나의 인생 책, 모든 궁금증의 해결책이 되어 준 책이 바로 앞서 언급했던 『코스모스』다. 내가 사는 곳이 지금 이 공간이 아니라 우주라는 거대한 공간의 한 부분이라는 것, 그 우주의 시작을 빅뱅이론으로 볼 때 우주 역사에 비하면 인간은 길어 봤자 100년 정도의 짧은 삶을 살아가는 유한한 존재다. 지구에 소풍 온 듯한 마음으로 아름다운 창백한 푸른 점 위에서 살아가는 작은 모래 알갱이 같은 존재, 그런 존재가 인간인 것이다. 서로 미워하고 혐오하며 살아가는 것 대신 사랑하고 아끼며 공존해 가야 하는 이유, 인간으로서 거대한 코스모스 속에서 늘 겸손하게 살아가야 한다. 하나의 원자로 찾아온 존재의 시작인 내가 다시 원자로 돌아가 공기로 흩어져 우주 속으로 다시 되돌아 가는 존재가 되는 것이다. 인간뿐만 아니라 내가 사는 지구 그리고 더 넓은 세계에 관한 모든 이야기가 코스모스 속에 들어 있었다. 책 한 권으로 시작된 우주 사랑은 별 사랑으로 넘어가 천문학으로 관심을 옮겨갔다. 최재천 박사님의 책을 통해 생물학에도 관심을 뻗어갔다. 우리 몸의 미생물 중 연구된 분야는 아직 2프로밖에 연구되지 않았다고 했다. 이제 시작인 생물학의 미래는 밝다.

학창 시절 그토록 싫어했던 물리학과 화학, 그리고 수학까지 책으로 읽으니 어렵지 않았다. 물론 처음엔 생소한 용어들(양자역학, 불확정성, 슈뢰딩거 등)이 이해가 쉽게 되지 않았다. 비슷한 주제를 가진 연관 책들을 읽기 시작했다. 막연한 내용이지만 조금씩 이해의 가닥이 잡히기 시작했다.

인문학과 철학이 사람의 생각과 전해 내려오는 말을 풀어 쓴 것이라면 화학과 수학은 이를 기호로 풀이한 것이다. 과학의 분야는 새롭고 신선했다. 과학적으로 생각해 보니 길가에 핀 꽃 한 송이, 모여 있는 개미, 여름밤 울음소리를 들려주는 매미, 사계절의 변화 등을 유심히 살펴보기 시작했다. 세상의 모든 존재들과 상태들이 그들의 관점에서 보이기 시작했다. 세상 존재하는 모든 것들에 이유를 부여하게 되었다. 과학은 인문학에서 모호하게 제시했던 것에 명쾌한 답을 내려 준다. 조금 더 정확한 데이터를 찾을 때까지 과학자들은 계속 실패와 연구를 반복한다. 과학엔 변명이란 건 존재하지 않기 때문이다. 계속 연구하고 또 증명하는 자세에서 인류가 발전해 왔다. 인생의 해답을 과학에서 찾아가고 있다. 독서 지식이 과학 분야로 넘어가니 읽을 수 있는 책의 범위가 더 넓어졌다.

한 분야에 대해 지식을 넓혀간다는 건 앞으로 삶이 더 다양해진다는 것이다. 새로운 시각을 가지고 접근할 수 있는 기회이다. 쉽게 손이 가지 않았던 SF 소설책도 읽기 시작했다. 신기한 것은 과학책을 읽다 보니 수능영어를 가르칠 때 도움이 되었다. 코로나 이후 과학이 뜨는 분야인지라 수능 지문의 70%가 과학에 대한 내용들이다. 책에서 읽은 주제가 지문으로 나올 때면 신이 나 추가 설명을 더 해 주기도 했다. 책을 많이 읽으니 논리력도 생겼다. 수능 영어는 정답을 가려내야 한다. 어려운 문제 같은 경우에는 아무리 가르치는 입장에 서 있지만 머리를 쥐어짜 해결해야 하는 경우도 있다. 선생님이라고 모든 문제를 100점 맞는 것은 아니다. 지금은 논리적으로 접근하니 정답률이 높아졌다. 영어가 고민이 학생들이여, 다양한 주제의 책을 많이 읽으라고 조언해 주고 싶다.

생물학에서의 관심이 최근 뇌과학과 물리학으로 옮겨졌다. 그레고리 번스의 『나라는 착각』을 읽었다. 때마침 카이스트대학교에서 연구 실험자를 모집한다는 공고를 봤다. 연구 주제는 좋아하는 가수의 노래를 들을 때 뇌파의 변화를 관찰하는 연구였다. 클래식, 임영웅 그리고 아이돌 가수의 팬들을 연구자로 신청을 받았다. 모집 공고를 보니 65세 이하, 임영웅 콘서트를 갔다 온 사람은 지원이 가능했다. 평상시 같으면 고민해 봤겠지만 하필 읽고 있었던 책이 뇌 과학 분야라 빠르게 신청하고 시간 약속을 잡고 실험자로 참가했다.

삶의 지식이 늘어난다. 삶이 더 소중해진다. 식물은 이 지구상에 무게로 성공한 존재라고 한다. 종류로서 성공한 존재는 곤충이다. 인간은 생각하고 인지하는 것으로 지금까지 생존한 존재다. 비록 큰 우주에 모래 알갱이 같은 작은 존재, 보잘것없는 인간이지만 서로 사랑하고 존재와 인연의 소중함을 알아가는 생명체이다. 많이 공부하자. 많이 읽어 보자. 많이 알아가자. 더 멋진 세상이 펼쳐질 것이다. 우주는 넓다. 광대하다. 세상은 그에 비하면 좁다. 내가 사는 곳은 더 좁다. 이 좁은 곳에서 살다가 죽기는 싫다. 더 많은 경험을 하고 배우고 후회 없이 알아가고 싶다.

정보가 가득한 세상이다. 마음만 먹으면 충분히 스스로 답을 찾아갈 수 있는 시대이다. 새로운 분야에 대해 알고 싶으면 그 분야에 대한 책을 3권 이상 정독하라고 한다. 이해를 하든 못하든 책을 3권 이상 읽다 보면 다음 책은 쉬워진다고 전문가들은 조언한다. 그 조언대로 해 보니 실제로 되었다. 어려운 주제의 책도 시간이 걸릴지라도 도전한다. 세상을 다르게 바라보는 관점이라는 선물을 받는다. 새로운 분야의 책을 읽어 보는 것도 도전이다. 책 한 권 읽는데 어렵겠냐고 생각하겠지만 실제 『코스모스』는 장식용으로 유명한 책이다. 책만 봐도 한숨이 먼저 나온다. 책장을 넘겨보면 한숨이 더 나올지도 모른다. 고민하지 말고 10페이지까지 읽어 본다. 또 한 챕터를 읽어 본다. 그렇게 쌓이다 보면 어느새 책의 끝부분을 읽고 있을 것이다. 책장을 다 넘기면 새로운 눈을 가진 자신의 모습을 발견하게 된다.

■ 7

바다에서
찾은 용기

지도를 봐도 길을 잘 찾지 못한다. 왼쪽, 오른쪽에 대한 방향감각이 떨어지는 것이 약점이다. 지하철을 탈 때도 환승을 못 해 다른 곳으로 간 적이 있다. 얼마 전 전철로 여의도를 갔다 오는 길이었다. 구리로 빠져나와야 하는데 양평 가는 지하철을 탔다. 인천에서 운전하고 돌아오는 길을 잘못 들어 춘천으로 갈 뻔했다. 혼자 여행은 꿈만 꿨지 실천을 한 적은 없었다.

코로나 이후 마음이 늘 답답했다. 노래가 위로가 되긴 했지만 탁 트인 바다를 보고 싶었다. 그러면 답답함이 사라질 것만 같았다. 코레일 앱을 켜 강릉행 열차를 예매했다. 주말 열차 시간은 예약 잡기가 힘들다. 넉넉잡아 보름 전 여유 있게 예약을 해야 원하는 시간대 기차표를 얻을 수 있다. 집으로 돌아오는 열차 시간 중 5시에서 7시 사이가 제일 황금 시간대인가 보다. 그 시간대가 계속 매진이었다. 일단 가능한 시간으로 한 자리 예약했다. '아이는 잘 있을까? 내가 밥을 챙겨주지 않으면 신랑과 아이는 굶지 않을까? 둘이 싸우지 않고 잘 지낼까? 전날 반찬을 뭘 해 놓지? 집에 있는 강아지는?' 쓸데없는 생각들이 여행을 고민하게 만들었다. '가족끼리 같이 가면 되지. 나만 생각할 수 없다.'라며 예매를 취소했다. 어쩌면 수많은 질문들의 답은 아직 스스로가 혼자 여행할 마음의 준비가 되지 않았던 것인지도 모른다.

임영웅의 첫 해외 단독 콘서트가 열렸던 LA. 그곳에서 일어난 이야기를 〈마이 리틀 히어로〉라는 5부작 시리즈로 KBS에서 방영했다. 매주 토요일 밤이면 집안일을 빨리 끝내놓고 TV 앞에서 프로그램 시작 시간만 오기를 기다렸다. 앞으로 5주 동안 행복한 토요일이다. 1회는 여행 준비기였다. LA 여행 가기 전 밑반찬 만들기와 그의 가족의 최애 메뉴 오징어찌개의 조리법이 나왔다. 그 외 영어 배우기, 여행과 콘서트로 설레는 마음을 인터뷰로 담았다. 2회는 LA에 도착, 콘서트 전날부터 무대 뒤의 긴장감과 동시에 콘서트 실황이 조금 공개되었다. 3층으로 된 아담한 공연장을 보니 '나도 저 자리에 있었어야 했는데.'라는 아쉬운 마음이 들었다. 다음 해외 공연은 무조건 가야겠다. 2회가 더 특별했던 것이 그의 디지털 신곡이 공개된다. 언제 신곡이 나오나 초조하게 기다렸지만 방송 내내 신곡은 들리지 않았다. 프로그램이 끝났다. 마지막 장면, 신곡이 공개되었다. 첫 소절을 듣자마자 눈물이 그냥 주룩주룩 났다. 옆에 있던 아이가 놀라 물었다. "엄마, 지금 우는 거야?" 왜 우냐는 말에 "웅이가 엄마 마음 알아줘서 울어."라고 답했다.

파도 소리로 시작된 신곡 〈모래알갱이〉. 이어지는 따뜻한 위로의 목소리. '내가 강릉 여행을 취소한 것을 아는 걸까? 노래로 나에게 위로를 주는 건가? 어떻게 내 마음을 알고 파도 소리를 넣었지?' 본인은 모래 알갱이가 될 테니 깊게 패이지 않을 만큼 팬들에게 작은 발자국을 내어놓고 가라고 한다. 그다음 가사가 내 마음에 훅 들어와 마음을 움직여 버렸다.

그대 바람이 불거든 그 바람에 실려 홀연히 따라 걸어가요. 그대 파도가 치거든 저 파도에 홀연히 흘러가리.

임영웅, 〈모래알갱이〉 중

그래, 인생 뭐 있나. 바람이 부는 대로 파도가 치는 대로 흘러가는 대로 두는 거지. 하고 싶은 거 하면서 사는 게 인생이지. 일어나지도 않은 일 걱정한들 뭐 하랴. 하루 혼자 바다 보고 오는데 설마 가족들이 나 없다고 굶어 죽기라도 하랴. '그냥 가는 거야.' 노래가 끝나자마자 다시 열차를 검색했다. 가능한 날짜와 시간대에 예약을 했다. 나는 바람이요. 나는 파도요. 누가 나를 막을 것인가. 홀연히 떠날 것이다.

"언제든 내 곁에 쉬어 가요."라는 마지막 노래 가사에 혼자가 아님에 든든함을 느꼈다. 어딜 가나 그의 노래가 있으면 무엇이든 할 수 있다. 굳은 비가 오면 우산이 되어 주고 걷다가 지치면 안고 어디든 가 준다는 사람이 있다니 신랑보다 더 든든했다. 〈모래 알갱이〉 신곡 홍보도 할 겸 바다 모래 위 임영웅의 슬로건을 들고 사진도 찍을 것이다. 나만의 뮤직비디오를 찍고 올 생각이 들떠 있었다. 신랑은 보수적인 사람이다. 머릿속에 여자는 이러이러해야 한다는 유교사상이 자리 잡아 있다. 혼자 여행한다고 하면 허락해 주지 않을 것이 분명하다. 머리를 쓰기 시작했다. 나는 바람이고 파도가 되고 싶지만, 내 앞에 남편이라는 큰 벽이 존재했다.

마라톤 앱 '러너블'에서 실시하는 트레일 코리아 대회가 강릉에서 열렸다. 두 달 동안 강릉 경포호수길 혹은 안인항에서부터 괘방산까지 뛰는 코스였다. 두 코스 중 한 군데만 미션을 수행해 GPS 확인서를 들고 해당 센터로 가면 메달을 줬다. 평상시 마라톤으로 건행(건강과 행복)을 실천했다. 이번이 기회였다. 앱으로 대회 신청도 함께 했다. 신랑에게 마라톤 대회 겸 홀로 강릉으로 떠난다고 통보했다.

아이 학부모로 인연이 되어 만난 지인 J가 있다. 그녀는 유독 나의 임영웅 이야기를 잘 들어 준다. 신곡 이야기부터 강릉 여행 계획을 이야기하니 본인도 동행을 원했다. 혼자 여행이 목적이긴 했다. 생각해 보니 그녀도 아이 둘을 바쁜 신랑 때문에 홀로 키우며 살림을 하고 있는 상황이었다. J에게도 여행이 필요한 시점이었다. 기차표만 있으면 같이 가자고 제안했다.

대신 나는 임영웅 슬로건을 목에 걸고 갈 것이니 부끄러워하지 말라며 당부했다. 엄마, 아니 여자 둘의 일탈이 시작되었다. 아침부터 예쁘게 화장을 하고 기차역으로 향했다. 역에서 간단하게 아침을 해결하고 강릉으로 출발했다. 다행히 동생은 지도를 잘 볼 줄 알아 든든했다.

뭔가를 용기 내서 하고 싶지만 주저할 때가 많다. 항상 미리 걱정하고 시작을 포기했었다. 시작도 하지 않고 해 보지도 않고 버킷 리스트로 남겨둔 일들이 가득했다. 바다 보러 가기라는 희망사항을 노래 가사 하나에 용기를 얻고 실천으로 옮겼다. 여행을 다녀오니 추억은 머릿속에 가득했고 마음속 걱정거리도 싹 사라져 버렸다. 피곤함조차 느끼지 않았다. 함께 찍은 사진을 J와 공유하며 며칠 동안 여행기를 이야기를 나눴다.

변했다. 덕질로 인해 조금씩 변해 가고 있다. 비록 혼자 하는 여행은 아니었지만 아마 혼자였어도 이 여행은 멈추지 않았을 것이다. 노래 속에서 울려 퍼지는 메시지는 강력한 내적 동기를 줬다. 앞으로 내가 더 많은 도전을 할 수 있게 용기를 주는 곡을 많이 불러 달라며 마음속으로 부탁했다. 그리고 실제로 마음이 통한 건지 모르겠지만 노래 가사대로 갓생을 살아가고 있다. 세상 든든한 울타리가 있기에 인생이 막 재미있어지기 시작했다. 앞으로의 인생도 기대가 된다. 비록 나의 존재 자체는 작지만 멋진 모래 알갱이가 되어야겠다고 다짐했다.

지금 할까 말까 주저하는 일이 있으면 무조건 해 보라 말하고 싶다. 고민이 된다면 3번만 생각해 보고 그래도 해야 할 일이라면 그냥 저질러 보라고 말해 주고 싶다. 가만히 있다고 해결되지 않는다. 움직이고 도전하고 바람 따라 파도 따라 홀연히 어디든 움직이고 떠나 보고 가 봐야 한다. 그것부터가 시작이다. 그 기억이 또 다른 시작을 할 때 큰 용기가 되어 줄 것이다.

우주의
에너지를 모으다

사람에게는 기운이 있다. 기운은 활동적인 힘이나 에너지를 의미한다. 생명체가 움직이는 힘이다. 기운은 전파가 된다. 내가 좋은 기운을 가지면 주변 사람들에게도 좋은 기운이 옮겨간다. 나쁜 기운을 가진 사람을 만나거나 나와 맞지 않는 기운을 가진 사람을 만나게 되면 심한 피로감을 느꼈던 경험이 있을 것이다. 그럼 죽은 사람의 기운은 어떻게 설명해야 할까? 생명이 없으니 기운은 없을까? 영혼은 존재한다. 이 영혼이 주변 사람들에게 영향을 미칠 수는 있다. 나는 영혼에 대해서 큰 믿음을 가지고 있는 사람이 아니었다. '그냥 살아가는 거지 뭐, 귀신이라든가 영혼이라든가 그런 것까지 신경 쓰고 살아야 하나.'라고 생각하는 사람이었다. 하지만 아빠가 돌아가신 후 신기한 경험으로 인해 사람이 가지고 있는 에너지와 영혼에 대해서 다시 생각해 보게 되었다.

아빠는 임파선암으로 2년 정도 투병생활을 하셨다. 토요일이었던 걸로 기억한다. 모처럼 병원에 가족들이 모두 모였기 때문이다. 오전부터 번갈아 병간호를 했다. 아침을 먹지 않은 터라 식당이 바쁜 시간이 되기 전 언니와 동생, 엄마와 나는 교대로 점심을 먹고 왔다. 기억이 정확하게 나지는 않지만 두 번째 조로 점심을 먹으러 갔다. 밥을 먹는 도중 아빠가 위급하다고 걸려 온 전화, 잠깐만 기다리라더니 밥을 다 먹고 와도 된다며 천천히 오라 했다. 걱정되어 급히 병원으로 돌아갔다. 아빠 옆에는 가족들이 앉아 있었다. 병실로 들어가자마자 창밖을 바라보던 아빠는 나를 보고 미소 지어 주셨다. 이내 상황은 긴박하게 돌아갔다. 아빠의 심장이 멎어 가고 있었다. 의사 선생님이 전기 충격기를 가지고 왔다. 바쁘게 기계를 연결하고 뭔가를 맞추더니 TV나 영화에서만 봤던 전기충격기를 심장에 꽂고 몇 번 충격을 가했다. 약하게 심장이 다시 뛰었지만 이내 멈추고 말았다. 죽어 가는 심장을 다시 살려 보려 애를 썼다. 다시 충격기를 꽂으려는 순간 엄마와 우리 가족은 의사 선생님을 막았다. 눈을 감고 있는 아빠의 모습이 편하게 느껴졌다. 의사 선생님은 사망선고를 하셨고 자리를 비켜줬다. 엄마의 울음소리와 형제들의 흐느낌이 병실을 가득 채웠다.

이별의 슬픔도 잠깐이었다. 병실 밖에서 의사가 엄마를 불러 장례 절차에 대한 설명을 했다. 이때 걸려 오는 전화 한 통, 아빠가 평생 몸 바쳐 운영했던 주물공장의 공장장이었다. "혹시 사장님 돌아가셨습니까?"라는 그의 질문에 엄마는 "네."라고 대답했다. 이어 "어떻게 알았습니까? 연락하지 않았는데……." 라는 엄마의 질문에 그의 대답은 공장에 정전이 발생했다고 했다. 한 번도 그런 적이 없는데 오늘 이상하다고 생각했다고. 혹시나 해 전화한 거라 말했다. 이어 그는 "사장님이 공장에 대한 애착이 많으셨나 보다."라고 말하며 전화를 끊었다. 그날 아침 아빠는 본인의 죽음을 예상했는지 창밖을 바라보며 "창 밖에 소 한 마리하고 어떤 사람이 와있다."라고 말했다. 죽음 앞에 소가 나타나 데리고 오면 열심히 인생을 산 증거라고 들었다.

  아빠를 잘 보내 드리고 집으로 돌아왔다. 영정 사진을 거실 티비 앞에 두었다. 그날만큼은 가족 모두가 거실에 모여 잠을 자기로 했다. 이불을 펴고 서로 아빠에 대한 추억들을 하나씩 이야기했다. 슬펐지만 더 이상 고통에 아파하지 않을 아빠를 생각하니 마음 한편이 편하기도 했다. 잘 자라고 인사를 하고 11시경 불을 끄고 누웠다. 뭔가 내 몸을 손부터 발까지 감싸 안았다. 미세한 바람보다 조금 더 무거운 기운을 느꼈다. '아빠인가? 아빠가 와서 나를 만져 주고 가나?' 혼자만 생각했다. 그 순간 바로 옆에 누워있던 언니가 "아빠, 왔다 갔나 봐.", "어! 나도" 라고 동생이 이어 대답했다. 언니는 내가 느끼기 전에 나와 비슷한 느낌을 느꼈고 그 옆에 자고 있던 남동생도 같은 기운을 느꼈던 것이다. 아빠의 영혼이 우리 3형제의 안부와 작별 인사를 마지막으로 해 주고 가셨다.

  그때부터였던가. 사람의 기와 에너지에 대한 관심을 가지기 시작했다.

그러던 중 우주와 과학에 관심을 두면서 에너지에 대해 공부를 하기 시작했다. 물론 과학적인 에너지와 영적인 에너지는 같지 않다. 하지만 모든 물체에는 에너지가 존재한다고 생각하면 비슷하지도 않을까. 나는 과학자도 아니다. 전문가도 아니다. 그저 나의 관점대로 써 내려갈 뿐이다. 그때 내가 느꼈던 그 기운으로 지금 어려운 일이 있을 땐 아빠의 영혼과 에너지가 내 주변을 지켜 준다고 생각한다.

아빠는 살아 생전 로또 한번 당첨되어 보는 것이 소원이었다. 장례를 치르고 공장도 정리할 겸 엄마를 따라 아빠의 일터에 갔다. 책상 위에는 수첩들이 여러 권 꽂혀 있었고 계산기가 나란히 놓여 있었다. 몸으로 하는 일이라 책상은 작고 초라했다. 수첩 하나를 꺼내 페이지를 넘겼다. 숫자들의 배열이 적힌 노트가 있었다. 로또 번호들을 생각하며 메모해 뒀던 것이었다. 혹시나 해 그 번호들로 로또를 해 봤다. 안 되겠거니 생각했다. 로또 3등에 당첨이 되었다. 3등 금액으로 세금을 떼고 100만 원이 조금 넘는 금액을 수령 받았다. 그 후 그 번호들로 계속 시도를 해 봤지만 이어지는 행운은 없었다. 몇 번 더 해 봤으면 1등이 되려나? 아쉽지만 그 수첩은 집에 뒀다 잊어버렸다.

우주에는 일정한 양의 에너지가 있다. 모든 에너지는 항상 일정량을 유지하려 한다. 사람의 몸에도 처음부터 가지고 있는 에너지가 있다. 죽음의 에너지보다 태어난 아이의 에너지는 더 크다. 죽음보다 생명의 에너지가 더 크기 때문이다. 지구의 모든 것에도 에너지가 있다. 사람은 물론이거니와 미생물, 곤충, 식물, 물건 하나하나에도 에너지가 존재한다. 뭔가가 태어나려고 하면 뭔가가 소멸한다는 것이 사람에게도 존재한다. 태어나는 것이 생명이면 소멸은 죽음일 것이다. 이 각각의 에너지가 나와 조화를 이루면서 살아가야 무난한 인생이 되는 것이다. 좋은 에너지들이 나에게 모이게 하는 것이 살아가는데 중요하다. 나와 맞지 않는 에너지들을 과감하게 잘라 내고 버릴 수 있는 용기도 필요하다. 사람도 마찬가지다. 내 주변에 좋은 사람들이 모이게 하려면 나부터 긍정적이고 밝은 좋은 에너지로 가득 차야 한다. 건강하고 행복한 긍정의 좋은 기운들이 나에게 모이게 하는 것, 그 에너지를 죽을 때까지 계속 유지해 가는 것이 어쩌면 숙제일지도 모른다. 죽음을 맞이했을 때 평온한 죽음을 맞이하기를. 내 몸이 원자가 되어 우주 속으로 다시 돌아갔을 때 밝은 에너지가 되어 하나의 빛나는 별 속으로 들어가길 바란다.

스스로가 긍정과 밝은 기운으로 빛나면 주변도 함께 밝아진다. 자연히 자기 주변에 좋은 기운을 가진 사람들로 가득 찬다. 그전에 스스로가 좋은 기운으로 가득 찬 사람이 되어야 한다. 그러기 위해서는 나를 먼저 알아가야 하고 변화시켜야 한다. 그러면 우주의 에너지는 나를 향해 비춰 줄 것이다. 그리고 그 에너지를 느낄 수 있는 날이 올 것이다.

사랑에 빠진
소녀가 되다

제3장

피켓팅이 만들어 준
즐거움

원하는 자리 하나를 차지하기 위해 몇십만 명의 사람들이 같은 시간, 같은 인터넷 공간에 모인다. 사냥감 하나를 두고 치열하게 경쟁하는 그곳, 티켓팅(티켓 예매)이다. 피 튀기는 전쟁을 해야 한다는 뜻으로 경쟁이 치열한 공연의 티켓팅을 피켓팅이라 부른다.

경기도 고양을 시작으로 임영웅의 첫 전국 단독 투어 콘서트가 시작되었다. 뒤늦게 입웅한 나는 예매할 수 있었던 콘서트가 대구와 서울, 두 지역뿐이었다. 대구는 고향이라 낯선 도시가 아니었다. 엄마도 볼 겸 콘서트 예매에 도전했다. 첫술에 배불렀다. 어렵지 않았다. 단 VIP 자리를 노렸지만 빠르게 지워져 가는 좌석들을 보며 재빨리 전략을 바꿨다. 뒷자리인 R석과 S석을 공략했다. 운 좋게 두 자리, 연석을 성공했다. 당시 컨디션이 좋지 않은 엄마를 대신해 시어머니와 함께 공연을 보고 왔다.

　그 뒤 이어진 서울 콘서트 티켓팅, 한 번 성공했기에 자신감도 있었다. 결전의 날, 저녁도 배달로 해결했다. 인터넷과 휴대폰 모두 켜고 준비모드에 들어갔다. 홈페이지에 정확한 시간에 접속을 해야 하기 때문에 세계 표준 시간을 기준으로 시간 체크를 해야 한다. 1초라도 늦어지는 순간 내 앞에 대기만 몇십만 명이 생길 수 있다. '8시 땡! 접속!' 바로 사이트가 열렸다. 수많은 좌석이 보였다. 그 모습이 포도알처럼 생겼다고 해 좌석들을 포도알이라 부른다. 노다지 땅이었다. 지금부터 속도 싸움이다. 누구보다 빠르게 좌석 2개를 연석으로 클릭했다. 결제 화면으로 넘어가느냐 안 넘어가느냐가 다음 성공의 포인트! 잠시 주춤하더니 넘어갔다. 결제창이 떠 빠르게 결제를 시작했다. 방심은 금물이다. 티켓팅 세계에서는 결제까지 끝이 나야 안심이다. 이어서 오는 승인문자. 한!번!에! 모든 우주의 기운이 나에게 온 순간이었다. 토요일 VIP 두 자리를 연석으로 쉽게 성공했다. 쉽게 끝난 전쟁이 아쉬웠다. 컴퓨터 화면에서 뒤로 가기 버튼을 눌러봤다. 금요일 예매창이 또 떴다. 흐트러져 있었지만 포도알이 군데군데 보였다. 빠르게 어딘지도 모를 두 자리를 재빨리 클릭했다. 또 기다림, 결제까지 성공! 그렇게 운명처럼 첫 서울 콘서트를 너무 쉽게 이틀 연속 성공했다. 금요일은 VIP 좌석 오른쪽, 토요일은 왼쪽이었다. 지금 생각해 보면 인연이 되려고 그런 건지 운이었던 건지 우주의 어떤 기운이 나에게 작동했었는지 모르겠다. 대구 콘서트에서 자리가 멀어 볼 수 없었던 그의 모습을 서울 콘서트에선 눈에 가득 담아왔다. 2022년 그해 여름 콘서트를 접하고 난 후 완전히 덕후가 되었다.

콘서트는 중독이었다. 『심미안 수업』에서 유병준은 음악은 사라지는 예술이라고 정의했다. 연주되고 재생되는 그 순간에만 존재하고 사라지고 현재만 있는 예술. 사라지는 아름다움의 강렬함을 가장 잘 느낄 수 있는 방법은 현장에서 듣는 것이라고 말했다. 콘서트는 그랬다. 현장에서 가수의 움직임, 노랫소리, 악기 하나하나와 팬들과의 호흡, 분위기 모든 것이 잘 어우러졌다. 각 콘서트마다 주제와 메시지가 있다. 그것이 송 리스트와 연결이 되어 팬들과의 공감을 이뤘다. 현장에 있으면 3시간도 30분처럼 휙 지나가는 경험을 한다. 특히 나의 콘서트 최애곡은 〈다시 만날 수 있을까〉와 〈어느 60대 노부부 이야기〉다. 〈어느 60대 노부부 이야기〉는 매번 들을 때마다 눈물이 흐른다.

다시 또 콘서트에 가고 싶다는 마음이 간절했다. 이 간절한 마음 때문에 영웅시대 팬들이 전국을 돌아다니며 봤던 콘서트를 또 가고 또 가며 보는 것이 아닐까. 초심자의 행운은 2022년 서울 콘서트로 끝났다. 이야기를 들어보니 나처럼 빨리 콘서트 표를 예매한 건 정말 큰 행운이었다. 표 하나를 구하기 위해 가족에 친척, 먼 조카와 그의 친구들, 사촌에 팔촌까지 모두 티켓팅에 참여한다. 배우 박보영은 임영웅 콘서트 표를 구했다고 SNS에 자랑 글도 올렸다. 심지어 뉴스에도 소개가 되었다. 티켓팅에 성공한 카폐 사장님과 팬의 환호성이 담긴 영상이 화제가 되기도 했다. 친구에 친구, 친척에 친척, 한 다리 건너 또 한 다리를 건너 예전에 알았던 지인에게까지 부탁해 티켓팅을 부탁했다. 나도 질 수 없었다. 한 자리를 차지하기 위한 전쟁이 시작되었다. 일단 가족부터 끌어들였다. 갓 결혼한 남동생과 올케에게 부산과 고척에서 열린 앙코르 콘서트 표 예매를 부탁했다. "똥(동생을 부를 때 애칭) 잘 지내니? 그날이 다가오는데." 바쁘다는 동생의 말에 협박이 들어갔다. "올케가 시집살이를 할지 말지가 달려 있는데." 동생은 알겠다며 최선을 다해 보겠다고 했다. 동생 덕분에 부산 콘서트를 가게 되었다. 다음에 열렸던 고척 콘서트도 하늘석이었지만 지인 덕분에 갈 수 있었다. 콘서트 때마다 연락이 뜸했던 친구들에게 부탁했다. 본인이 좋아하는 가수의 티켓을 예매할 때는 멜론 차트에서 순위를 다투던 적도 동지가 되었다. 인천에서 학원을 운영하는 원장님의 지인 중 BTS 팬들이 많았다. 해외 티켓팅까지 이미 피켓팅의 경험이 많았던 아미들의 도움도 받았다. 그들 역시 임영웅 콘서트 표는 정말 힘들다며 손사래를 쳤다. 가수의 인기가 올라갈수록 티켓팅은 말 그대로 전쟁터였다. 예매 사이트도 예스24에서 인터파크로 옮겨졌다. 그곳에서의 경쟁은 더 치열했다.

한 임영웅의 팬튜버가 전문가에게 배운 티켓팅을 잘하는 방법이라는 주제로 방송을 했다. 첫 번째, 멘털 관리. 심장이 두근거리면 손에 반응을 해동작이 느려지니 무심한 듯 시간이 다가오면 마우스를 툭 누르는 연습을 하는 것이다. 두 번째, 공략하는 날짜와 좌석을 미리 정하기이다. 세 번째, 인터파크에 티켓팅 정보를 미리 설정해 놓기. 네 번째, 인터넷 환경을 체크하는 것이다. 인터넷의 속도가 느리면 PC방이나 속도가 빠른 곳을 가는 것을 추천했다. 마지막으로 기다림이 지속될 시에도 절대 새로 고침을 누르지 말고 기다려라 했다. 정확한 시간에 접속해 한 번에 클릭하는 것이 중요하니 타이밍은 네이버 시계를 사용해 오차 범위를 줄이라며 당부의 말을 전했다. 하지만 결국 티켓팅에 실패한 팬튜버. 그는 다음 방송에서 방법이 없다며 그냥 지인을 많이 만들어 부탁을 하라며 허탈하게 말했다.

　　2023년 다시 전쟁이 시작되었다. 서울 KSPO DOME에서 2주간 열리는 총 6번의 콘서트를 시작으로 전국 투어를 시작했다. 6번 중 내 자리 하나 없겠냐고 생각했다. 불안한 마음에 몇 주 전부터 주변 지인들에게 전화를 건다. 이제는 전화를 받자마자 "또 임영웅이야?"라고 답한다. 그녀들의 질문에 "부탁한다. 밥 사겠다."라며 전우들을 모은다. 지인의 조카들과 그 친구들까지도 총출동시킨다. 옆에서 한 번만 가라며 잔소리하는 신랑을 뒤로 한 채 또 전화기를 돌린다. 어디든 되기라도 하면 몇 번이고 가야 하는 곳인데 어림도 없는 소리다. 콘서트가 시작이 되면 오랜만에 친구들의 목소리를 듣고 안부도 묻는다.

　　티켓팅에 실패해도 좌절하지 않는다. 티켓팅보다 더 어렵다는 취소표 잡기가 있기 때문이다. 많게는 5~6만 명이 들어가는 공연장, 사연 없는 사람이 어디 있으랴. 분명 취소표는 생긴다. 어느 자리에 언제 생길지 모르는 취소표를 매일 시간 날 때마다 사이트에 접속해 여러 구역을 클릭하고 살펴본다. 눈이 아프거나 지겨울 때면 잠시 눈을 돌려 다른 공연은 뭐가 있나 찾아본다. 마침 보고 싶었던 연극이나 내한 뮤지컬을 한다는 소식에 보고 싶었던 공연을 예매한다. 운 좋게 얼리버드로 공연 할인 정보도 얻는다. 그 핑계로 젊었을 때 많이 갔던 대학로 소극장 공연도 몇 차례 보러 갔다. 얼리버드로 미술관이나 전시회도 예매에 성공해 다녀왔다. 정보는 정보를 낳았다. 많이 접할수록 기회는 더 많이 생겼다. 콘서트뿐 아니라 다양한 예술작품들을 접하고 주변에 정보들을 나눠 줬다. 또한 피켓팅에 몇 번 성공하니 그 어렵다는 문화센터 인기강좌를 수강하는 것도 쉬웠다. 명절 기차표 예매하는 것도 쉽다. 마라톤이 요즘 전성기다. 마라톤 대회 접수 자체도 힘들다고 불만을 말하는 러너들이 많다. 걱정 없다. 올해 춘천마라톤도 주변 지인까지 모두 접수를 성공했다. 사람들이 대단하다고 말하면 그들에게 대답한다. "나, 임영웅 콘서트도 성공하는 여자야."

항상 처음이 어렵다. 한번 도전해 보면 다음은 쉽다. 계속해 보면 내공이 쌓여서 더 쉬워져 간다. 그때부터는 전략도 짜고 여유도 생긴다. 경험은 경험을 낳는다. 정보는 알면 알수록 더 많은 정보를 낳았다. 관심이 생기면 일단 관심을 가지면 된다. 그리고 자세히 들여다보면 길은 어디든지 열려 있다. 피켓팅이라는 전쟁 속에서 피어난 끈기, 용기, 관심, 정보가 계속 가지를 뻗어 나간다. 행복한 전쟁이다.

■ 2

난생처음
경찰서를 찾아가다

긴 테이블 앞에 2대의 컴퓨터가 나란히 놓여 있었다. 담당 형사가 두꺼운 서류를 들고 왔다. 내가 작성해야 할 서류였다. "잘 보시고 작성하세요. 질문 있으시면 하세요." 이 말만 남기고 서류를 나에게 전달해 주더니 사무실로 다시 들어가셨다. 질문 있으면 하라고 해 놓고서는 옆에서 차근히 알려 주지 않는 형사의 뒷모습만 쳐다봤다. 서류를 찬찬히 살펴보고 넘겨봤다. 10장 이상 작성해야 할 서류뭉치다. 일단 아는 것부터 적어 보자며 이름과 생년월일 주소를 적었다. 잠시 후 다시 나온 형사는 의심스러운 듯이 내 옆에 서서 서류를 살펴봤다. "아, 다시 작성하셔야 하는데." 그는 피해자와 피의자는 다르다고 설명했다. 피의자란에 내 이름을 쓰면 안 된다고 했다. '진작 알려 주시든지' 다시 들고 온 서류를 또 작성했다. 그는 다시 사라졌다. 이어 다른 형사가 들어와 내 앞에 놓인 컴퓨터 앞에 앉아 업무를 봤다. 순간 누군가 같은 공간에 있다는 것이 다행임을 느꼈다. 모르는 것을 물어봤다. 전문용어들은 아직도 기억나지 않는다. 경찰서에 내 발로 간 것도 처음이었다. 티비에서만 봤던 형사를 가까이서 보는 것도 처음이었다. 우리나라의 수사 현장의 한 중심에 내가 있는 듯 자랑스러운 기분이 들었다. "피해자가 더 있으니 철저히 수사를 해 주시길 바랍니다." 용기 내어 내 앞에서 업무를 보는 형사님께 말을 걸었다. "일단 본인 사건에 집중하시고 수사는 저희가 할 테니 걱정 마세요." 이어지는 그의 대답에 벌써 범인을 잡은 듯한 든든함을 느꼈다.

사건의 발단은 맘 카페 우수회원님의 글 하나로 시작되었다. '임영웅 콘서트 표 2장 필요하신 분, VIP 10구역 2열 2연석 정가로 판매합니다. 단 2장 연석으로 구매 시 판매합니다.' 간절히 가고 싶었던 일산 콘서트 표를 구하지 못했다. 새해 열리는 첫 공연, 꼭 가고 싶었다. 평소 믿고 있던 맘 카페였기에 의심할 여지없이 글에 제시된 휴대전화로 바로 문자를 보냈다. 답장이 왔다. 티켓은 배송 전이니 배송지를 변경해 주겠다는 글이었다. 주소와 연락처를 보냈고 변경된 주소가 적힌 예매 내역 창 캡처 이미지가 답장으로 왔다. 친한 언니들에게 드디어 일산 콘서트, 그것도 정가에 구했다고 소식을 전했다. 정가로 구했으니 암표가 아니다. 스스로 합리화했다. 기쁨도 잠시 이어지는 상대방의 문자 메시지에 정신이 번쩍 들었다. "혹시 티켓 VIP 2자리 더 필요한가요?" 콘서트 표는 한 사람이 독점으로 많은 표를 예매하여 이윤을 취하고 되파는 것을 막는 목적으로 같은 이름으로 하루에 2장만 예약이 가능하다. 그런데 같은 이름으로 그것도 하루에 4장은 불가능했다. 어째서 2장이 더 남았는지 궁금했다. 물어봤다. 아이디가 달라 4장을 구매할 수 있었다는 답장이 왔다. 절대 그럴 일은 없다. 아이디가 아니라 이름과 주민번호가 기준이었기에 같은 사람이 한 날짜에 4장 구매는 시스템상 가능하지 않다. 영웅시대 언니들과 채팅방에서 열띤 토론이 벌어졌다. 혹시 자리가 어딘지 궁금해 추가 2자리 예매 내역을 받은 터라 유심히 표를 관찰하기 시작했다. 내가 성공한 다른 지역의 콘서트 표와 비교해 보니 숫자 배열이 달랐다. "지금 눈이 와서 조심히 운전 중입니다. 추가 2장은 빠르게 생각해 보고 입금해 드릴게요."

뭔가 잘못되었다. 그제야 35만 원을 환불 요청하러 전화를 걸었다. 뚜뚜뚜 신호음만 들려왔다. 순간 '당했구나.'라는 생각에 정신이 혼미해졌다. 이모든 일이 단 1시간 사이에 이뤄졌다.

판매글을 보고 흥분해 즉시 상대방에게 문자를 보냈다. 상대방이 표 2장을 더 제시하지 않았다면 절대 의심하지 않았을 것이다. 오지 않을 표만 기다리고 있었을 것이다. 전화 한 통 해 보지도 않았고 문자만 보고 35만 원을 덜컥 입금했다. 호랑이 굴에 들어가도 정신만 차리면 살 수 있다고 지금내가 할 수 있는 일만 생각했다. 더 심한 피해를 막아야겠다는 생각에 맘카페 티켓 판매 글 밑에 댓글을 달았다. "이거 사기예요. 절대 입금하지 마세요." 이미 "제가 표 살게요, 부모님이 가고 싶어 하셔서요."라는 댓글과 아래에는 여러 댓글이 더 있었다. 내가 쓴 댓글을 보고 밑에 대댓글이 달리기 시작했다. "부모님 보내 드리려고 입금까지 했는데 말씀해 주셔서 감사합니다. 안 그러면 하염없이 표를 기다릴 뻔했어요."

　글을 쓴 당사자의 댓글도 올라왔다. 사연인즉슨 아이디가 해킹을 당한 사이 모르는 사람이 쓴 글이었다고 했다. 같은 수법으로 다른 지역 맘 카페에도 같은 글이 올라왔다. 댓글로 계속 이 글은 사기이니 표를 사지 말라며 응대했다. 맘 카페는 같은 지역에 사는 엄마들끼리 정보를 교환하는 곳이다. 안전하게 지역 상품도 사고 필요한 것을 드림과 교환도 한다. 친구도 사귈 수 있다. 학원 광고를 할 때도 효과가 좋은 공간이다. 그 안전한 공간에 물을 흐리는 미꾸라지 한 마리가 들어왔다. 용서할 수 없다. 더 용서할수 없는 건 사람의 간절한 마음을 이용해 사기를 치는 행위였다. 특히 임영웅 콘서트 표로 사기를 치다니! 형사님께 꼭 잡아달라고 부탁을 했다.

　아직 세상은 살 만한 곳이고 나쁜 일은 나에게 생기지 않을 거라 안일하게 생각했다. 35만 원의 금액이 중요한 것이 아니라 순간 이성을 잃고 흥분한 자신이 미웠다. 얼굴도 모르고 목소리도 듣지 못한 생판 모르는 사람에게 섣불리 돈을 보낸 나의 잘못도 있었다. 왜 그랬을까 생각해 봐도 잠시 이성을 잃었다는 표현뿐 다른 표현이 없었다.

그 뒤로 한 번 더 표를 사기당할 기회가 있었다. 이번엔 "직접 가지러 갈게요. 어디인가요?"라고 하니 여수라고 답했다. 여수에 사니 직거래하자는 메시지에 택배로만 티켓 수령이 가능하다는 상대방의 메시지, 사기임을 눈치챘다.

시간이 흘렀다. 경찰서에서 접수한 사건에 대한 아무 연락이 없다. 그 범인은 아직도 사기를 치고 있는지, 어느 가수 팬의 간절함을 이용해 돈을 착취하는지, 막을 방법은 있는지 궁금했다. 나처럼 사기임을 인지한 피해자들은 그나마 나을지도 모른다. 사기당한지도 모른 채 오매불망 표만 기다리다 콘서트 일주일 혹은 그전에 알게 되는 피해자들도 있다고 한다. 콘서트 암표 문제는 가수와 소속사 그리고 팬들 모두에게 심각한 문제이다. 가수 장범준은 암표 문제가 심각해 콘서트를 전면 취소하기도 했다. 가수 성시경은 직접 암표상을 잡기도 했다. 암표 신고 건수가 2020년 359건에서 2022년 4,224건으로 2년 만에 1,077%가량 폭증했다는 뉴스다. 인터넷 거래는 경범죄처벌법에 해당되지 않는다고 한다. 벌금 역시 20만 원으로 턱없이 낮은 수준이다. 임영웅 콘서트의 암표는 500만 원까지 금액이 나간 적도 있다. 파는 사람도 잘못이고 사는 사람도 잘못이겠지만 조금 더 공정하게 티켓팅이 이뤄졌으면 좋겠다. 암표 거래 자체를 불법으로 만드는 법을 더 강력하게 만들었으면 좋겠다.

수사가 진행된 지 2달 후쯤 되었을까 문자 한 통을 받았다. 최종 자금이 국외로 송출되어 범인을 잡지 못했다고 했다. 공소시효가 10년으로 언급되어 있었다. 형사님이 포기하지 않고 잡아 줬으면 한다. 희망의 끈을 놓지 않았다. 사기를 당한 건 당한 거다. 나도 모르는 순간 이성을 잃었다. 우는 아이의 목소리를 이용하거나 시골 노인들을 목표로 한 보이스피싱 사건에도 이와 같은 이유로 사람들이 당하는구나 생각이 들었다. 피해자가 어리석다고 말할 것이 아니다. 누구든지 그 상황이 되면 이성을 잃을 가능성이 크다. 속이는 사람 자체가 잘못된 것이기는 하지만 속지 않을 연습도 필요하다. 내 일이 아니라는 생각을 하지 말고 주변 사람들의 경험이라든가 대처방안 혹은 사기당하지 않는 법에 관한 강의를 하는 곳이라면 가서 들어 보고 싶다.

티켓은 꼭 거래하기 전 전화를 먼저 해 봐야 한다. 가능하면 한 번 더 의심해 보고 속지 말고 정신 차리고 살아가자는 교훈을 얻었다. 돌다리도 두들겨 보고 건너야 한다.

■ 3

덕질은
설렘을 몰고 온다

"준비됐어?", "아~ 그거 열 시부터 시작할까?"라고 답한 후 하던 일을 급히 마무리지었다. 아이에게도 모든 준비(숙제, 씻기)를 마치라고 말했다. 아이는 분주히 화장실을 들락날락하며 씻었다. 열 시 조금 넘은 시간이다. 소파에 앉아 리모컨을 들었다. 벌써 15회라며 둘은 아쉬워했다. 요즘 드라마 〈선재 업고 튀어〉를 시간 날 때마다 함께 본다.

이제 겨우 11살인 딸에게도 공감대를 형성해 주고 콩닥콩닥 연애 세포를 넣어 주는 드라마다. 선재와 솔이가 꽁냥꽁냥 사랑의 대화를 주고받는다. 그때 아이는 어쩔 줄 몰라 소리 지르고 몸을 이리저리 꼬기 시작했다. 키스 신이 나오는 경우는 눈을 가리며 보지 않는다. 사실은 가린 손 사이로 다 보고 있었다. 닭살 돋는 대사를 할 때나 선재가 멋진 행동으로 솔이 마음을 설레게 하면 아이는 거실에서 주방까지 뛰어다니면서 호들갑을 떤다. 선재 같은 남자와 결혼할 거라며 지켜지지도 않을 약속을 한다. 그런 아이를 보고 있자니 '나도 저런 시절이 있었지.' 하며 추억에 잠겼다.

내가 아이 나이였을 땐 〈사랑을 그대 품 안에〉 드라마에서 백화점 이사님 차인표를 뚫어져라 쳐다보느라 입에서 침이 흐르는 것도 몰랐다. 농구 드라마 〈마지막 승부〉에서 장동건의 덩크슛을 보고 흥분했던 적이 있다. 여주인공 심은하와 키스신이 나오면 지금 아이처럼 두 눈을 가리고 설레면서 드라마를 봤던 기억이 엊그제 같다. 새삼 아이의 모습을 보면서 과거 내 모습이 떠올랐다. 드라마에서 두 주인공의 설렘을 보니 문득 내 인생에 감사했다. 현재 설렘으로 가득 차 있음에 말이다.

이은희 작가의 책 『마흔은 쓸데없이 불안하다』에서 마흔을 넘은 작가는 아직도 남편을 보면 항상 설렌다고 했다. 그녀는 호르몬의 관점에서 보면 사랑의 유효기간은 18개월에서 30개월까지라고 한다. 결혼생활 16년 차에 지금까지 설레면 병원을 가 봐야 하는 것이라고 농담 삼아 말했다.

결혼 전 신랑과 나의 연애 기간은 1년 남짓이었다. 장거리 연애였기에 주말마다 서로를 보러 서울과 구미를 왔다 갔다 했다. 처음엔 신랑이 자주 내가 있는 구미로 왔다. 그때마다 설렘을 가득 안고 극장과 인근 여행지에서 데이트를 했다. 그 마음이 이어져 결혼까지 갔다. 빡빡한 생활과 그의 잦은 야근과 부재에 더 이상 설렘은 남의 집 이야기인 마냥 잊혀졌다. 집에 오면 씻고 아이랑 놀아 주고 밀린 집안일하고 소파에 누워 드라마를 보고 맥주를 한 캔씩 마시고 자고 일어나는 일상의 반복이다. 매일 이렇게 살아가야 한다는 현실에 한 번씩 현타가 왔다.

짝사랑에 빠진 지금 매일이 설렘으로 가득 찬 하루를 보내고 있다. 아이가 학교에 들어가면서부터 계속해 왔던 초등학교 독서모임 날이다. 회원 한 분이 드라마 〈옷소매 붉은 끝동〉을 보고 이준호 덕밍아웃을 했다. 콘서트를 너무 가고 싶은데 티켓팅에 실패했다는 말에 취소표는 반드시 나온다며 포기하지 말라 했다. 그녀는 결국 취소표를 구해 콘서트를 보고 왔다. "덕분에 공연을 잘 봤는데 허무해요. 공허한 느낌이 들어요. 효명씨는 매번 콘서트를 다녀오는데 그런 느낌 들지 않아요?"

최근에 임영웅의 상암 월드컵 콘서트를 보고 왔다. 콘서트장에 들어가는 순간 커다란 잔디밭 위에 무대가 설치되어 있고 큰 전광판이 양쪽 무대 앞에 놓여 있었다. 뻥 뚫린 스타디움의 하늘은 구름한 점 없이 맑았다. 보통 콘서트가 끝난 후 여운이 3~4일 정도 지속된다. 상암 콘서트는 규모가 컸기에 평상시보다 여운이 더 지속되었다. 이어지는 스케줄이 또 기다리고 있다. 6월 16일 임영웅 생일 이벤트, 예능 방송 소식, 〈인 악토버〉 단편 영화 공개, 8월 8일 데뷔 기념일, 8월 마지막 주에 개봉하는 영화 스케줄까지. 허무함을 느낄 틈을 주지 않고 매번 다음을 기약하며 팬들을 설레게 만들어 준다. 기다림의 순간조차 떨림이다. 달력에 X 표시를 하며 하루하루를 기다린다. 덕질을 하고 난 후부터 매 순간이 설렌다. 오늘은 어떤 소식이 나올까? 이번 주는 어디를 가 볼까? 누구를 만나고 나의 경험 중 어떤 일을 글로 쓸까? 생각하는 것조차 행복하다. 힘든 하루를 보낸 후 집에 돌아와 그와 관련된 영상을 보며 힐링을 한다. 그의 노래 〈런던보이〉의 라이브 클립영상은 100번도 넘게 틀어 봤다. 노래를 즐기며 부르는 그의 표정에서 심장이 또 뛰기 시작한다. 한번 뛰기 시작한 심장은 엉뚱한 곳으로도 가끔 향한다.

주말 아침, 잠에서 일어난 신랑이 안방에서 거실로 걸어 나왔다. 그 순간 그의 모습에서 임영웅이 스쳐 보이기도 했다. 다시 정신을 차리고 보니 자다 일어난 부스스한 남편의 모습이었다. 그 뒤로 결혼 후 사라졌던 좋은 감정들이 남편을 보고 다시 생기기도 했다.

아이와 〈선재 업고 튀어〉 드라마를 보다 여자 주인공의 할머니가 하는 말이 기억에 남았다.

기억은 사라지는 것이 아니야. 살면서 보고 듣고 느끼는 수만 가지의 기억들이 다 어디로 가겠나. 모두 내 영혼에 스미는 거야. 그래서 내 머리로는 잊어도 영혼은 잊지 않고 다 간직하고 있어.

<선재없고 튀어> 대사 중

기억이라는 단어를 설렘으로 바꿔 본다. 어떤 감정도 사라진 것이 아니다. 다만 잊고 지냈던 것이다. 내 영혼은 모두 기억하고 있다. 어떤 순간에

잊고 지냈던 감정들이 기억처럼 되살아난다. 좋은 기억들, 설렜던 기억들, 그 기억들로 지금의 행복과 만족을 찾고 순간을 즐기며 살아가는 것이 아닐까. 풋풋한 젊은 시절, 잊고 지냈던 그 감정을 다시 꺼내 본다. 덕질은 나를 다시 설레게 만들었다. 나는 지금 누구보다 행복한 삶을 살아가고 있다.

나의 인생에서 가장 설렜던 순간을 생각해 하나씩 적어 본다. 살아가면서 행복한 순간들이 앞으로 더 많이 생길 것이다. 인생은 기억과 현재를 공존하며 미래의 설렘을 꿈꾸며 살아가는 것이다.

메마른
눈물샘이 터지다

늙어서 시시한 것은 그만 보고 꼭 필요한 것만 들으라 해서 눈이 잘 안보이고 귀가 잘 안 들린다고 법정 스님은 말했다. 인정하고 싶진 않지만 나이듦의 신체적인 신호가 점점 느껴진다.

자연스럽게 눈이 제일 먼저 신호를 보내왔다. 침침하고 건조가 심해졌다. 비 오는 날 밤, 운전을 하는데 차선이 잘 보이지 않아 당황한 적도 있다. 저녁만 되면 눈이 빨갛게 충혈이 되는 경우가 잦았다. 학생들이 숙제로 해 온 영어 문제집 채점을 해야 한다. 글씨가 잘 보이지 않는다. 책을 읽을 때도 안경을 벗고 책에 얼굴을 가까이 대고 읽는 요즘이다. 얼마 전, 자고 일어나니 이유 없이 오른쪽 눈이 빨갛게 충혈되어 병원을 갔다. 검열반이라 했다. 흰자에 굳은살이 생기는 노안의 증상 중 하나이다. 발바닥이나 손에 굳은살 생기는 건 들어봤어도 눈에 무슨 굳은살인가. 지인들은 내가 눈에 힘을 너무 주고 다녀 그렇다고 농담 삼아 말했다. 평상시 힘 좀 빼고 다녀야겠다. 병원에서는 30대 후반부터 노안이라는 건 자연스럽게 진행되니 걱정하지 말라는 말과 함께 처방을 내려줬다. 약국으로 가 인공눈물을 구입했다. 눈이 건조해 아플 때마다 가뭄에 단비처럼 한 방울씩 넣어 줬다.

우리 몸에서 눈물은 중요한 역할은 한다. 각막을 보호해 주고 이물질이 들어갔을 때 제거해 준다. 생물학적으로 박테리아를 죽이는 효과도 있다. 신체적으로도 좋을 뿐만 아니라 눈물을 흘리는 건 감정적으로도 좋은 효과를 가진다. 인간이 느끼는 슬픔, 분노, 기쁨 등의 감정을 솔직하게 표현하게 되면 스트레스나 불안을 해소하는 데도 도움이 된다. 소중한 눈물이 계속 없어지니 노안이 더 빨리 진행이 되는 건지 혹은 몇 년 전 눈물샘 수술을 한 엄마를 생각하면 이것도 유전인 건지 궁금했다.

결혼하고 난 후 울어 본 날이 거의 없다. 슬프고 화난 감정은 느꼈지만 눈물을 흘린 날이 거의 없다. 눈물샘에는 항상 눈물로 가득 차 있을 줄 알았다. 어렸을 땐 슬픈 드라마를 보고 난 후 여운이 남아 혼자 베갯잇을 적시도록 울었다. 목욕탕에서 엄마가 등을 세게 밀었을 때도 눈에는 닭똥 같은 눈물을 주룩주룩 흘렸다. 마르지 않을 거 같았던 샘에서 눈물이 없어지기 시작했다. 법정 스님의 산문 「너는 네 세상 어디에 있는가」에서 그는 어떤 사물이나 현상 앞에 무감각하고 무감동한 것은 생물이 아니다고 말했다. 복잡한 세상 속에 현실에 지쳐 살다 보니 나의 감성은 메말랐다. 무감각해졌다. 나는 살아 있지 않았다. 더 이상 생물이 아니었다.

　육아할 때 가장 듣기 싫었던 소리가 아이의 우는 소리였다. 조금만 울고 그치면 되는데 딸은 몇 시간을 소리 내어 울었다. 본인도 힘이 드는지 눈치를 보고 관심을 가져 주면 다시 울기를 반복했다. 딸아이의 눈물을 보면서 한숨을 쉬면서도 내 눈물에 대해 생각한 적은 없었다.

　어린 시절 나는 울음을 많이 참았다. 울면 나약한 사람이 되는 거 같아 슬픈 감정을 잘 숨겼다. 둘째로 태어나 공부 잘하는 언니한테 치이고 남동생에게는 여자라는 이유로 치였다. 혼자 조용히 할 일을 묵묵히 해내는 타입이었다. 스스로의 감정도 잘 드러내지도 않았다. 부모님에겐 있는 듯 없는 듯 그냥 무던한 아이였다. '남자는 평생 3번만 우는 것이야. 여자도 그래.' 라고 생각하며 눈물을 참았다. 남이 보지 않는 곳에서 혼자 울었다. 기쁜 감정뿐 아니라 슬픈 감정도 잘 드러내지 않았다.

　임영웅의 첫 콘서트를 갔을 때였다. 〈다시 만날 수 있을까〉, 〈어느 60대 노부부 이야기〉 노래를 라이브로 들었다. 메말랐던 눈물샘이 작동했다. 〈모래알갱이〉 신곡이 발표가 되었을 때 티비 앞에서 주체할 수 없는 눈물을 흘렸다. 나에게 아직 흘릴 눈물이 남아 있었다. 인공눈물이 아닌 스스로가 만들어 낸 눈물이었다. 덕질을 하고 난 뒤 드라마를 보고 다시 울기 시작했다. 〈나의 해방일지〉에서 구 씨의 쓸쓸해하는 모습을 보고 감정 이입이 되었다.

울었다. 몇십 년 만에 드라마를 보고 울어 본 것일까. 눈물이 반가웠다. 눈물이 뺨을 타고 흘러 입 주변으로 다가왔을 때 혀를 내밀어 맛을 봤다. 예전에 알던 그 짭짤한 맛이 느껴졌다.

평상시 고소공포증이 있어 산에 가질 못한다. 등산은 남의 이야기였다. 남들은 산 정상에 서서 내가 이 산을 정복했다는 느낌으로 사진을 찍곤 한다. 나에겐 꿈같은 이야기 중 하나이다. 작년 가을이었다. 마라톤을 함께해 온 멤버들과 한양 도성길 체력훈련을 갔다. 북악산과 인왕산을 오르는 코스였다. 북악산을 오르던 중 일행은 앞서서 먼저 산을 올라갔다. 바위 있는 곳을 기어가야 하는데 바로 옆 낭떠러지가 보였다. 혼자 남은 나는 그냥 주저앉아 울었다. 지나가던 등산객들이 애처로운 듯 쳐다봤다. 몇 년 동안 나는 무서운 상황에 노출된 적도 없었다. 모험이라곤 한 적도 없이 평화로운 상태의 삶을 살았다. 울 일도 울 필요도 없는 삶이었다. 당시 함께 간 일행들은 난감해했다. 다 큰 성인이 산을 못 올라가 울고 있다니 애처롭기도 웃음이 나기도 한 상황이었다. 사진을 보면서 산에 있는 내 모습이 참 어울리지 않았지만 울고 있는 내 모습도 익숙하지 않았다.

눈물은 약함의 표시가 아니다. 적당한 눈물은 눈 건강과 스트레스와 감정을 관리하는 수단에도 필요하다. 눈물을 참아왔고 내 감정에 솔직하지 못했던 시절들이었다. 다시 찾은 눈물을 아끼지 말고 쓰기로 했다. 적재적

소 필요한 시기에 눈물이 흐르도록 내 감정을 잘 조절하기로 했다. 노안에 대해선 눈도 자주 깜빡거리고 루테인도 사 먹어야겠다. 다시는 사막처럼 말라버린 내 눈에 인공 비를 뿌리지 않도록 눈에 이물질이 들어갔을 때 씻어 내려 줄 눈물이 있도록 건강할 때 관리를 해야겠다. 슬퍼하지 마라. 울지 마라. 하지만 가끔씩 우는 것도 나쁘지 않다. 우리 몸에 있는 샘에도 물이 차올라야 다시 새 물이 만들어지니까.

슬플 때나 기쁠 때나 화날 때나 감정을 숨기지 말고 표현해야겠다. 울고 싶을 땐 울고 웃고 싶을 땐 맘껏 웃어 보려 한다. 내 안에 모든 감정들이 표출되어 없어져 흘러갈 때까지 솔직해지려 한다. 특히 우는 건 부끄러운 것이 약함의 표시도 아니다. 울고 싶을 땐 실컷 울자. 그래야 속이 뻥 뚫려 좋은 감정들이 그 자리에 들어간다. 눈물도 많이 흘러야 샘이 작동한다. 눈물 샘이 그냥 마르게 두지 말자.

■5

덕친에서
절친 4인방

귀하의 열차표가 취소되었습니다. 다른 열차를 알아보시거나….

아침에 받은 문자다. 철도 파업이다. 첫 앙코르 콘서트를 보러 부산을 가야 한다. 하필 예매한 열차가 파업으로 취소되었다. 동생이 피켓팅에 성공해 준 표다. 스케줄에 맞춰 지인들에게 딸을 봐달라고 부탁했다. 급히 열차 대신 버스를 알아봤다. 간간이 한 자리씩 남은 자리는 있었다. 버스를 타려면 아침 일찍 길을 나서야 했다. 부산 콘서트는 운이 좋게 금요일 VIP 표를 구하게 되었다. 금요일 아이를 학교에 보내고 가야 하는 터라 시간이 여유롭지 않았다. 서울에서 부산까지는 거리가 멀어 콘서트를 가야 할지 고민했다. 열차를 이용하지 않으면 모든 스케줄이 꼬이게 된다. 결국 부산행은 가지 않기로 선택했다.

인천에 살고 있는 영웅시대 언니에게 연락을 했다. 영웅시대와의 인연은 모두 사연 하나씩을 간직하고 있다. 인천 언니는 그 지역에서 학원을 운영하는 원장님의 친언니다. 이미 덕질에 경력이 있는 원장님이 소개해 줘 언니와 인연이 되었다. 대구 콘서트에서 만나 한번 인사를 나눴다. "언니, 이번 부산 표는 포기해야 할 거 같아요.", "취소하지 말고 그냥 둬. 내가 갈 사람 구해 볼게." 바로 몇 시간 뒤 부산 콘서트에 나 대신 갈 사람을 구했다고 했다. 언니를 만나 표를 전달해 줬다. 내 표는 또 다른 누군가에 의해 부산까지 잘 전달이 되었다. 어떻게 구한 표인데.

상황이 바뀌기 시작했다. 목요일 저녁과 금요일 아침부터 토요일 부산 콘서트 취소표가 나오기 시작했다. 간간이 4개 혹은 5개의 취소표가 한꺼번에 보였다. 기적적인 일이 일어났다. 금요일 콘서트 당일, 아침 열차 파업이 멈췄다. 주말 열차표도 파업 탓에 자리 여유가 있었다. 당장 토요일과 일요일 집으로 오는 열차표부터 예매를 했다. 콘서트 표도 없는데 말이다. 지금부터는 간절해졌다. 공연 취켓팅(취소표 잡기)을 시작했다. 눈이 빠져라 몇 시간 동안 토요일 콘서트 한 자리를 사수하기 위해 새로 고침 버튼을 계속 눌렀다. 간절히 원하면 이루어진다는 말이 이럴 때 통하나 보다. 신랑에게 부산 일정을 카톡으로 알렸다. 인천 언니에게 다시 전화를 했다. 마침 언니도 토요일 공연을 보러 간다며 광명역에서 만나자 했다. 열차 시간을 조정하고 언니 옆자리로 자리를 옮겨 예약을 다시 했다.

부산 콘서트 당일 기차 자리에 앉아 광명역에서 언니와의 만남을 기다렸다. 언니가 타지 않았다. 어찌 된 일인지 궁금해 전화를 했다. 언니는 기차에 탔다는 것이다. '나도 탔는데 왜 못 봤지?' 궁금하던 차 누군가가 내 어깨를 쳤다. 본인 자리라는 것이다. 다시 열차표를 확인해 보니 5호 차를 타야 하는데 6호차 자리에 앉았다. 그제야 실수를 알고 자리 주인에게 사과를 했다. 원래 자리로 찾아가는 중에도 웃음이 났다. 이미 앉아 있는 언니의 모습이 멀리서 보였다. 부산 도착까지 2시간이 넘는 시간 동안 서로의 안부와 덕질 이야기를 이어 갔다. 열차 승무원에게 조용히 해 달라는 부탁도 몇 번 받았다. 그때뿐이었다. 둘의 수다는 멈출 줄 몰랐다. 속삭이는 소리가 더 신경 쓰였을 텐데 괜히 옆 사람에게 미안했다. 하지만 어쩌랴. 같은 공통 관심사가 있다는 건 할 이야기가 무궁무진하다는 것이다. 부산에 도착해 공연장까지 찾아가는 건 쉬웠다. 파란색 옷을 입은 무리들을 쫓아가면 된다. 서로 가족 같은 영웅시대다. 그들과 어울려 지하철을 타고 한 번 갈아타고 또 한 번 더 갈아탔다. 지하철 안에서 처음 만난 영웅시대 분이었지만 함께 인사를 한다. 티켓팅 이야기, 입웅한 계기, 어제 콘서트의 후기들로 지하철의 분위기는 화기애애했다. 콘서트장에 도착하자마자 인천 언니가 어딘가에 급히 전화를 했다. 누구냐고 물어보니 밥 사준다는 사람이 있다며 기다려보라 했다. 언니가 소개해 준 분은 어제 내 표를 받고 공연을 본 사람이었다. 그분의 본인을 혜경이라 소개했다. 나이가 언니보다 조금 더 많아 보였다. 혜경 언니는 어제 공연이 처음이라 했다. 매번 티켓팅에 실패해 공식 굿즈를 사면서 마음을 달랬다고 했다. 어제 자리가 너무 좋아 임영웅이 공연 중간 관객석을 돌 때 바로 그 옆자리였다고 했다. 좋아하는 가수의 얼굴을 바로 코앞에서 본 것이다. 이건 밥을 꼭 사야 한다며 그날 점심을 계산했다.

부산 콘서트 표는 풍년이었다. 인천 언니에게 토요일 콘서트 표 하나가 더 생겼다. 혜경 언니는 토요일 공연까지 이틀 연속 보게 되는 행운을 가졌다. 혜경 언니는 때마침 금, 토요일이 쉬는 날이라 열차가 파업되자마자 항공편으로 부산으로 왔다. 평생소원이었던 임영웅 콘서트를 보는 행운을 나의 금손 덕분에 가질 수 있었다며 연신 고맙다고 했다. 꿈만 같았던 순간이었다고 말했다. 내가 해 준 것도 없는데 누군가 나에게 계속 감사하다고 하니 쑥스러웠다.

"다음부터 언니 꼭 공연 같이 봐요. 밥값 톡톡히 할 테니 밥 많이 사줘요."라며 너스레를 떨었다. 집에 돌아가는 기차표도 여유가 있어 혜경 언니와 나란히 앉았다. 열차 파업이 오히려 즐거운 추억을 하나 더 만들어 준 순간이었다.

부산 콘서트는 안 가면 후회할 뻔했다. 결국 모든 임영웅의 콘서트는 가능하면 올콘(모든 콘서트를 다 가는 것)이 정답이다. 부산 콘서트 앵콜 무대에서 그의 손을 잡을 뻔했다. 바로 내 앞에서 마이크를 주머니에 넣는 바람에 내 차례를 건너뛰고 두 손을 옆으로 펼치고 무대 위를 달려갔다. 아쉬운 순간이었지만 마음껏 아티스트를 눈에 넣고 온 날이었다. 에너지 충전 100프로 완료. 그리고 소중한 인연을 만났던 순간으로 기억된다.

그해 대구 콘서트를 처음으로 임영웅 콘서트에 중독이 되었다. 대구 콘서트는 시어머니와 함께 갔다. 좌석이 뒷자리라 무대가 잘 보일까 걱정했다. 막내 고모에게 전화가 왔다. "너도 임영웅 좋아하니? 나 〈바램〉부터 벌써 덕질 2년차야." 고모는 매번 티켓팅에 실패했지만 대구 콘서트에 좌석이 4개나 예매에 성공했다. 앞자리 2자리는 고모와 고모부가 앉고 나는 조금 더 앞자리로 전진할 기회가 생겼다. 대구 콘서트를 계기로 막내 고모와 매일 밤마다 한 시간 정도 전화 통화를 했다. 그녀는 임영웅의 역사와 팬튜버 정보 등을 마치 영웅 박사처럼 다 알고 있었다. 고모는 임영웅을 만나고 인생이 너무 재미있어졌다고 했다. 고모는 임영웅 이야기할 때면 표정부터가 달라진다. 눈도 초롱초롱해진다. 누군가를 좋아하면 나타나는 표정이다. 관심이 생기고 눈에 하트가 뿅뿅 생긴다.

사랑하는 마음은 숨길 수 없다. 인천 언니, 혜경 언니, 막내 고모와 나, 각기 연령대도 다르고 삶의 방식도 다르다. 하지만 한 사람을 좋아하는 마음만은 같다. 덕질로 인해 만나 서로를 응원하고 격려해 주고 걱정해 준다. 우정도 더 깊어진다. 그 뒤 4인방의 단체 톡방이 만들어졌다. 서로 행사 때마다 만나 밤이 늦도록 수다를 떤다. 호텔에서 2박 3일 동안 방을 잡고 계속 수다를 떨어도 멈추지 않을 대화들이 이어질 것이다. 최근 인천 언니의 쌍둥이 동생이 아프다는 소식을 들었다. 혜경 언니는 뼈가 부러져 깁스를 하고 다녔다. 막내 고모도 건강이 걱정된다. 최근에는 만 보를 걸으며 운동을 시작했다. 고모의 얼굴을 보니 살이 조금 빠졌다.

함께 밥을 먹고 같은 공간에 살아야 가족이 아니다. 좋아하는 것을 같이 공유하고 함께 기뻐하고 슬퍼하고 즐거운 추억을 만들어 가면 가족보다 더 소중한 존재가 될 수 있다. 주변에 뭔가를 함께 좋아할 수 있는 사람들이 있고 이해해 주고 말이 통하는 사람들이 있다는 건 축복이다. 사람의 수가 많고 적고는 중요하지 않다. 정말 마음 맞는 사람 몇 명만 함께 해도 인생이 풍요로워진다. 함께 공통된 관심사가 있으니 인연은 더 오래 멀리 갈 수 있을 것이다. 모두 건행하며 행복하게 지금 이 호시절을 즐기고 싶다.

■ 6

나를 온전히 믿는
누군가에게 미안하지만

집에서 쫓겨날 수도 있어 여행 가방을 준비해야겠다. 남편이 이 사실을 알면 반응이 궁금하다. 때는 바야흐로 2023년 겨울로 돌아간다. 한 해를 마감하는 바로 그날, 임영웅의 대전 콘서트 날이다. 일 년의 끝을 좋아하는 가수의 공연을 보면서 함께 마무리 짓는 것은 그 자체로도 의미 있는 일이다. 하지만 늘 적은 가까이 있는 법. 남편은 같은 공연을 여러 번 보는 것 자체를 납득하지 못한다. 사람은 매일이 다르다. 기분도 다르고 기분에 따라 목소리의 고저도 다르다. 자세히 보면 표정도 다르다. 매일 반복되는 하루는 있어도 매일 같은 모습의 사람은 없다. 나도 어제의 나와 오늘의 내가 다르다.

임영웅도 매일 다르다. 공연은 더욱 다르다. 날씨, 공연 당일의 가수 컨디션, 노래 한 곡을 부를 때 목소리와 표정, 모두 다르다. 심지어 같은 라이브일지라도 〈다시 만날 수 있을까〉 뮤직뱅크, 음악중심, 그리고 엠카 버전이 모두 다르다.

공연에서는 관객에 따라서도 그날 분위기가 달라진다. 차분한 관객들이 많은 날도 있고 에너지가 넘치는 관객들로 가득 찬 날은 "잘생겼다. 오빠 사랑해요."라는 멘트로 가수에게 웃음을 준다. 밴드 연주조차도 살짝 다르다. 어떤 날은 피아노가 크게 들리고 어떤 날은 아코디언이 기타 소리가 더 귀에 잘 들리는 날도 있다. 같은 공연은 한 번도 없다. 올콘을 하고 싶지만 피켓팅이 쉽지 않은 현실에 기회가 될 때마다 가야 한다. 마침 지인 찬스로 대전표가 생겼다. 안 갈 이유가 하나도 없다. 신랑의 반대만 없으면.

연속되는 전국 콘서트 때문에 이번엔 알리바이가 필요했다. 한 달 전부터 머리를 굴려본다. 대전이면 내가 사는 곳에서 기차만 타면 한 시간 거리다. 충분히 핑곗거리만 있으면 다녀올 수 있는 거리다. 고향 친구들이 갑자기 보고 싶었다. 신랑의 눈치를 살폈다. 미리 운을 떼놔야 했다. 대구 친구들이 올해가 가기 전에 시간 한번 내보라고 연락이 왔다며 슬쩍 운을 띄웠다. 시간을 조율해 보고 있지만 다들 너무 바쁘다며 또 운을 띄운다. 친구들이랑 얘기해 봤는데 아무래도 12월 말일이 좋을 거 같다고 다시 운을 띄운다. 연말은 가족과 보내야 하는데 다들 시간이 그때뿐이라며 마지막 운을 띄웠다. 3주에 걸쳐 알리바이를 만들었다. 공식적으로 대전 콘서트를 간 것이 아니라 오랜만에 고향 친구들을 만나 대구에서 시간을 보내는 것이다.

공연 당일, 아침부터 응원봉을 가족 몰래 가방에 넣었다. 응원봉은 임영웅 콘서트의 필수품이다. 무대 중앙장치 제어 시스템으로 인해 공연 중 전원을 켜면 노래에 따라 색깔이 자동적으로 바뀐다. 요즘 아이돌도 각자의 응원봉을 다 가지고 있다. 임영웅의 응원봉은 AS가 된다는 점에서 자부심을 가지고 자랑할 수 있다. 영웅시대 교복인 하늘색 티셔츠를 입고 가지 못했다. 최대한 하늘색 비슷한 옷으로 상의를 맞춰 입었다. 이름이 적힌 슬로건을 가방에 몰래 넣었다. 늘 들고 다니던 파란색 책가방을 들고 집을 나서려고 하는 찰나 눈치 빠른 딸이 수상함을 눈치챘다. "엄마, 왜 친구들 만나러 가는데 파란색 옷을 입고가? 혹시 임영웅 콘서트 가는 거 아냐?" 눈치 더럽게 빠르다. 아니라고 말했지만 딸 말에 신랑이 뭔가 낌새를 친 건지 한 수 더 거든다. "어. 수상한데. 왜 책가방을 들고 가지?" 가방 검사까지 할까 두려움에 기차 시간에 늦겠다며 서둘러 집을 나왔다.

지하철역까지 혹시나 거짓말이 들킨 건 아닌지 전화기만 쳐다봤다. 남편이 인증 사진을 보내라 할지 모르니 대구 친구들에게 전화를 했다. 최근에 찍은 사진 좀 보내 달라 부탁도 하고 친구들의 안부를 물었다. 집에 도착하면 경선이가 뭐 했더라, 노순이가 뭐 했더라, 식의 이야기를 해 줘야 알리바이가 성공한 것이니깐.

대전 콘서트 중 하나의 이벤트가 있었다. 마지막 날을 기념해 임영웅은 밴드 세션들에게 깜짝카메라를 진행했다. 노래 버전 바꿔 부르기였다. 예를 들어 발라드 〈우리들의 블루스〉를 트롯 버전으로 부르기처럼 5곡 정도 장르를 바꾸어 밴드를 놀렸다. 공연 마치는 예정 시간이 30분 정도 더 길어졌다. 서둘러 기차 시간을 공연 중에 변경했다. 남편에게는 이야기가 길어져 막차를 타고 가야 한다고 둘러댔다. 그는 대구 간 김에 친정에서 자고 오라고 했다. 순간 정말 대구로 가서 자고 올까도 생각했다. 동대구역에서 엄마 집까지 가는 교통편이 애매했다. 생각해 줘서 고맙지만 집에서 가족과 함께 제야의 종소리를 듣겠다며 답장을 보냈다.

6시에 시작한 콘서트는 장장 3시간 40분에 걸쳐 진행되었다. 저녁은 뭐 먹었냐고 물어보면 대답할 알리바이가 필요했다. 기차 안에서 동대구역 근처 맛집을 검색했다. 블로그에서 메뉴와 음식 사진을 편집하고 사진첩에 담았다. 집에 도착하니 다행히 밤 12시는 넘지 않았다. 2024년 제야의 종소리를 가족과 함께 들었다. 남편의 눈치를 살피며 씻고 나왔다. 찔려서 그런 건지 말이 많아졌다. 친구들의 안부를 먼저 얘기했고 재미있었다며 둘러댔다. 피곤하니 먼저 자겠다며 괜히 질문이 나올 것에 대비해 대화를 피했다. 아무것도 묻지 않은 남편이 고마웠다.

다음 날 대전 콘서트 관련 SNS와 유튜브에 올라온 영상들을 봤다. 영웅시대 수다 4인방 언니들의 카톡 메시지에 부럽다는 글들이 올라왔다. 그

현장에 내가 있었다고 크게 말하고 싶었지만 남편이 집에 있어 말을 못했다. 그날의 감동은 가슴속으로만 간직했다. 또 일산 콘서트가 기다리고 있으니 그때는 콘서트에 간다고 솔직히 말할까, 또 다른 알리바이를 계획할까, 머리를 굴려 본다.

거짓말을 하는 것은 원칙적으로 나쁜 것이다. 내가 좋아하는 것을 하기 위해 가족들의 응원과 희생이 필요하다. 혼자가 아니라 한 가정을 책임지는 엄마이기 때문에 당연한 걸지도 모른다. 애초에 서울에서 이미 봤던 콘서트를 또 보러 간다는 것을 이해 못 하는 남편 때문에 시작된 알리바이였다. 솔직히 말한다면 나를 이해해 줬을까? 아직 덕질을 이해하지 못하는 사람이라 시간이 더 필요할 것이다.

한 번에 변하는 사람은 없다. 덕질을 하면서 얻은 에너지를 가족을 위해 쓰고 내가 행복한 모습을 보이면 언젠가는 나를 이해해 줄 수 있는 날이 올 것이다. 마흔이 넘어 덕질은 책임감이 따른다. 혼자서 오롯이 즐길 수가 없다. 학창 시절과 달리 경제적 여유는 생겼지만 시간적 여유는 줄었다. 나를 기다리고 책임져야 할 가족들과 일이 있기 때문이다. 하지만 가끔씩 가정의 평화를 위해 약간의 거짓말도 필요하다. 나쁜 짓 한 건 아니니 괜찮다며 합리화해 본다. 잘한 건 아니지만 가정의 평화는 지켰다. 남편이 이 글을 읽은 후는 모르겠다. 허락보다는 용서가 빠를 수도 있다. 저질러 보자. 마음 편히 좋아하는 것들을 온전히 누릴 수 있는 날이 오길 바란다. 앞으로는 뭐든지 솔직하게 말하고 부딪쳐 볼 것이다. 나의 시간을 당당하게 즐길 것이다.

며칠 후 딸이 귓속말로 물었다. "엄마, 몰래 임영웅 콘서트 간 거 맞지?", "어. 아빠한테 비밀이야." 그 뒤 비밀을 지키는 조건으로 원하는 거 하나 사주기로 약속했다. 딸한테는 거짓말하기 싫었다. 둘만의 비밀이 생겼다.

■ 7

다르기 때문에
함께 살아간다

도시락 준비 안 해도 된다는 신랑의 말이 반갑다. 아침마다 남편 도시락을 싸준다. 현모양처가 된 거 같지만 거창하지 않다. 반찬가게에서 전날 반찬 몇 개를 산다. 도시락에 옮겨 담기만 하면 된다. 밥하기 귀찮을 땐 즉석밥을 데워 보온통에 담아 주면 된다. 남편은 매번 식당에서 점심 메뉴 정하는 것이 귀찮다고 했다. 조미료가 많이 들어 있는 음식을 먹을 때도 있어속이 부대끼는 경우가 많다며 여러모로 도시락이 편하다고 했다. 아침 일찍 여건이 되는 한 도시락을 준비해 준다. 다음 날은 대구로 출장 가는 날이라 도시락 자유를 얻었다. 아이가 일어나기 전 시간은 자유시간이다. 책도 읽고 글도 쓰고 음악도 들으면서 잠깐의 조용함을 즐긴다.

기차가 늦은 시간이라 남편은 늦잠을 자고 일어났다. 7시 50분쯤 되었을

까. 부엌을 어슬렁거리기 시작했다. 뒤이어 잠이 덜 깬 딸이 겨우 일어나
소파에서 부족한 잠을 깨우고 있었다. 그 모습에 슬슬 남편의 잔소리 시동
이 켜진다. "아침에 일어나기가 힘든 이유는 밤에 늦게 자기 때문이야. 좀
일찍 자."라며 1차 공격이 시작되었다. 세수하고 학교를 빨리 가면 좋겠지
만 아이는 정신이 없다. 씻고 문을 닫은 채 방으로 들어갔다. 신랑은 하이
에나처럼 거실을 어슬렁거리며 잔소리 먹잇감을 찾아다녔다. 아이 방문을
열었다. 아직 침대 위에 앉아서 유튜브를 보고 있는 딸이 딱 걸렸다. "학교
갈 준비 빨리 안 해", "아, 한다고." 나는 남의 집 구경하듯 둘 사이를 쳐다
보다 다시 책에 집중하고 있었다. 그러던 중 불똥이 나에게 튀었다. "애 밥
은 안 챙겨줘?"

　딸은 원래 아침을 먹지 않는다. 입도 짧아 사과를 깎아 놓으면 한 입만
먹고 가는 날이 대부분이다. 세상에서 밥이 제일 싫다는 아이다. 학교 급
식을 일찍 먹어 괜찮다고 했다. 그래도 배가 고프면 아침을 챙겨달라고 말
하라며 딸과 합의가 된 상황이었다. 그 사실을 알 리 없는 신랑의 잔소리는
나를 향했다. 책을 읽으면서 상식적으로 아침 챙겨주는 건 기본인 것도 모
르냐며 화를 내기 시작했다. 아침 식사가 뇌를 활성화시키는 데 얼마나 중
요한지 그런 책들을 먼저 읽으라며 잔소리 폭격이 시작되었다. 속으로 '지
는, 아침도 안 먹으면서.'라며 반항해 본다.

　또 딸에게 바통 터치된 잔소리, "너도 엄마가 안 챙겨줘도 챙겨달라고 해
서 먹어야지, 빨리 준비하고 학교 가야지, 오늘부터 유튜브 금지, 오락 금

지, 원래 아침부터 이런 식으로 준비하고 있냐….” 듣자 하니 말이 점점 많아졌다. 그만하라고 말렸다. 아이 입장에서 보면 오랜만에 아빠가 집에 있는 아침, 기분 좋게 일어나 즐거운 시간을 보내고 학교에 가길 바랐을 것이다. 그런데 갑자기 무슨 날벼락일까 싶었다. 갑자기 나도 화가 났다. “그만하라고.” 소리를 질렀다.

얼마 전『에세이처럼 살고 싶다』책에서 졸혼을 실천하고 계시는 변지선 작가님의 글을 읽었다. 졸혼을 하고 오히려 남편과의 관계가 좋아졌다고 했다. 마음속 깊이 졸!혼! 두 글자를 새겨 놓고 있던 참이었다. 이때가 기회였다. “한 번 더 애한테 뭐라고 하면 오늘 저녁 퇴근했을 때 아이하고 나 없을 줄 알아. 따로 살 테니 알아서 해.” 그 뒤로 대구로 빨리 출근하라며 남편의 등을 떠밀었다.

저녁 출장을 마치고 돌아온 남편을 시큰둥하게 맞이하고 각자 할 일을 했다. 다음 날, 그다음 날도 마찬가지였다. 냉랭한 분위기가 이어졌다. 갑자기 신랑에게 온 전화 한 통, 지금 당장 집에 갈 수 있냐 물었다. 사정이 있어 못 간다고 하니 택배가 왔는데 냉장고에 넣어야 한다며 녹을 수도 있다고 했다. 뭔지 물어보니 가르쳐 주지 않았다. 며칠 전, 일요일에 〈미운 우리 새끼〉 예능 프로그램을 보다 모델 한혜진이 자기 집으로 온 친구에게 물회를 대접하는 장면을 보고 “맛있겠다.”라고 말했었다. 그 말을 듣고 검색해서 주문을 한 물회였다. ‘이럴 사람이 아닌데 왜 갑자기? 평생 없던 눈치가 생겼나? 이제야 아내가 중요한 걸 알았나?' 괜히 졸혼을 생각했던 것이 미안해졌다. 택배는 저녁까지 밖에 있었지만 다행히 녹거나 상하지 않았다. 가자미 물회와 오징어 물회였다. 가자미 한 봉지와 오징어가 냉동상태로 아직 서로 달라붙어 있었다. 손으로 떼 내어 그릇에 담았다. 채 썬 야채들이 다른 봉지에 담겨 있었다. 하나는 당근이었다. 나머지 하나는 너무 얇게 채가 썰려 있어 잘 모르겠지만 양파 같았다. 주황빛이 나는 육수가 다음 차례를 기다렸다. 그릇에 육수를 붓고 얼음을 몇 개 꺼내어 동동 띄웠다. 뭔가 부족한 듯 보였다. 배가 부를 것 같지 않아 평상시 먹었던 물회를 떠올려 봤다. 국수가 빠졌다. 마침 집에 국수가 있어 삶은 후 얼음 옆에 고스란히 담았다. 맛있었다. 너무 오버를 하거나 호들갑을 떨면 남편에게 지는 거라는 생각에 덤덤하게 고맙다며 툭 한마디 던졌다. 괜히 머쓱해진 남편은 "엄마는 참 고맙다는 말을 정성스럽게 못 해."라며 아이에게 말했다.

강아지를 키우는 것을 반대했던 신랑이다. 어느 날 지인을 통해 강아지를 분양받았다. 분양 며칠 전 통보를 한 뒤 새끼강아지를 들고 그냥 집에 들어왔다. 딸이 방송 댄스를 배운다고 했다. 춤을 시켜 보니 잘 춘다. 소질이 있었다. 재능이 있으면 키워 줘야 한다고 생각한다. 동네 댄스학원에서 춤을 배우다 서울로 진출을 시켜 봐야겠다고 생각했다. 대치동에 위치한 댄스학원을 등록시켜 줬다. 매주 토요일마다 아이를 데리고 대치동으로 댄스를 배우러 갔다. 신랑은 대치동에 국·영·수를 배우러 가지 댄스를 배우러 가는 건 이해가 되지 않는다며 어이없어 했다.

　마라톤을 시작했다. 평소 마라톤은 그냥 뛰는 거라 생각했던 신랑이다. 런 교실에 등록해 달리기를 배운다는 얘기를 듣곤 의아해했다. 나는 오랜 시간을 뛰어 본 적도 없다. 처음 달리기를 시작할 때 어깨도 아프고 무릎도 아팠다. 런 교실을 간 후 바른 자세로 달리니 아프지 않았다. 매주 봄과 가을에는 마라톤 대회로 주말마다 집을 비우는 경우가 많았다. 임영웅 콘서트가 시작되는 시즌이면 전국 각지를 돌아다녀야 하기 때문에 집을 비워야 했다. 처음에 신랑은 나를 이해하지 못했다. 적당히 하라고 말리기도 했다. 그런데 작년부터 마라톤 대회를 뛰러 간다고 하면 응원을 해 준다. 끝날 때쯤 결과를 물어보는 카톡이 온다. "한 시간 넘었어."라고 답하면 아쉽다며 조금 더 열심히 하라고 응원과 격려 문자를 보낸다. 지난번 서울 하프 마라톤을 할 때 일이다. 아침 일찍 울리는 신랑의 전화에 집에 무슨 일이 있나 놀라 전화를 받았다. 응원차 전화를 했다고 했다.

　임영웅 상암 콘서트가 열리는 날이었다. 토, 일 공연 이틀을 다 보러 갔다. 남편이 알면 난리가 나는 상황이다. 일요일 공연은 비밀로 하고 공연 밖에서 겉돌이(공연장에 못 들어가고 밖에서 음악과 공연을 즐기는 일)를 하러 간다며 집을 나섰다. 공연 중간에 걸려온 신랑의 전화, 받을까 말까 고민하다 받았다. 어디냐며 다그치는 신랑에게 겉돌이 중이라 둘러대고 서둘러 전화를 끊었다. 다시 울리는 전화, "또 공연 보러 갔구먼." 들켰다! '집에 가면 잔소리 폭탄이 이어지겠구나.' 생각했지만 집안은 고요했다. 씩 한번 웃어 주더니 재미있었냐는 한마디에 나는 아무 말도 하지 못하고 씻으러 갔다. 알면서도 모른 척해 주는 듯했다. 거짓말한 것이 머쓱해졌다. 마라톤과 덕질에 조금 유해진 것일까? 아니면 익숙해지는 것일까? 아니면 어디로 튈지 모르는 아내를 포기한 것일까? 남편의 마음속에 들어갔다 나온 것이 아니라 모르겠지만 츤데레 매력을 보여 주고 있는 남편이다.

신랑은 정석대로 살아온 사람이다. 바른길로 걸어간다. 융통성을 가져서는 안 된다. 하는 일도 건축이다. 건축은 법에 맞춰서 정석대로 일을 진행시켜야 큰 사고를 막을 수 있다. 꼼꼼함을 요구한다. 하지만 나는 반대다. 항상 즉흥적이다. 바른길이 없다. 세상에 모든 길이 나의 길이다. 자유인이다. 규정에 맞춰 가는 것을 싫어한다. 달리기를 할 때도 정해진 트랙을 같은 방향으로 뛰면 나는 반대로 뛴다. 하지 말라는 건 오기로 더 한다.

신랑 입장에서 생각해 봤다. 틀에 맞춰진 삶을 살았던 남자가 자유로운 영혼의 아내를 만나 살려니 얼마나 힘이 들까. 지금까지 삐걱거리고 다투기도 많이 했다. 부부란 한 방향으로 같은 길을 걸어간다고 하지만 우리 사이에는 늘 빨간 불인 횡단보도가 존재했었다.

결혼생활에 서로 조금씩 양보하면서 살아가다 보면 각자의 삶을 인정하는 순간이 온다. 서로가 다름을 인정해 주는 가정을 만들고 싶다. 둘 사이의 신호등에 파란 불을 켤 때가 곧 다가온 거 같다.

나와
마주하기

아이폰 때문에 결혼했다. 지금의 남편을 처음 만난 날이었다. 레스토랑에서 밥을 먹고 커피를 마신 후 영화를 보러 갔다. 영화표를 끊으려 매표소 기계 앞에 서 있었다. 표를 끊을 필요가 없다고 했다. 그냥 상영관 안으로 들어갔다. 어떻게 된 일이냐며 영화표도 없이 상영관 안으로 들어온 것이 어리둥절했다. 아이폰으로 미리 예매를 했다고 했다. 그 모습이 멋져 만남을 이어 갔다. 그 후로도 아이폰의 기능은 놀라운 것이 많았다. 사진을 찍어도 예쁘게 나왔다. 카메라의 여러 기능들을 사용하면 전문가가 찍은 사진인 듯했다. 나도 아이폰 유저가 되고 싶었다. 꿈을 이뤘으나 몇 달 사용하지 못했다. 특히 문자 쓰는 체계가 적응하기가 힘들었다. 결국 계약기간도 끝나기 전에 아이폰 유저에서 다시 삼성 유저가 되었다.

최신 기종 휴대폰보다 저렴한 휴대폰을 구입해 부담 없이 쓰는 것이 좋았다. 덕질에는 휴대폰의 성능이 좋은 것이 좋다. 성능보다는 용량이 더 중요했다. 마침 쓰던 휴대폰이 고장 났다. 휴대폰 매장에는 접을 수 있는 신상 휴대폰인 Z 플립이 전시되어 있었다. 작고 한 손에 잡히는 것이 유튜브를 볼 때도 세워 볼 수도 있었다. 더 좋은 것은 용량이 크다는 것이었다. 사장님은 나를 보더니 용량 큰 게 필요 없을 거 같다며 216기가를 추천해 줬다. 최근 블로그와 인스타를 시작하면서 영상 편집을 배웠다. 앱을 다운로드해 유튜브 영상 주소를 찍어 저장한 다음 편집 앱을 통해 눈이 빠져라 이 것저것 버튼을 눌러 가며 예쁘게 영상을 편집해 본다. 영상 편집을 하려고 하면 영상도 저장해야 하고 음악도 변환해 넣어야 한다. 용량은 필수다. 아줌마가 무슨 큰 기가가 필요하다는 사장님의 생각은 틀렸다. 평범한 아줌마가 아닙니다. 저 영웅시대입니다. "516기가로 주세요."

아이가 어렸을 땐 휴대폰 가득 아이의 사진이었다. 처음 혼자서 일어선 날, 아장아장 걸어가는 모습, 엉덩이를 들썩거리며 음악에 맞춰 춤을 추는 모습, 서러워서 우는 모습 등 그 순간을 놓칠세라 포착하고 사진과 영상으로 담아 휴대폰에 저장했다. 내 사진은 늘 뒷전이었다. 반짝 빛나는 아이에 비해 나는 육아에 지치고 맨얼굴에 몇 년째 살은 빠지지 않았다. 옷을 언제 샀는지 기억이 나지 않을 정도였다. 가끔씩 남편이 아이와 나의 투샷을 찍은 사진을 보면 한없이 초라한 내 모습만 보였다. 어느 순간부터 사진을 찍지 않았다. 한번은 친정엄마가 서울에 놀러 온 적이 있었다. 인사동과 청와

대 그리고 경복궁 주변을 돌아봤다. 엄마에게 사진을 찍어 준다니 사진 속 본인의 나이 든 모습이 보기 싫다며 주변 풍경과 손녀 사진만 찍었다. 나도 그랬다. 내 휴대폰인지 아이 휴대폰인지 모를 정도로 사진첩에는 아이 사진만 가득했다.

덕질을 시작한 후 사진 속 아이 사진의 비중이 줄어들고 있다. 딸은 섭섭해했다. 얼마 전 딸이 소원이 하나 있다고 했다. 카톡 메인 사진에 임영웅 사진 말고 본인 사진 한 번만 넣어 하루만 있어 달라고 했다. 요즘 엄마 카톡 보면 다 임영웅이고 본인 사진은 하나도 없다며 투덜거렸다. 단 하루만이었지만 싫었다. 며칠을 고민하다 딸의 소원을 들어줬다. 딱 24시간만 지키려다 선심 쓰듯 48시간을 딸 사진으로 설정해 줬다. 사진 변경을 하려 다시 카톡 메인 사진 창을 봤다. D-Day 달력이 눈에 띄었다. 임영웅을 좋아한 지 오늘로써 794일이 된다. 조금 늦게 시작된 덕질이다. 하지만 마음만은 늦지 않았다. 누구보다 더 내 인생에서 그가 차지하는 비중은 커져만 갔다.

내 사진첩을 펼쳐본다. 임영웅 보석 십자수, 다음 공식 카페 사진첩, 동영상, 콘서트 사진, 웅지 순례(임영웅이 갔던 장소를 돌아보는 것), Hero 폴더에는 또 다른 사진들이, 임영웅 그림 폴더가 대부분이다. 학원 운영, 마라톤, 독서모임 외 모두 임영웅 관련 폴더였다. 최근 Z 플립 고장으로 인해 어쩔 수 없이 휴대폰을 바꾸면서 용량을 다시 210기가로 낮췄다. 이미 사용하고 있는 용량이 200기가를 넘었다며 사장님은 파일 정리를 부탁했다. 뭐부터 정리할까 고민하는 것도 힘들었다. 과감하게 임영웅 폴더를 제외한 다른 것들을 지워 갔다.

결국 넘치는 용량 해결을 위해 다른 방법이 필요했다. 네이버 밴드를 통해 자료들을 따로 저장하는 방법을 택했다. 요긴했다. 방법은 간단하다. 밴드 어플을 깔고 설정한 다음 모임을 만든다. 모임은 비공개로 설정하고 사진을 정리해 날짜별로 올리면 많은 양을 한 번에 알아볼 수 있게 정리할 수 있었다. 휴대폰이 고장 나도 밴드에 사진들이 저장이 되어 있어 안전하기도 했다. 남편에게 물어보니 요즘은 USB도 안 쓴다 했다. 백업으로 클라우드를 이용하라고 추천해 줬다. 네이버나 구글에서도 클라우드를 활용하면 언제 어디서든지 자료를 열어 보기 편하다고 했다. 다시 배울 것이 생겼다. 클라우드, 이름만으로 어렵지만 도전해 볼 것이다.

또 다른 휴대폰의 변화는 사진첩 속에 있었다. 늘 초라했던 모습에 자신이 없어 셀카를 찍지 않은 지 몇 년이 지났다. 지금은 임영웅과 함께한 추억에는 그 어떤 나의 모습도 상관없다. 영웅시대 교복(임영웅이 직접 디자인한 로고가 박힌 하늘색 티셔츠)을 입고 콘서트장 앞에서 찍은 사진들, 특별한 날 행사장 앞에서 찍은 사진들, 사진첩이 내 사진으로 가득 차기 시작했다. 셀카 잘 찍는 각도도 공부했다. 휴대폰을 거꾸로 들거나 내 몸쪽으로 비스듬히 기대어 멀리서 찍으면 다리도 길게 나온다. 또 최근에 앱들이 많이 발전되었다. 화장을 하지 않아도 얼굴은 뽀샤시, 입술은 더 빨갛고 눈은 크게, 심지어 얼굴도 작게 만들어 준다. 셀카를 찍고 내 모습을 사진으로 찍기 시작했다. 사진첩에는 아이 사진보다 단독으로 찍은 내 사진이 더 많아졌다. 자신감도 생겼다. 내 얼굴은 어느 각도에서 사진을 찍어야 더 잘 나오는지 알게 되었다. 인스타도 시작했다. 얼굴도 공개했다. 많은 분들이 '좋아요'도 눌러주니 자신감이 더 생겼다. 마라톤을 시작했다. 매번 뛰고 운동한 사진을 임영웅 노래와 함께 피드를 게시한다. 운동과 사진 인증, 그리고 임영웅 이 세 가지가 조화롭게 이뤄진 인스타를 보면서 인생에 자신감을 얻어 가고 있다.

최신 기술을 이용해 젊음을 다시 찾았다. 나의 얼굴에 대해 조목조목 알아가기 시작했다. 점이 어디에 있는지 머리 스타일이나 옷의 색깔에 따라 어떤 것이 더 화사하게 사진발을 잘 받는지 세세한 것까지 알아가게 되었다. 사진 속 항상 아이의 뒤를 지켰던 모습이 아닌 행복하게 사진 중앙에서 건행 포즈를 취하며 웃는 내 모습이 낯설지만 반가웠다. 얼마만의 모습인가. 다시 사진첩을 아이로 가득 채우고 싶지 않았다. 내 삶을 찾아가고 싶었다. 지금도 그 과정 중의 하나라고 생각한다. 앞으로는 임영웅 사진보다 그를 보며 행복해하는 내 사진을 더 많이 남기고 싶다. 덕질은 내가 행복해지는 과정이니 그 과정을 온전히 즐기고 추억하고 싶다.

오늘도 아이는 자기 전에 아빠에게 투정을 부린다. 엄마 사진에 자기가 더 이상 없다고. 아빠는 걱정 말라며 본인의 카톡 사진을 보여 준다. 그 속에는 나와 아이가 웃고 있었다.

사진 편집 앱으로 유라이크와 스노우를 사용한다. 삼성 휴대폰이면 사진을 저장하고 편집할 때 아이보리로 변환해 저장을 한다. 그러면 얼굴이 화장을 하지 않더라도 뽀샤시하게 나온다. 나이가 들어가니 어두운 것보다 밝은 것이 좋다. 오늘도 사진첩에는 웃고 있는 내 모습 하나가 추가되었다.

누군가를, 무언가를,
사랑한다는 것

제 4 장

세상은
혼자가 아니다

이병률 시인 겸 작가의 책 『혼자가 혼자에게』를 천무(천하무적) 독서 모임을 통해 읽었다. 작가는 미혼이었다. 그는 사람을 좋아하고 만남을 기대하고 소중히 여기는 사람이었다. 이웃들과 맛있는 음식을 먹고 이야기 나누는 순간을 좋아했다. 누군가의 책을 읽고 작가에 대해 나름의 정의를 내리는 것이 좋다. 문득 사람들이 내 책을 읽고 나를 어떻게 정의 내릴지 궁금하다. 남들보다 감수성이 더 예민한 이병률 작가는 사람을 대할 때 관계에 대해 신중히 생각한다. 가장 기억에 남는 문구는 다음과 같다.

인생의 파도를 만들 수 있는 사람은 나 자신이다. 보통의 사람은 남이 만든 파도에 몸을 싣지만 특별한 사람은 내가 만든 파도에 많은 사람들을 태운다.

이병률, 『혼자가 혼자에게』 중

'나는 보통 사람일까? 특별한 사람일까?' 지금까지 보통의 사람으로 살았다면 앞으로는 나 스스로에게 특별한 사람이 되고 싶었다.

독서모임 천무는 자이언트 북 컨설팅에서 운영하는 모임이다. 이은대 작가님을 대표로 여러 작가님들이 글을 쓰고 책 출간을 준비한다. 처음 나의 경험담을 글로 옮기려니 막막했다. 지역 문화센터에서 운영하는 수필 수업에 등록했다. 수필 수업은 함께 듣는 수강생들의 연령대가 높다. 삶의 지혜가 가득 담긴 그들의 여유로움이 묻어난 글을 읽으면 마음이 편해진다. 과거 3번 떨어진 경력이 있는 브런치 작가에 도전했다. 이번엔 브런치 작가가 되기 위한 온라인 수업도 들었다. 마음 출판사에서 운영하는 한 달 매일 글쓰기 수업도 신청했다. 하지만 글쓰기는 도통 실력이 늘지 않았다. "노래를 잘 부르려면 노래를 많이 들어라. 그림을 잘 그리려면 좋은 그림을 많이 보라. 글을 잘 쓰려면 좋은 글을 많이 읽으라."는 어느 한 연예인의 조언이 생각났다. 글을 잘 쓰고 싶어 독서를 아무리 해도 글쓰기 실력은 늘 제자리걸음이었다. 독서모임은 천무뿐 아니라 아이 초등학교 학부모 독서모임을 운영하고 있다. 『산을 달리는 러너』의 저자 박태외, 일명 막시님과 마라톤으로 인연이 되어 읽기 힘든 벽돌 책을 함께 읽는다. 한 달에 한 권 책을 읽고 온라인으로 만나 합평을 진행한다. 현재까지 한 달 독서 모임만 해도 여러 개가 되니 어쩔 수 없이 책을 읽을 수밖에 없는 상황이다. 책이 책을 낳았고 모임에서 다양한 사람들의 이야기를 들을 기회가 자연스레 늘었다. 막시님은 최근 출간한 그의 책에서 달리기를 할 때 동료들의 소중함을 언급했다. 혼자 가면 빨리 가지만 함께 뛰면 더 멀리 간다는 말이 있다. 책도 함께 읽으니 힘이 났다. 한 권의 책을 읽었지만 토론 후에는 10권의 책을 읽은 느낌이었다. 글쓰기도 마찬가지다. 도저히 늘지 않았던 글쓰기가 자이언트 북클럽에 입회하면서 온라인으로 수요일과 목요일마다 수업을 듣는다. 금요일과 일요일 저녁에는 최근 출간된 저자들의 특강이 이벤트로 열린다. 글 쓰는 사람들이 모이니 자연스럽게 책 출간 이야기, 초고, 퇴고 쓰는 과정, 출판사 편집 과정 등의 무궁무진한 이야기들이 나왔다. 이 모든 과정들이 내가 겪어 내야 할 과정이라고 생각하니 앞길이 막막했다. 함께 해 주는 이들이 있기에 두렵지 않았다.

함께 마라톤을 시작한 달리기 친구가 있다. A는 아이 학교 학부모로 만났다. 함께 달리는 중 그녀는 요즘 자신이 많이 변한 거 같다며 운을 뗐다. 달리기 동호회도 가입하면서 사람들과 어울리고 이야기 나눈 것이 많은 도움이 되었다고 했다. 그녀도 나와 비슷한 MBTI의 극 I성격이었다. 처음 본 사람에게 낯설어 말도 잘 걸지 못한다. 지금 마라톤 외에 수영과 탁구를 배우는 그녀는 스스럼없이 회원들께 말을 건다. 나이 드신 분들과 대화를 나누는 본인의 모습이 놀랍다고 했다.

나 또한 마찬가지다. 결혼하고 아이가 생기지 않았고 혼자만의 고립을 자처했다. 지금 사는 곳으로 이사를 와 공부방을 운영할 때도 남들에게 보이는 모습이 싫었다. 같은 아파트에 사는 학부형들이 대부분 고객이었다. 그들에게 내가 화장 안 한 모습조차 보이기 싫어 모자를 푹 눌러쓰고 다녔다. 이상한 소문이라도 날까 먼저 다가가지 않았다. 덕질을 시작하고부터 서서히 사람에 대한 마음이 열리기 시작했다.

6월 16일은 임영웅의 생일날이다. 가수의 생일날에는 그 한 주가 이벤트가 된다. 서울역, 강남역 그리고 삼성역에는 전광판으로 1주 혹은 길게는 한 달 동안 생일 축하 광고가 나온다. 그 광고를 보러 팬들은 그곳으로 간다. 인증 사진도 찍고 근처 구경도 하고 온다. 그 장소에 가면 파란 옷을 입은 영웅시대들을 만날 수 있다. 서로 다가가 사진을 찍어 주고 처음 본 사람과도 쉽게 말을 건다. 홍대 근처 카페와 성수역, 잠실 등 여기저기 카페를 대관해 그곳을 임영웅 사진과 굿즈로 예쁘게 꾸며놓는다. 아침 일찍 가면 선착순으로 선물도 받을 수 있다.

작년 임영웅의 생일, 평일이었지만 학원을 선생님께 맡긴 채 홍대 카페로 향했다. 카페 오픈 시간보다 훨씬 일찍 홍대에 도착했다. 선착순 선물로 'Hero' 글씨가 써진 양초와 포토카드를 받았다. 오픈 전까지 카페 앞 의자에 앉아 2시간 정도 카페 문이 열리기를 기다렸다. 하남에서 온 모녀 영웅시대와 함께 이야기를 나눴다. 그들은 새벽부터 와 줄 서 있었다. 딸은 다른 카페로 향했고 어머니와 한참 이야기를 나눴다. 전화번호를 교환했다. 그녀는 LA 콘서트까지 다녀온 열혈 팬이었다. LA 여행 사진과 추억들을 많이 전해 주었다.

　올해 그의 생일은 일요일이다. 주말 계획을 짜야 했다. 성수동에 위치한 성수연방에서 행사 팝업을 열었다. 토요일, 수다 4인방 일행들과 함께 성수동으로 갔다. 일행들이 먼저 도착해 있었다. 커피숍에는 주문을 기다리는 팬들의 줄이 길게 늘어섰다. 기다림에 지칠 것도 같았지만 전혀 그렇지 않았다. 삼삼오오 모여 이야기를 나누고 옆 테이블 사람들과도 굿즈를 교환하기도 했다. 함께 좋아하니 눈치 보지 않고 마음껏 그날을 즐길 수 있었다. 성수연방을 나와 삼성역으로 향했다. 전광판 앞에서 사춘기 아이들 마냥 생일 축하 전광판이 나오기만을 기다렸다. 그의 생일 축하 광고가 나오자마자 학창 시절로 돌아간 것처럼 막내 고모와 혜경 언니는 사진을 찍었다. 주변엔 먼저 와 자리를 잡고 사진을 이미 찍은 팬들이 순서를 알고 광고가 나올 타이밍을 알려 줬다. 행복과 기쁨은 같이 나누니 더 커짐을 알았던 순간이었다.

　덕질 2년차가 훌쩍 넘어간다. 생각해 보니 정말 소심하고 겁 많은 나에게 상상도 할 수 없는 일이 일어나고 있다. 임영웅을 좋아하는 마음 하나로 사람들에게 쉽게 다가간다. 내가 먼저 말을 걸면 안 될 거 같았다. 상대방이 나를 어떻게 볼지에 대한 걱정이 먼저였다. 나이가 들어서인가, 얼굴에 철판이 생긴 건지, 아니면 진짜 덕질로 인해 내가 조금 유하게 변한 건지 알 수는 없다. 어디서든지 모임에 나가면 상대방에게 먼저 말을 건다. 용기 내어 자신 있게 먼저 다가가 대화를 시도한다.『이기적 유전자』에서 언급한다. 우리 인간은 가족, 공동체의 유전자이기 때문에 서로 협력하고 도와주는 유전자들의 집합체가 더 많이 번성한다고 한다.『사피엔스』에서도 언어를 통해 인간은 뭉치고 40~50명 정도의 사람들 사이에서 관계를 저장하고 필요한 정보를 얻는다고 한다. 이 집단이 결국 살아남았고 공동체를 유지해간 우리 조상들이라 말한다. 아주 오래된 역사에서도 보듯이 사람은 절대 혼자 살아갈 수 없는 존재다.

세상 혼자가 아닌 것에 감사하는 요즘이다. 영웅시대, 자이언트 북클럽, 독서모임, 마라톤 모임 등 함께할 수 있기에 한 발짝씩 더 나아간다. 함께하니 모든 활동들이 재미를 더해 가고 의미가 생긴다. 이 모임들을 통해 내 인생의 파도를 만들어 나가고 있는 과정에 있다. 앞으로 어떤 파도가 만들어지고 내 파도에는 누가 탈지 궁금하다. 왠지 내 편이 많이 생겼다는 느낌에 든든하다. 우리가 함께할 수 있다는 것, 그것은 삶을 바꿀 수 있는 가장 강력한 힘이다. 세상은 혼자가 아니다.

■ 2

전국 콘서트,
열정을 만나다

"뭘 준비됐지?" 딸에게 묻는다. 지하철에서 부산역 기차까지 뛰어야 한다. 이 기차를 놓치면 오늘 서울에 도착할 수 없다. 지하철 문이 열리자마자 파란 옷을 입은 사람들이 역을 향해 뛴다. 부산역 7번 게이트를 찾아야한다. 모두 어리둥절하다. 역사 안, 방금 기차에서 내려 올라오던 남자 승객 한 분이 말한다. "7번 여기!" 모두 그쪽으로 향해 뛰었다. 출발 직전 기차에 탑승했다.

작년 부산 콘서트는 딸과 함께 갔다. 딸을 데리고 간 건 일종의 전략이었다. 이전 콘서트에 아이를 데리고 가면 공연 시작 전 관객들의 모습을 담는 카메라에 유독 많이 잡혔다. 카메라에 잡히면 무대 뒤에 대기하던 가수도 화면에 비친 관객들을 볼 것이다. 예쁜 옷을 딸에게 입혔다. 딸 옆 내 모습이 잡힐 것이다. 나도 평상시보다 외모에 더 신경썼다. 결과는 카메라에 잡히지 않았고 기차역까지 뛰었다.

기차 안 자리에 앉았다. 한 칸에 탄 승객들이 함께 뛰어왔던 팬들이었다. 무사히 탑승 후 서로 얼굴을 보면서 웃었다. "이렇게 뛰어 본 게 얼마 만인지 모르겠다. 아이고, 영웅이 때문에 뛰기도 하고."라며 각자의 숨을 고르며 말했다. 목이 말라 물을 사기 위해 기차 안 자판기로 갔다. 물은 모두 품절이었다. 다행히 음료수는 남아 있어 구입할 수 있었다. 피곤할 법도 한데 모두 에너지 가득이다. 내 앞에 앉으신 분과 이야기를 나눴다. 한 분은 남편이 콘서트를 가는 것을 적극 지지하는 분인 반면 그 옆의 분은 오늘도 친구 모임 간다며 거짓말하고 나왔다고 했다. 딸의 귀가 쫑긋해진다. "엄마도 거짓말한 적 있잖아." 비밀이다. 부산 콘서트에선 열심히 딸과 손을 잡고 뛰었던 기억이 남아 있다.

"저 영웅시대입니다. 임영웅 좋아합니다."라고 웅밍아웃을 하면 제일 처음 물어보는 질문은 임영웅을 실제로 봤냐는 것이다. "콘서트장에서 실제로 봤죠."라고 답하면 이어지는 질문은 콘서트를 몇 번 가 봤는지 질문으로 이어진다. 올콘은 하지 못한다. 기회가 될 때마다 간다. 몇 번 가 봤느냐는 질문에 대답을 하고자 세어 봤다. 〈미스터트롯〉과 관련된 모든 일정을 마친 임영웅은 1집을 내고 본격적으로 단독 콘서트를 시작했다. 지금으로부터 2년 전이었다. 때마침 덕질을 시작한 시기와 비슷해 첫 단독 콘서트를 놓치지 않았다. 그해 대구, 서울 잠실 콘서트(2번)와 부산, 고척 앙코르 콘서트(2번) 그리고 2023년 10월 서울 콘서트(3번), 대구, 부산, 대전 콘서트, 2024년 일산과 상암 콘서트(2번)까지 다녀왔다. 지금까지 총 15번의 공연을 다녀왔다. 각 공연마다 사진첩과 영상들을 폴더를 만들어 기록해 두었다. 시간이 될 때마다 사진첩을 보며 콘서트 때의 여운을 즐기곤 한다.

가수의 모습뿐 아니라 전국을 돌아다니며 만났던 팬들과의 인연이 기억에 더 오래 남아 있다. 영웅시대에는 팬들 중에서 이미 유명세를 치르시고 있는 팬이 많다. 〈순간포착 세상에 이런 일이〉에 나온 정선 영웅시대 홍경옥님, 루게릭병 고통을 노래를 들으며 이겨 내고 기부도 많이 하고 계시는 수 테일러님, 〈주접이 풍년〉에 나온 피터 분당, 안나님 등이다. 유튜버 '앵커리의 똑TV'의 안방마님이자 믿음직한 영웅시대의 소식통 역할을 맡고 계시는 아나운서 이언경님도 있다. 음악적으로 또 기발한 생각으로 내가 생각하지 못한 것을 가끔씩 말해 주는 유튜버 뮤직통님, 최근 책도 출간하신 59할배 유튜버 류호진님이 계신다. 작년 서울 콘서트에서는 피터분당님과 안나 님을 실제로 만났다. 선남선녀 부부였다. 연예인을 보는 듯했다. 더 부러운 건 부부가 함께 공연장을 보러 오는 것이었다. 신랑도 영웅시대로 가입해 공연도 같이 보고 싶다는 생각이 들었다. 이번 생에는 안 될 일이라 빠른 포기를 했지만 말이다.

첫 대구 콘서트 갈 때의 일이었다. 열차 출발을 기다리며 자리에 앉았다.

파란 옷을 입은 팬들이 드문드문 눈에 띄었다. 인사를 하고 싶었지만 용기를 내지 못했다. 기차여행을 할 땐 옆자리에 누가 앉을지 기대감이 생긴다. 매번 기대는 어긋나 젊고 잘생긴 남자들이 앉은 적은 없다. 그럼 영웅시대 중 한 분이 앉았으면 좋겠다고 생각했다. 멀리서 파란 옷을 입은 중년의 여성 한 분이 걸어왔다. 내 옆자리였다. 머쓱하게 서로 인사를 나눴다. 아주머니는 이내 피곤하신지 눈을 감으려 했다. 인연이 되면 선물로 드리려 직접 만든 팔찌를 가방에서 꺼내 건넸다. 그녀는 자신이 만든 팔찌를 답 선물로 주셨다. 내 것보다 더 정교했다. 비즈 구슬 크기가 더 작았다. 연세도 많은데 어떻게 만들었는지, 비즈를 아크릴 줄에 넣을 때 힘들지 않았냐며 물었다. 눈이 아프지만 밤새워 만들었다며 눈알 빠지는 줄 알았다고 했다. 그때부터 잠은커녕 두 시간 동안 그녀의 과거 이야기부터 지금까지 인생사를 들을 수 있었다. 아이를 가지고 싶었지만 생기지 않아 고생했다고 했다. 대신 조카들을 친자식처럼 키웠다. 조카들이 지금 친구의 친구들을 모두 동원해 티켓팅할 때마다 본인 한 자리를 위해 노력해 준다며 고마워했다. 지금까지 올콘을 간다고 했다. 몸도 좋지 않아 힘든 시절이 있었지만 현재는 〈미스터트롯〉 때부터 시작된 덕질로 건강하고 행복한 생활을 누리고 있다며 가수에게 고마움을 전했다. 그녀를 다시 서울 콘서트장에서 봤다. 지하철에서 내려 올라가는 길에 스쳐 지나갔지만 놓칠세라 인사를 나눴다.

고척 콘서트 가는 지하철역에서 부부 영웅시대를 만났다. 나란히 이어폰을 나눠 끼고 영상을 보고 계셨다. 서로 나누는 대화를 들었다. 남자분의 정확한 분석력에 놀랐다. 음악, 목소리, 밴드 연주 등 그날 가수의 목 컨디션까지 정확하게 짚어 내셨다. 옆자리가 비어 앉았다. "콘서트 가시나 봐요."라고 말을 건넸다. 항상 부부가 같이 다니시는 편이라며 답해 줬다. "임영웅, 어디가 그렇게 좋아요?" 물으니 자기 평생 이렇게 노래를 잘하는 사람은 처음 본다며 그의 무대 하나하나를 볼 때마다 음색, 노래, 밴드 연주까지 모두 분석한다고 했다. 이번 마마 공연 때 그는 합창으로 〈다시 만날 수 있을까〉를 불렀다. 다소 긴장한 그의 모습을 보고 아마추어 합창단을 이끌면서 한 목소리로 중심을 잡고 조화를 이뤄 간다는 건 대단한 일이라며 극찬했다.

작년 가을부터 이어진 이번 콘서트에는 공연 중간에 새로운 코너가 마련되었다. 바로 '임영웅의 스페이스'다. 관객들의 사연을 공연 전에 미리 받아 콘서트장 앞에 위치한 스페이스 엽서함에 넣는다. 2부 공연 때 가수가 직접 사연을 읽어 주고 관객과 소통을 한다. 다양한 사연들이 눈길을 끈다. 일산에선 호박고구마 나문희 씨가 직접 사연을 적어 화제가 되기도 했다. 콘서트장에서 눈이 맞아 사돈이 된 분도 실제로 있었다. 임영웅과 맞짱 뜨겠다고 편지를 쓴 영웅시대 남편, 밴드 아코디언 연주자와 똑 닮은 도플갱어 관객도 있었다. 수많은 팬들의 사연을 공연 중간에 소개해 줬다. 가수는 즐겁게 관객과 소통을 했다. 마지막 일산 콘서트에서는 그가 직접 사연을 보내 자신의 편지를 읽었다. 주변에서는 이미 "지가 썼네. 임영웅이네." 라고 추측했다. 팬들의 눈썰미는 대단했다. 영웅시대를 만나 행복하다고 담담하게 진심을 전하는 가수, 기특하고 자랑스럽다며 주변에선 칭찬 가득한 말과 사랑의 눈빛으로 공연장은 더 반짝거린다. 공연은 초등학교 1학년부터 100세 이상까지 다양한 연령대의 팬들이 함께한다. 대한민국에서 모든 연령이 즐길 수 있는 공연이 얼마나 될까? 예전에 일본 배우 겸 가수 기무라 타쿠야에게 빠진 적이 있다. 그때 그가 리더가 되어 속해 있는 그룹 'SMAP'의 공연 영상을 봤다. 큰 무대에 어린아이부터 남녀노소 다양한 연령대가 함께 즐기는 모습이었다. 그 모습을 보고 내심 우리나라에도 이런 그룹이나 가수가 나와 가족이 모두 공연을 보러 가면 좋겠다고 생각했다. 그 뒤로 한 10년이 넘었을까. 드디어 그런 가수가 등장한 것이다.

다음 콘서트에서는 또 어떤 인연들을 만나게 될까? 아마 이 책이 나오면 나를 알아보시는 분들도 있지 않을까? 콘서트 전 무대 카메라에 내 모습이 잡히면 책을 들고 멋지게 춤도 추고 홍보도 좀 해야겠다. 다음 콘서트는 언제 어디서 할까? 기다림이 너무 길지 않게 곧 만날 날을 기다리며 하루를 기다림으로 살아간다.

세상에 살아가면서 우연히 일어나는 일은 없다. 콘서트에서의 모든 만남이 나에게는 모두 이유가 있다. 의미가 있다. 사람들에게 받은 배려와 모든 만남이 따뜻한 사랑으로 연결된다. 긍정적인 에너지를 받는다. 내 삶에 그들과의 교류가 일상에 작은 기적을 만들어 낸다. 우연히 만난 소중한 인연들이 내 삶을 더 풍요롭고 적극적으로 움직이게 한다.

어딜 가나 마음이 통하고 같은 것을 좋아하는 사람들이 가득한 곳을 찾아가 함께 나누는 기쁨은 또 다른 생활의 활력소가 된다. 한 번 콘서트를 다녀오면 삼 개월 동안 생활할 에너지를 모두 얻고 온다. 어디든 가면 먼저 사람에게 다가가려 노력한다. 내 인생의 멘토처럼 나를 이끌어 줄 누군가를 만날지도 모른다. 그 인연이 필연이 될지도 모르니 모든 인연은 소중하다.

■3

덕질에는 나이가
중요하지 않다

"봄꽃이 예쁠까요? 단풍이 예쁠까요?" 갑자기 훅 들어온 질문에 곰곰이 생각해 봤다. 봄꽃은 그냥 피고 지면 끝인데 단풍은 오랜 준비 기간이 있는 듯했다. 봄꽃은 아름답다. 하지만 빨리 시든다. 가까이서 봐야 예쁘다. 단풍은 은은하게 아름답다. 봄꽃보다 오래도록 아름다움을 볼 수 있다. 가까이 보는 것보다 멀리서 볼 때 더 예쁘다. 봄꽃이 20대라면 단풍은 40대 같다. 봄꽃이 젊음의 풋풋함이라면 단풍은 성숙된 우아함이다. 그래서 나는 단풍에게 더 마음이 갔다. "단풍이요."라고 답했다.

박완서의 에세이 『사랑을 무게로 안 느끼게』에서 항아리를 고르던 아주머니 손이 생각났다. 이 글은 작가가 생각하는 아름다움을 본인의 경험을 바탕으로 해석했다. 부엌에서 맛있는 음식을 하는 여자의 모습, 손으로 뭔가를 하는 모습, 시장에서 항아리를 고르는 여자의 손, TV 앞에서 뜨개질 하는 모습, 정겨운 웃음을 띠고 신랑과 아이의 옷을 매만져 주는 모습의 여자들이 아름답다고 한다. 그녀는 여자가 아름답다는 건 좋은 일이며 주위를 밝히는 빛이고 축복이라고 언급했다. 그런데 나는 요리도 못한다. 항상 손에는 고무장갑과 비닐장갑을 끼고 요리한다. 항아리도 고를 일이 없다. 딱 한 번 다이소에서 보이차를 담을 통이 필요해 작은 항아리 같은 건 골라 봤다. 우리 집에는 옷 매무새를 만져줄 사람도 없다. 이제는 각자 알아서 옷도 잘 입는다. 그럼 나는 아름다운 것인가? 아름답고 싶어졌다.

『미리, 슬슬 노후대책』의 이영미 작가님의 저자 특강에 다녀왔다. 남양주의 한 동네 책방으로 향했다. 조그마한 체구의 평범한 모습의 작가님에게는 반전이 있었다. 바로 철인이었다. 그 말로만 듣던 마라톤, 수영, 사이클을 하는 철인! 책에는 노후 대책을 위한 5가지 방법이 나온다. 의젓한 태도, 쫀득한 관계, 줄기찬 도전, 살피는 마음, 꼿꼿한 판단이다. 그중 의젓한 태도에서 언급한 '품위'라는 말을 깊이 새겼다. 품위라는 단어는 품(品)과 위(位), 두 개의 한자로 이루어졌다. 각 한자의 의미는 다음과 같다. '품'은 나타내는 물건의 종류나 급, 또는 사람의 성품이나 됨됨이를 말한다. '위'는 나타내는 자리, 등급, 규격, 격식 등을 의미한다. 품위이라는 단어 중에 '품'의 한자를 잘 살펴보면 입 구 자가 3개가 겹쳐있다. 즉 품위는 내가 가지는 것이 아니라 다른 사람의 입에서 입으로 '저 사람이 품위 있는 사람'이라는 것이 전해져야 한다는 것이다. 그녀의 책에는 품위라는 것은 하루아침에 생기기 어렵고 가짜로 만들어 내면 금세 탄로 난다고 말한다. 무엇보다 스스로 갈고닦아 우러나오는 결과물이 되어야 한다고 말이다. 한마디로 나는 건강하고 행복하고 아름답고 품위 있게 늙어 가고 싶다.

작년 임영웅 데뷔 7주년 행사로 충무로에 위치한 카페를 방문했다. 파란색 풍선과 임영웅 캐리커처들이 입간판으로 크게 장식이 되어 있었다. 큰 현수막에는 그의 사진들이 인쇄되어 벽에 붙어 있었다. 여러 팬분들이 그 앞에서 사진을 찍고 계셨다. 나도 팬분들의 사진을 몇 장 찍어 드렸다. 카페 옆 계산대로 들어갔다. 카페에서 주문을 하면 당시 뽑기를 할 수 있는 명함을 나눠 주었다. 동전으로 회색 부분을 긁으면 1등부터 5등까지 상품이 다양하게 준비되었다. 당시 2등 상품으로 HERO 자수가 박힌 흰색 모자와 3등 상품으로 임영웅의 큰 사진 3장을 받았다. 보통 4등과 5등이 많다며 운이 좋다고 했다.

카페 안은 이미 자리가 꽉 찼다. 사장님은 자리가 부족할 것을 미리 예상하셨는지 지하 1층에 있는 공실을 모두 임영웅의 다른 콘셉트 사진들로 꾸며 놨다. 날씨도 더웠지만 꾸며진 각 공실 안 에어컨이 충분히 나왔다. 막내 고모와 둘은 방 한 곳으로 들어갔다. 시원한 곳에서 더위를 식히며 못다 한 이야기를 나누고 있었다. 이미 그 곳에는 다른 두 분이 이야기를 나누고 있었다. 영웅시대 팬들은 모르는 사이라 할지라도 이미 한 가족이다. 콘서트 중간에 옆 사람과 뒷사람, 주변 사람과 인사하는 코너도 있다. 서로 친구, 가족처럼 지내라는 가수의 말을 실천하는 팬들이다. 행사를 통해 익숙해진 터라 낯선 팬들과도 이야기를 나누는 것이 전혀 어색하지 않다. 두 분께 임영웅 이야기로 안부를 전했다. 알고 보니 이번 행사를 준비했던 서울지역방의 회원들이었다. 카페 사장님이 준비한 것이 아니라 팬들의 수고가 있었던 것이다. 그들에게 감사했다. "어디에서 오셨어요?"라는 물음에 한 어머니께서 구리에서 왔다고 대답했다. "어, 저도 구리 살아요. 구리 어디예요?" 같은 동네였다. 내가 사는 동네는 신도시라 1단지부터 8단지까지 아파트가 모여 있는 밀집 지역이다. 생각지도 못한 곳에서 같은 동네 친구를 만나다니 둘이서 일어나 손을 맞잡고 빙글빙글 제자리를 돌았다. 동네에 또 영웅시대들이 몇 분 더 있다고, 팬이 운영하는 카페가 있다고 소개해 주겠다고 하셨다.

키도 컸다. 피부는 나보다 더 주름 없이 반질반질 윤기가 났다. 풍성한 머리숱에 50대 후반 정도로 보이는 외모였다. 목소리에서는 우아함이 풍성하게 우러나왔다. 성우와 같은 목소리로 또박또박 말하는 것이 하는 말마다 귀에 쏙쏙 들어왔다. 반전은 그녀의 나이였다. 80대. 갈매동에서 이곳 충무로까지 몇 주 전부터 매주 행사 준비를 하러 왔다 갔다 했다고 하셨다. 힘들지 않냐고 물으니 전혀 힘들지 않다고 했다. 그 체력이 어디에서 나왔는지 궁금하다.

바로 건강하고 행복하고 아름답고 품위 있게 늙어 가고 싶은 나의 롤 모델을 만났다. 작년 대구 콘서트를 보러 갈 땐 함께 기차로 동행했다. 내가 준비하고 나오면 바쁠까 봐 각자 서울역에서 편하게 만나기로 했다. 열차를 타고 가는 내내 그녀가 준비한 고구마와 떡을 간식으로 먹었다. 간식은 그녀의 마음만큼 따뜻했다. 아침에 갓 쪄내 식을까 봐 가방 깊숙이 포일에 돌돌 말아왔다고 했다. 가방에는 대구에서 만날 다른 멤버들을 위한 간식들로 묵직했다. 집에 계시는 아저씨가 아프셔서 걱정이시라는 말과 콘서트 가는 건 비밀로 할 때도 있다는 등 가수와 일상 이야기를 나눴다. 대구까지 가는 시간도 금방 흘렀다.

콘서트장에서 그녀의 멤버들과 함께 시간을 보냈다. 기다리는 내내 대기 공간에 쪼그리고 앉아 이야기를 나눴다. 80대 어머니가 딱딱한 바닥에 앉아 있는 것이 힘들다. 그녀는 전혀 힘든 내색도 하지 않았다. 이것이 사랑의 힘인가. 콘서트가 끝나고 역으로 가야 한다. 대구 콘서트는 엑스코에서 열린다. 콘서트가 마치는 시간인 일요일 9시, 대구역까지 가는 택시가 잡히지 않았다. 버스는 사람이 많아 탈 엄두조차 못 냈다. 호출택시도 소용이 없었다. 간신히 택시 한 대를 잡고 일행들과 함께 탑승했다. 콘서트가 끝나면 가수가 전해 준 에너지로 마음은 가득 차지만 배는 고프다. 하지만 그날은 그녀가 준비한 간식을 든든하게 먹어서인지 배가 고프지 않았다. 더 놀라운 것은 돌아가는 기차 시간이 막차였다. "내가 원체 튼튼했어. 남들보다 근육이 많아서 그런가 봐."라고 말하는 그녀는 전혀 지친 기색이 없었다.

일산 콘서트에는 그녀의 손녀딸이 할머니와 동행했다. 손녀딸은 할머니를 존경하고 애정으로 대했다. 어렸을 때 바쁜 엄마를 대신해 할머니가 돌

봐 줬다 했다. 손녀는 할머니가 영웅시대를 통해 젊은 사람들과 자주 만나 사는 게 보기 좋다고 말했다. 나 또한 연배가 많으신 분들에게 듣는 삶의 지혜가 좋다. 한 번씩 그녀에게 오는 카톡에는 좋은 글귀로 하루의 힘을 주기도 한다. 임영웅 소식도 발 빠르게 전해 주신다. 주변 팬들에게 자랑스럽게 나를 딸처럼 소개해 준다.

얼마 전 임영웅 생일에는 모르는 것이 있다며 집 앞으로 직접 온다고 했다. 생일 당일 다음 검색창에 임영웅이라고 치면 파란 풍선이 올라가는 이벤트였다. 어떻게 하는지 모르겠다며 뭔가 더 있는지 물었다. 상세히 알려 드리고 직접 이벤트에 참여하시는 모습을 동영상으로 남겨 메시지로 보내 드렸다. 그녀가 내민 봉지 하나, 갓 쪄낸 감자였다. 따뜻했다. 궁금증을 해결하고 돌아가는 그녀의 뒷모습을 보고 잠시 생각했다. 나도 그녀처럼 건행의 삶을 실천하고 아름답고 우아하게 늙어 가고 싶다고. 스스로에게도 주변 사람에게도 따뜻해지고 싶다고 말이다.

충무로에 가지 않았더라면 그녀를 만날 기회도 없었을 것이다. 모든 만남에는 이유가 있다. 내가 원하는 삶을 실천하고 있는 사람을 직접 만나는 것도 나의 행운인 것이다. 그녀와의 만남은 어쩌면 우연이 아니라 필연이 아닐까. 삶에서 서로 도움이 되는 사람을 만나 인연을 지속해 나간다는 것이 복된 일이다. 주변에 좋은 사람들로 가득하게 해 달라고 오늘도 하늘을 보고 기도한다. 인연은 가만히 있다고 찾아오지 않는다. 먼저 다가가고 먼저 말 걸어 본다. 나의 롤모델을 만날 기회도 생긴다. 카톡으로 안부 메시지를 보낸다. "잘 지내시죠? 차 한잔해요."

■4

드디어
상암 축구장에 가다

야구장 가서 먹는 치맥(치킨과 맥주)이 그렇게 맛있다고 하던데. 축구장 가면 앞에서 파는 음식의 종류가 다양하다고 들었다. 경기도 성남에 신혼집을 마련했다. 잠실까지 차로 가면 막히지 않을 땐 20분, 버스를 타도 40분이면 충분하다. 어렸을 적 야구장 옆에 살아 신문에 나온 적이 있었다. '야구표 끊지 않아도 우리 집 옥상에서 야구를 즐겨요'라는 제목이다. 가족이 옥상에 모여 야구를 관람하는 사진과 함께 기사가 신문 한편에 실렸다. 개인적으로는 야구를 좋아하지는 않지만 경기장 분위기는 즐길 준비가 되어 있다. 축구는 개인적으로 좋아한다. 한일전과 월드컵 경기는 빠지지 않고 챙겨본다. 결혼 전에 프리미어리그에 잠깐이지만 빠진 적이 있었다. 맨체스터 유나이티드, 토트넘, 리버풀 등의 역동적인 경기를 보고 환호했다. 전반전과 후반전 모두 눈을 쉴 수 없을 정도로 빠르게 공을 따라 움직였다. 솔직히 월드컵

보다 더 재미있었다. 문제는 시차가 맞지 않아 항상 경기가 새벽에 시작되었다. 다음날 잠도 부족하고 눈도 아프고 직장 생활에 지장이 생겼다. 프리미어리그는 중독되기 전에 끊어 버렸다. 성남에서 상암까지는 거리가 멀다는 생각에 축구장을 갈 엄두를 내지 못했다. 충분히 갈 수 있는 거리였는데 말이다.

남편은 스포츠에 관심이 전혀 없는 사람이다. 심지어 태어나 달려본 적이 몇 번 없다고 했다. 신호등 파란불로 바뀌어 멀리서 뛰어가면 건널 수도 있다. 그는 포기하고 다음 신호를 기다린다. 늘 느긋하게 조선 선비처럼 걸어 다닌다. 또 학창 시절에 공에 맞은 기억이 있다. 공으로 하는 모든 경기는 무섭다고 했다. 함께 배드민턴도 치고 싶었다. 아들을 키우면 야구 글러브를 끼고 공 던지기도 해 보고 싶었다. 그래서 우리 집에는 아들을 주지 않고 딸을 주셨나 보다. 삼신할머니가 각 가정에 아이를 점지해 줄 때 아빠, 엄마의 성향을 알고 맞는 성별을 확인 후 점지해 주는 것이 아닌가 싶다. 관심이 없으면 누군가가 아무리 옆에서 가자고 말해도 귀에 들어오지 않는다. 나도 간절하지 않았나 보다. 스포츠 실황경기를 내 인생에 볼 기회가 없을 줄 알았다.

그러나 이번은 달랐다. 상암 축구장으로 가야 할 확실한 이유가 생겼다. FC 서울과 대구 FC 경기 시축을 임영웅이 한다. 직접 그가 공식 카페에 장문의 글로 소식을 전했다. LA 콘서트가 끝난 후 한인 팬들을 만나 너무 기뺐다고 전하며 팬들에게 만남의 기회를 자주 마련하겠다고. 직접 봄을 맞이한 지금 영웅시대와 봄나들이를 기획했다고 했다. 그런 의미에서 먼저 시축을 FC 서울 측에 제안했다는 글이었다. 가고 싶은 마음은 누구보다 간절하지만 문제는 늘 티켓팅이다. FC 서울 측 자리만 예약을 할 수 있었다. 축구팬들을 위한 자리를 배려해 예매 시 피해가 가지 않도록 하라는 공식 팬클럽의 당부가 있었다. 자리는 제한적이었다. 제주도에서도 축구 구경을 하러 올 거라는 팬들도 있었다. '내 인생에서 처음으로 축구장을 가는구나!'라는 생각과 스포츠 경기를 현장에서 보고 싶었던 내 맘을 알아주는 가수에게 고마웠다.

축구 경기 예매는 각각 구단 홈페이지에 접속하면 가능했다. 혹은 티켓링크 홈페이지에서 축구와 야구 등 다른 스포츠도 예매가 가능하다. 서버가 마비가 되면 구단 홈페이지도 티켓링크로 접속이 되니 링크로 바로 접속하라는 전략도 나왔다. 봄나들이라 하니 괜스레 남편과 아이도 함께 가고 싶었다. 남동생에게 어렵지만 연속 3자리 예매로 티켓팅을 부탁했다. 무사히 성공했다. 올케는 앞자리를 못 잡아 미안해했다. 구해준 것만 해도 고마운 일이었다.

축구를 보러 가자며 주말 계획을 가족에게 알렸다. 남편은 갑작스런 축구 경기가 뜬금없다는 표정을 지었다. 임영웅의 시축 이야기는 하지 않았다. 티켓팅날 그의 시축으로 인해 K리그 티켓은 30분 만에 매진되었다. 추가 좌석이 더 열려 4만 5천석 좌석이 팔렸다. 다음 날 스포츠 뉴스와 인터넷 기사에 도배가 되었다. 매일 뉴스를 챙겨보는 남편이라 당연히 알거라 생각했다.

"갑자기 엄마가 축구 경기를 왜 보냐?", "몰라." 아이와 남편은 궁금해했다. 경기 전 날 화장실에 있던 신랑이 소리를 지르며 급히 나왔다. 나를 째려봤다. "그럼 그렇지. 임영웅이구나. 배신이다. 몰랐다. 이제 엄마가 어디 간다 그러면 다 임영웅을 의심해야 한다고." 배신이든 뭐든 가족끼리 축구 경기도 보고 봄나들이하면 좋은 거지 뭐.

축구장은 사람들로 가득했다. 내 자리 앞, 뒤, 옆자리 모두 영웅시대였다. 임영웅은 축구 경기 전 시축을 마쳤다. 팬들에게 고마움을 전하기 위해 전반전이 끝난 시간, 경기장 중앙을 무대로 노래를 불렀다. 무슨 노래를 부를 것인가 추측들이 많았다. 그는 콘서트 때 불렀던 〈HERO〉 EDM 버전의 신나는 곡을 불렀다. 많은 축구팬들이 놀랐던 장면이 있다. 노래 중간에 콘서트 때처럼 "뛰어!"라고 외치면 팬들은 모두 자리에서 점프를 하며 그 순간을 즐긴다. 그때도 마찬가지였다. 타이밍 맞춰 뛸 준비를 미리하고 "뛰어!"라는 순간 팬들은 일제히 뛰었다. 이어 고척 콘서트에서 선보였던 〈애프터 라이크〉 댄스를 췄다. 축구팬들과 영웅시대들의 흥을 돋웠다. 평상시 축구사랑이 남다른 그는 백댄서들에게도 축구화를 선물해 시축 때 신게 했다. 그는 이어 경기를 끝까지 관람하고 자리를 떴다.

팬들도 중간에 이탈하지 않고 끝까지 경기를 관람했다. 대구 FC 상징색이 영웅시대의 색깔과 중복되기 때문에 팬들은 다들 파란색 옷을 옷장에 넣어뒀다. 봄나들이에 맞게 좋아하는 색들의 옷을 입고 왔다. 경기 후 팬들은 가수가 준 에너지뿐만 아니라 상암의 쓰레기를 모두 집으로 들고 갔다. 또 한번 웅뿜(임영웅을 좋아하는 것이 자랑스러운 순간을 말하는 용어) 찬 순간이었다.

경기 중간 미니 콘서트 때 남편이 잠깐 화장실을 간다고 사라졌다. 그 뒤 공연이 다 끝난 후 돌아왔다. "좋은 공연 다 놓치고 왜 그래?"라며 면박을 줬다. 경기 후 남편에게 카톡 메시지가 왔다. 앞자리에서 공연을 찍은 동영상이었다. 츤데레 남편이 사랑을 무뚝뚝하게 보여 준 순간이었다.

어린이날이 다가온다. 계획이 없다. 딸과 친구네 가족들과 함께 다시 축구장을 찾았다. 맥주도 한 캔 마시고 과자도 먹고 경기도 즐겼다. 임영웅 시축 덕분에 처음으로 간 축구장을 이제는 자주 간다. 결혼 후 10년이 넘게 잊고 있었던 버킷리스트를 하나 이뤘다. 축구장은 더 이상 낯선 곳이 아니다.

학원에서 학생들이 야구 경기를 보러 간다고 수업을 빠지는 경우가 있다. 공부가 더 중요한 아이들인데 스포츠 경기를 보러 간다고 수업에 빠지는 것이 이해되지 않았다. 지금은 학생들에게 잘 다녀오라고 말한다. 승패에 상관없이 경기장 분위기를 즐기고 오라고 한다.

설령 운동을 좋아하지 않은 사람이라도 경기장을 한번 가 보라 권하고 싶다. 현장감은 말로 표현할 수 없다. 꼭 누구의 팬이 아니어도 좋다. 어떤 팀의 팬이 아니어도 좋다. 그 순간을 함께 즐기면 되는 것이다. 승패에 스트레스 받지 말고 관중들과 선수들의 역동적인 경기를 본다. 경기 동안 최선을 다한 선수들에게 아낌없는 박수를 쳐준다. 스트레스도 공과 함께 날려 보낸다.

■ 5

덕질로
예술하기

자기 소개란에 취미를 쓰라고 하면 두 가지, 형식적으로 쓰는 것이 있다. 독서와 음악 감상이다. 초등학교 때부터 이 두 가지 중 하나만 쓰거나 아니면 모두 쓰는 경우도 있었다. 더 디테일하게 들어가면 할 말이 없다. 결혼 전에도 딱히 취미란 것이 없었다. 굳이 한 가지 꼽으라고 한다면 맥주 마시기, 술 마시면서 드라마 보기, 십자수, 학 접기, 뭐 그 정도였다. 딱히 잘하는 것도 손재주가 있는 것도 아니었다. 나와 달리 엄마와 언니는 손재주가 뛰어나다. 하나만 배우면 금세 뭔가를 뚝딱 만들어 낸다. 엄마는 자수 놓는 것을 배워 반야심경과 달마를 주제로 작품을 만들었다. 도자기 굽는 것을 취미로 삼아 나의 혼수 그릇도 직접 만들어줬다. 그릇 아래를 보면 엄마 이름의 이니셜이 표시되어 있다. 언니는 하나를 배우면 응용을 잘했다. 예를 들어 시장 뜨개 방에서 실만 사면 코바늘뜨기를 가르쳐줬다. 뜨개질의 기본 원리만 배우고 난 후 조끼도 뜨고 변형해 인형을 만들기 시작했다. 완성도 또한 판매해도 될 정도로 완벽했다. 나는 코바늘을 인터넷으로 독학하다 수강료를 내고 배웠다. 지금은 수세미 하나도 못 뜬다.

　그러던 내가 변했다. 처음 시작은 보석 십자수였다. 동네에 보석 십자수 가게가 오픈을 했다. 다이소 매장 1층에 위치해 있어 그 길을 자주 지나쳤다. 사장님이 직접 완성한 보석 십자수 작품들이 가게 앞에 전시되어 있었다. 햇빛을 받거나 조명을 받으면 반짝반짝 십자수가 빛났다. 늘 가게 안과 밖의 작품들을 스쳐 지나가면서 봤다. 어느 날, 가게 안의 한 작품을 보고 시선을 멈췄다. 임영웅의 얼굴이 빛나고 있는 것이 아닌가. 주저 없이 가게 문을 열었다. "사장님. 이게 무슨 일인가요? 왜 임영웅이 여기에 있나요?" 손님이 의뢰한 도안인데 주문을 할 때 본인도 하나 했다고 대답하셨다. "저도 주문해도 되나요?" 마침 혹시나 해서 하나 더 주문해 놨다며 여분이 있다고 했다. 과연 내가 할 수 있을까 고민스러웠지만 함께 간 딸이 엄마 한 번 해 보라며 용기를 줬다. 약 6만 원 정도의 가격을 지불하고 손에는 직사각형의 보석 십자수 상자를 들고 집으로 왔다. 보석 십자수를 뜯어보니 대략 난감이었다. 뭐부터 시작해야 할지도 몰랐고 빽빽한 도안을 보는 것만 해도 눈이 뻑뻑했다. 보석을 뜨다가 욕이 나올 뻔했다. 각 번호가 적힌 보석들을 뜯어 미니 지퍼백 안에 넣고 그 위에 번호들과 도형들을 다시 적었다. 옮겨 담는데 보석들이 여기저기 튀고 손으로 주워 담는데도 너무 작아

난리가 났다. 혹여 작은 보석을 강아지가 먹을까 노심초사했다. 시작은 더 난감했다. 손이 도안에 쩍쩍 달라붙어 이건 뭐 대략 난장판이 따로 없었다. 다음 날 다시 사장님을 찾아갔다. 요령을 배웠다. 한꺼번에 많이 하려 하면 안 된다. 천천히 오늘 할 분량을 정하고 도안 위 비닐을 떼 보석을 붙이는 도구를 사용해 도구 끝에 접착제를 붙인다. 보석을 힘을 주어 꾹 눌러 도안 위에 붙여야 한다. 그래야 옆에 보석을 붙였을 때 밀리지 않는다고 했다. 매일 분량을 정해 한 땀, 한 땀, 드라마를 보면서 도안을 채워나갔다. 임영웅의 눈, 코, 입이 완성되고 배경들이 완성되자 멋진 작품이 나왔다. 한 달 넘게 걸린 작품 사진을 찍어 사장님께 자랑했다. 잘했다고 칭찬도 받았다. 다음 작품도 하고 싶다고 말하니 원하는 사진을 주면 도안을 만들 수 있다고 했다. 그렇게 몇 개의 보석 십자수로 작품을 완성했다. 사장님은 2년 후 가게를 접으셨다. 그 뒤로 인터넷으로 2~3개의 작품을 더 주문했지만 사장님의 보석 십자수가 아니면 하기 싫었다. 완성해야 할 십자수 하나가 더 대기 중이다.

또 하나는 피아노다. '여자는 피아노지.'라는 말에 초등학교 때 원하지 않았던 피아노 학원을 다녔던 적이 있다. 딸에게도 같은 경험을 시켰다. 딸은 원하지 않았지만 아이돌이 꿈인지라 음표 보는 방법이라도 배우라며 학원을 보냈다. 집에는 자녀 교육 핑계로 구입한 전자피아노가 자리를 차지하고 있다. 딸의 피아노 실력은 좀처럼 늘지 않았다. 하고 싶지 않은 일을 억지로 시키니 당연한 결과였다. 학원을 그만 다니겠다는 딸의 말에 미소를 지었다. 이유는 딸의 학원비로 내가 피아노를 배울 기회였기 때문이다. 어렸을 때 피아노를 배운 적이 있지만 다 잊어버렸다. 다시 배우면 임영웅 노래는 칠 수 있을 거 같았다. 인터넷으로 악보를 다운받고 피아노 앞에 앉았다. 흰색의 악보 위, 이건 콩나물이요. 철봉 위에 있는 콩나물이요. 저건 거꾸로 있는 콩나물이요. 아이에게 물어 어디가 높은 도이고 낮은 도인지, 인터넷도 도움을 받아 공부를 했다. 답답했다. 결국 피아노 학원에 등록해 현재까지 피아노도 열심히 배우고 있다. 지금은 더 큰 목표를 잡고 있다. 임영웅 노래뿐만 아니라 쇼팽의 〈녹턴〉을 배우고 있다. 『네 인생에 클래식이 있길 바래』 책을 통해 클래식의 매력에 푹 빠졌다. 특히 피아니스트 임윤찬의 〈초절기교 연주곡〉을 연주한 모습을 보고 팬이 되어 버렸다. 우연찮게도 임윤찬도 임씨다. 음악적 재능을 가진 두 임씨들 덕분에 행복한 요즘이다.

일주일에 한 번, 오전 중으로 피아노 학원을 갔다 출근을 해도 예전과 달리 피곤하지 않았다. 하루 더 오전 중 배우고 싶은 일을 찾았다. 인스타를 보니 임영웅의 얼굴을 멋지게 스케치한 후 색연필로 연하게 색을 입히는 영상을 봤다. '그래, 이제는 미술이다.' 어디서부터 시작해야 할지 몰랐다. 문화센터 가을학기 신입생을 모집한다는 글을 전단지에서 봤다. 모든 것이 원할 때마다 정보들이 딱딱 맞춰지니 세상이 나를 중심으로 돌아가는 듯했다. 문화센터 과목들을 살펴봤다. '성인미술'이 눈에 띄었다. 화요일 오전 수업 등록을 했다. 미술은 달랐다. 임영웅의 얼굴을 그리고 싶었지만 현실은 한 달 줄긋기, 다음 달은 원뿔, 원통, 삼각형, 직사각형 그리기, 또 한 달은 손과 발 모형을 가지고 스케치 기본 연습만 했다. 언제 임영웅을 그릴 수 있냐고 물어보니 모든 기본이 다 되어야 그릴 수 있다고 했다. 지금 기본기를 잘 다져 놓으면 다음에 수월하게 그릴 수 있다. 한 학기가 끝나고 다음 학기 재등록을 했다. 이번엔 수채화 혹은 유화 중 하나를 선택해 준비물을 구입했다. 인물화를 그리려면 수채화를 배우는 것이 도움이 된다며 추천해 주셨다. 수채화 물감과 준비물을 구입했다. 처음부터 원하는 그림을 그릴 수 없었다. 쉬운 것부터 단계적으로 그려야 했다. 피아노는 연습을 하면 느는 것이 보였다. 한 마디 악보를 보고 연습하면 어느새 손에 익어 자연스럽게 다음 마디까지 이어지며 연주가 되었다. 미술은 달랐다. 매 수업 시간마다 내 안에 수많은 자아가 등장해 말을 걸었다. '이렇게 배워 언제 임영웅을 그려? 그만둬? 이미 시작한 그림 하는 데까지 해 보자. 나는 소질이 없어. 할 수 있어. 선생님이 계시잖아. 도와주시겠지. 왜 안 되는 거야. 이건 소질이 없는 거야. 포기해. 하다 보면 되겠지. 감각이 없어. 그래도 노력하면 돼. 1만 시간의 법칙이 있어. 아니야. 해. 아니야~'가 수없이 말을 걸었다. 자리를 박차고 나오고 싶었다. 마음은 이미 피카소와 고갱이 되었고 눈은 이미 빠르게 원본 그림과 스케치북을 왔다 갔다 했지만 결과는 처참했다. 눈만 좋아졌다. 그나마 선생님의 몇 번의 터치로 작품은 심폐 소생술한 것처럼 살아났다. 포기하려 했다. 그때마다 이미 몇 년째 수업을 듣고 있는 수강생들이 위로를 건넸다. "한 10년 한다고 생각해. 그래야 늘어." 그래! 10년! 소질은 없지만 꾸준히 하는 건 자신 있었다. 마음이 느긋해졌다. 오늘 못 그리면 내일 그리면 된다. 다음 주에 더 잘 그리면 되는 것이다. 이번 작품 실패하면 최선을 다해 다음에 잘하면 된다. 마음을 비우니 미술도 오래도록 지속할 수 있는 취미가 되었다. 현재는 아크릴 물감과 수채물감을 동시에 사용해 몇 개의 작품들을 완성했다. 유화도 새롭게 배우고 있다.

월요일은 수필 수업, 화요일과 수요일은 미술 문화센터와 미술 학원 수업, 금요일 오전은 피아노, 목요일은 격주로 독서 모임을 가지고 있다. 취미 부자로 생활에 활력은 더해졌다. 동네 인맥도 넓어졌다. 예전처럼 걱정하고 불안해하고 우울해할 시간도 없다. 매일 정해진 스케줄대로 살아가고 있다. 임영웅 노래로 피아노를 칠 때, 그림을 그려 한 작품을 완성할 때, 글을 한 꼭지 완성할 때마다 내 속에 에너지가 꽉 차 오른다. 주변에선 하는 일이 많다며 우려하기도 한다. 전혀 피곤하지 않다. 하나씩 해냈다는 것에 대한 보람이 컸다. 손재주도 없고 잘하는 것도 없는 내가 꾸준히 뭔가를 하고 있다. 그럼 10년 후 나는 뭐라도 되어 있겠지.

지금하는 일에 당장 변화를 바라지 않는다. 마음을 비우고 시작한다. 10년 후의 달라진 내 모습을 상상한다. 40대에 시작한 일은 50대를 위해 50대에 시작한 일은 60대를 위한 일이다. 나의 50대를 기대하며 지금의 삶을 즐기며 살아가고 있다. 집과 직장밖에 몰랐던 내가 임영웅 덕분에 세상에 한발 한발 내디디면서 다가가고 있다. 세상은 두려운 곳이 아니라 도전할 것이 많은 재미있는 곳이었다. 천재는 노력하는 사람을 이길 수 없고 노력하는 사람은 즐기는 사람을 이길 수 없는 것이다. 이런 면에서 나는 어쩌면 엄마와 언니가 가지고 있지 않은 노력과 인내라는 극한의 재능을 가지고 있는지도 모른다.

■ 6

덕질로
달리기 시작하다

　카운트다운이 시작된다. 30초, 29초, 28초……. 10초가 되기 전 휴대폰
을 꺼내 동영상 촬영 준비를 한다. 10초가 시작되자마자 촬영 버튼을 누른
다. 신호음과 함께 사람들의 발소리가 들리고 움직임에 맞춰 같이 뛰어 앞
으로 나간다. 평상시면 차로 가득 찬 경복궁 앞 도로다. 지금은 텅 비어 있
다. 그 도로가 이내 러너들의 뜨거운 열기로 가득 찼다. 모두 같은 방향으
로 뛰기 시작한다. 사람들이 나를 앞질러 간다. 지금 속도를 유지하려 노력
한다. 오히려 속도를 줄이면 뒷사람에게 방해가 된다. 나를 앞서는 사람들
을 따라 빨리 뛰게 되면 완주를 못 할 수도 있다. 오늘은 평상시와 다른 날
이다. 처음으로 하프 마라톤 코스를 도전한다. 장거리를 연습 한 건 고작
15km가 전부다. 하프코스는 21.0975km를 쉬지 않고 달려야 한다. 대회전
부터 걱정이 시작되었다. 과연 해낼 수 있을까? 그런데 늘 힘을 주는 사람,

임영웅, 그가 나를 응원해 줬다.

대회 날, 임영웅의 새로운 싱글 앨범의 뮤직비디오가 공개되는 날이었다. 공개 시간도 대회 출발 시간과 겹쳤다. 경복궁 주변을 돌 때쯤 들고 있던 휴대폰에서 알림이 떴다. 뛰면서 유튜브에 접속을 했다. 그런데 뮤직비디오에서 음악이 나오지 않는다. 휴대폰에 다시 귀를 기울였다. 음악은 나오지 않고 이상한 소리만 들린다. '무슨 일이지?' 일단 신곡 듣기를 포기하고 휴대폰을 넣었다. 나만의 페이스대로 느리지만 천천히 뒤 그룹에서 달리기 시작했다. 한 10km 정도는 걷지 않고 부지런히 갔다.

청와대 앞을 지나 쭉 이어진 내리막길을 따라 속도를 내어 본다. 화장실이 가고 싶었다. 참을까 말까 고민을 하다 결국 화장실을 찾아 들어갔다. 속도가 느려 후미 그룹에서 뛰는데 더 늦지는 않았는지 걱정하며 화장실을 나왔다. 다행히 10km 코스 마라토너들이 뛰고 있어 그들과 합류해 다시 뛰기 시작했다. 코너를 돌고 다시 코너를 돌아 시청 옆 길고 긴 직선 코스를 뛰었다. 맞은편에선 하프 주자들이 이미 돌아오고 있었다. '얼마 안 남았겠구나.' 생각했지만 그 직선도로가 끊임없이 이어졌다. 왕복으로 갔던 길을 다시 돌아와야 했다. 이미 반을 지나왔지만 체력이 다 소모되었다. 그때부터 걸을까 말까 수많은 고민을 했다. 급수를 하며 출발 시 듣지 못했던 신곡을 유튜브로 다시 틀었다. 노래가… 들렸다. 신곡 제목은 〈Do or Die〉. 하거나 죽거나. 지금 내 상황인 'Run or Die' 달리거나 죽거나와 딱 맞았다. 오늘 내가 달리는 것을 그가 알고 있었던가. 나에게 힘을 내라고 노래를 만들어 줬다는 생각에 괜히 힘이 났다.

　오직 너만의 영웅이 되어 모든 걱정을 다 막아줄게.

　뛸 수 없다는 걱정, 해낼 수 없다는 걱정 모두 다 막아준다는데 뭐가 걱정이야. 그냥 뛰자. 할 수 있다.

　오늘 밤 우린 Party TIME 분위기를 전부 휘어잡아. 맘이 시키는 그대로 춤춰.

　첫 하프 마라톤, 성공할 것이다. 오늘 이 경기장의 분위기를 나의 것으로 만들어 전부 휘어잡을 것이다. 결승점에서 멋지게 완주메달을 걸 것이다.

　나만 믿고 따라와 따라와. 너를 위해 난 노래할 거야. 심장소리 난리 나 난리 나.

　임영웅이 나를 위해 노래한다. 너의 심장소리와 나의 심장소리가 난리 나도록 오늘 뛰어 보자. 가장 힘든 15km부터는 노래 가사가 들리니 내 안에서 알 수 없는 에너지가 차올랐다. 그 에너지는 내 다리에 부스터가 되어 뛸 수 있는 힘을 주었다. 노랫소리를 조금 더 키운 채 한 곡 반복 설정을 했다. 청계천 앞 왕복 코스가 이어졌다. 그때부터는 걷고 뛰는 사람들, 완전히 걷는 사람들, 그리고 천천히 뛰어가는 사람들 사이로 나는 뛰기 시작했다. 아프리카의 초원처럼 넓게 펼쳐진 도로에 결승점이 어딘지 보이지 않았다. 언제 끝날지 몰랐다. 음악을 듣는다는 건 시간이 간다는 의미다. 달려야 할 거리도 줄어든다는 것이다. 음악 한 곡당 4분 정도니 2곡을 들으면 1km를 간다며 계산을 시작했다. 같은 곡을 한 5번만 더 들으면 도착할 듯했다. 체력은 아직 고갈되지 않았다. 오늘 죽도록 뛰어 보자며 뛰었다. 곧 사람들의 북소리, 박수소리가 들렸다. "조금만 더 힘내요."라는 소리가 들렸다. 코너를 도니 결승점이 눈앞에 보인다. 멋지게 결승점을 향해 들어갔다. 첫 하프 마라톤을 성공리에 마쳤다. 기록은 2시간 26분 03초. 그날 가지고 갔던 임영웅 이름이 적힌 슬로건을 들고 동료들과 기쁨을 나눴다.

    달리기를 잘하지 못한다. 나는 운동 자체를 하지 않는 사람이다. 그런 내가 달리고 있다. 건강하라고 했다. 행복하라고 했다. 줄여서 '건행'이라는 인사가 탄생했다. 이 말을 계속 생각했다. 건강을 한번 잃어 보니 행복과 건강 중 무엇보다 건강이 우선이라는 것을 깨달았다. 나만의 건강법을 찾았다. 그것이 달리기였다. 처음부터 달릴 수 있었던 건 아니다. 우연한 기회에 주변 사람들의 권유로 6000보 걷기부터 시작했다. 걷다 보니 무료함에 음악을 들었다. 자연과 어울려진 그의 목소리를 더 듣고 싶어 걷다 보니 만 보, 이만 보가 되었다. 뛰는 건 어떨까 생각에 무작정 5km 마라톤 대회를 신청했다. 첫 대회, 많은 인파들이 올림픽 공원에 마라톤을 하기 위해 모였다. 내가 집에서 혼자만의 시간을 보내는 동안 다른 사람들은 마라톤을 하며 에너지를 발산하고 있었던 것이다. 젊은 사람, 나이가 든 사람들, 어린아이들까지 남녀노소 대회를 즐기는 모습이 콘서트장의 에너지와 비슷한 기운을 느낀다.

그 경험을 한 번으로 놓치고 싶지 않았다. 그해 5km 마라톤을 다시 한번 더 신청했다. 사회자의 목소리가 들렸다. "청바지를 입고 유일하게 뛸 수 있는 킬로수, 5km 주자들 준비되셨습니까?", '왠지 기분이 나쁜 저 멘트는 뭐지? 나는 죽을힘을 다해 달리는 건데.' 그 뒤 5km 대회는 더 이상 신청을 하지 않았다. 대회 신청을 먼저 하고 거기에 맞춰서 연습을 했다. 마라톤 동호회 가입도 했다. 누군가와 함께 뛸 수 있다는 사실이 신기했을 뿐이다. 함께 페이스가 맞지 않아 거의 뒤에서 혼자 걷는 것보다 약간 빠른 속도로 뛰었다. 힘이 들면 걸었다.

시간이 될 때마다 밖으로 나가 노래를 듣고 그냥 뛰었다. 뛰는 걸음이 늘었고 거리도 늘었다. 실력이 느는 거 같지는 않았다. 체력이 느는 건 느꼈다. 체력이 느니 더 많은 일을 할 수 있었다. 독서도 글쓰기도 추가 되었다. 마라톤을 하고 건강을 챙긴 것 뿐이지만 많은 것이 변했다. 뛰면서 자연의 모습을 보며 계절의 변화도 눈으로 볼 수 있었다. 달리기 좋은 장소를 찾아가 뛰었다. 자연의 경이로움을 눈으로 보면서 생명의 소중함도 느꼈다. 새벽의 한가함이 주는 에너지를 받을 수 있었다. 달리기 인연으로 발이 더 넓어졌다. 달리는 보폭뿐만 아니라 인맥도 함께 말이다. 한강을 뛰는 러너들에게 모르는 사람일지라도 파이팅을 외쳐 준다. 스트레스가 쌓이면 뛴다. 뛰고 오면 기분도 풀린다. 겨울 동안 집에서도 양말을 신고 다녀야 했던 내가 양말 없이 겨울을 보냈다. 양쪽 맞지 않았던 다리의 균형도 맞아갔다. 한약을 먹고 뺐던 몸무게도 자연스레 유지가 되었다. 심지어 맛있는 음식들도 먹고 싶은 만큼 먹고 또 뛰었다. 여름 새벽에 일어나 달리면 부지런한 내가 된 것 같았다. 추운 겨울 달리러 나가면 뛰고 난 후 내 몸에서 나는 연기로 인해 초인이 되었다. 처음엔 달리고 있는 내 모습이 적응되지 않았다. 이제는 당당하게 마라토너 영웅시대라고 나 자신을 소개한다. 그렇게 건행을 실천하며 달리는 인생이 시작되었다. 그리고 지금은 새로운 도전, 풀코스 마라톤을 준비 중이다.

마라톤을 하며 깨달은 것이 있다. 마라톤 대회를 정기적으로 나가면서 느끼는 것은 이번이 끝이 아니라는 것이다. 늘 새로운 도전에 미리 걱정 하지 않는다. 준비만 차근차근히 하면 된다. 후회하지 않는다. 넘어지면 다시 시작하면 된다. 그래서 실패를 두려워하지 않는다. 도전을 즐기게 된다. 마라톤으로 시작된 도전 정신은 다른 것들을 시도하는데도 용기를 주었다. 실패하면 어때! 다시 하면 되지!

날씨가 좋은 날 집에만 있지 말고 밖으로 나간다. 걷기도 하고 뛰기도 한다. 뛰다가 숨이 차면 다시 걷고 뛰고를 반복한다. 마라톤 대회 출발선에 섰을 때 가슴 벅참을 느낀다. 그 느낌을 느끼고 완주를 하면 세상 무엇이든지 해 낼 수 있다는 자신감이 생긴다. 5, 4, 3, 2, 1! 안전하게 다녀오세요. 사회자의 멘트가 귓가에 맴돈다.

■ 7

마라톤으로
나를 알리다

"인스타에 '좋아요' 했어."

인천 영웅시대 언니에게 카톡이 왔다. 잘못 보낸 건가 싶어 다시 일에 집중했다. 이상했다. 왜 메시지를 남겼을까? 다시 봤다. 인스타 앱을 켰다.

새벽부터 일어나 분주하게 움직였다. 오늘은 임영웅의 데뷔 7주년이다. 마라토너는 나름의 방식대로 지인의 생일이나 특별한 날을 축하한다. 날짜의 킬로수대로 뛰는 것이다. 예를 들면 생일이 2월 22일이면 2.22km를 뛰고 인증사진을 찍어 주인공에게 보내 준다. 생일 날짜가 1년의 뒤에 있을수록 인증이 힘들다. 12월생이면 기본 12km를 뛰어야 하기 때문이다. 오늘은 8월 8일(임영웅의 데뷔일), 아침부터 영웅시대 교복, 파란색 티셔츠를 입고 파란색 양말을 신었다. 충무로 생일 카페에서 사은품으로 받은

HERO 자수가 박힌 흰색 모자도 쓴다. 그의 이름이 적힌 슬로건을 들고 집 앞 갈매천으로 향했다. 전날 인증사진을 위해 지인에게 함께 해 달라 부탁도 했다. 모든 준비를 마쳤다. 지인과 만난 후 처음엔 나란히 뛰었다. 그 뒤 지인에게 내가 뛰는 사진을 찍어 달라 부탁했다. 슬로건을 들고 뛰는 영상, 중간에 설정한 나름의 포토 존에서 인증 사진을 찍었다. 정확하게 8.8km를 뛰어야 했기에 그 거리가 다가오자 시간을 표시해 주는 달리기 앱에 집중했다. 성공적으로 미션을 완료하고 집으로 돌아왔다. 지인이 보내 준 사진과 영상을 받았다. 빠르게 인스타에 인증 사진과 데뷔 축하메시지를 함께 남겼다.

"임영웅 데뷔 7주년 축하합니다. 70주년까지 함께합시다."

그날 오후, 언니에게 온 메시지를 보고 불현듯 '임영웅이? 직접? 좋아요?'를 설마라는 가정이 앞에 붙었다. 심장은 거센 파도처럼 요동쳤다. 공식 팬카페에서는 이미 가수가 직접 SNS를 돌며 '좋아요'를 눌러준다는 글들이 보였다. 나의 인스타 피드도 그 대상이었다. 순간 자리에서 일어나 소리를 질렀다. 수업 중이던 아이들의 시선이 나에게 고정되었다. 오후에도 우연은 계속되었다. 임영웅 소식을 전하는 개인 유튜브 채널에선 가수의 인스타 좋아요 소식과 함께 내 사진이 함께 소개되었다. 팬들이 가장 많이 보는 채널 중 하나인 '앵커리의 똑TV'에도 그날 저녁 내 사진을 보여 줬다.

"똑, 똑. 앵커리입니다. 간단하게 소감 한마디만 부탁합니다."

다음 날 아침부터 카톡이 왔다. 뜻하지 않게 이런 일이 일어나 어리둥절하지만 기쁘다고 소감을 전했다. 이 기회를 날리고 싶지 않았다. 나를 알리기 시작했다. 임영웅 덕분에 내 삶이 너무 많이 변했다. 그림도 그리고 피아노도 치면서 현재 건행을 실천하고 있다. 가수 한 명을 좋아한 것뿐인데 재미있는 인생이 되었다. 마라톤도 건강하라고 해서 열심히 하고 있다며 개인적인 변화들을 소개했다. 소개하다 보니 1년 사이에 내 인생에 정말 많은 변화가 일어났다. "저 인터뷰감이죠?"라고 한마디 덧붙였다. 역시 그녀도 기회를 놓치지 않았다. 인터뷰 제의가 들어왔다. 전화 인터뷰 약속을 잡았다.

전화 인터뷰 전 한두 개의 질문거리가 미리 전송이 되었다. 다른 건 없냐고 물으니 그냥 즉흥적으로 자연스럽게 하면 된다고 했다. 워낙 베테랑의 기자 출신 아나운서였기 때문에 믿고 인터뷰 전화를 받았다. 무엇을 하던 시작 전은 항상 떨린다. 있는 그대로 사실대로 자연스럽게 나 자신의 생각을 전달해 주려 했다. 약 30분간의 인터뷰를 마쳤다. 방송분을 보니 20분 정도로 편집되었다. 밑에 댓글 창을 가득 채운 응원의 메시지들. '인간 비타민, 임영웅과 이효명 영시님. 40대 영시님 활기찬 삶을 응원합니다. 실천하는 삶, 풍요롭고 고급스러운 덕질을 응원합니다.' 한 사람으로 인해 풍요로운 삶을 살아갈 수 있다는 건 참 고마운 일이다. 새삼 나에게 이런 삶을 살아갈 수 있게 해 준 가수와 이벤트를 만들어 준 영웅시대에게 고마웠다.

이전엔 마라톤 방송에 나온 적도 있었다. 마라톤 대회 중 하나인 '썸머 나이트 런'을 신청했다. 대부분 마라톤 대회는 아침 일찍 시작된다. 저녁에 뛰는 대회는 처음이었다. 한여름 밤 미사리 조정경기장 코스를 10km 뛰는 대회다. 마라톤이 끝나면 주최 측에서 치맥(치킨과 맥주)을 준다는 말에 더 끌렸었다. 대회 시간은 7시였다. 8월 한여름이라 7시가 되어도 어둡지 않았다. 그날도 손에는 임영웅 슬로건을 들었다. 대회 시작 전 슬로건을 넓게 펼쳐 미리 결승점에서도 미사리를 배경으로 사진을 찍었다. 주변 젊은이들이 "오늘 임영웅 오나 봐. 우리 이모도 팬인데." 등의 웅성거리는 소리가 들렸다. 대회가 시작되었다. 모든 마라톤 대회는 킬로수 상관없이 모두 힘들다. 반환점을 돌고 힘들어 '걸을까? 뛸까?'를 고민하던 순간이었다. 뒤에서 밝은 빛이 계속 나를 쫓아왔다. 뭔가가 쫓아오니 그냥 뛰었다. 그 빛이 방해가 되었고 거슬리기 시작했다. 뒤돌아 볼 겨를이 없이 결승점에 빨리 도착하고 싶었다. 언제까지 빛이 따라올 건지 알 수 없던 그 순간, 빛이 나를 앞장섰다. 오토바이였다. 뒷좌석에 탄 사람은 반대 방향으로 카메라를 비췄다. 꼭 쥐고 있던 슬로건을 펼쳐 카메라를 향해 펼쳤다. 카메라맨이 나를 향해 카메라를 돌렸다. 더 열심히 뛰었다. 잠시 카메라를 끄더니 "조금 있다가 다시 한번 더 촬영할게요."라는 말을 남긴 채 사라졌다. '언제 다시 찍으러 올까?' 더 이상 힘들어도 걸을 수가 없었다. 카메라를 의식하며 죽을 힘을 다해 슬로건을 꼭 쥐고 뛰었다. 그때 알 수 없는 힘이 내 손으로 전달되었다. 슬로건에서 나오는 찌릿찌릿한 기운. 마치 임영웅이 힘을 내라며 기운을 주는 듯한 그 힘, 슬로건을 더 꼭 쥐었다. 다시 조명이 비쳤다. 카메라맨은 나에게 소리쳤다. "임영웅에게 한마디 하세요.", "건행, 영웅시대 파이팅, 임영웅 파이팅!", "사랑한다고도 하세요.", "사랑한다."를 크게 외쳤다.

3km 남겨두고 미사리 호수 코너를 도는 지점에 여자 사회자가 마이크로 한 분 한 분 응원의 메시지를 남겼다. 나는 또 슬로건을 펼쳐 보이며 파이팅을 외쳤다. 그날 달리기 기록은 좋지 않았다. 3km 지점마다 급수대가 있어 물을 많이 마셨다. 마지막 9km 지점, 배는 물로 가득 차 출렁거렸다. 결승점에 겨우 들어와 화장실로 바로 직행했다. 치킨과 맥주로 완주의 기쁨을 누렸다.

며칠 뒤, 유튜브 방송으로 대회 녹화본이 나왔다. 슬로건을 펼치는 내 모습이 고스란히 나왔다. 사회자는 아래와 같이 말했다. "아, 영웅시대군요. 임영웅은 좋겠어요. 누가 다음번에 내 이름을 들고 뛰면 저는 사회를 안 보고 그 분께 달려 나가겠습니다."

올해 다시 한번 같은 대회를 신청했다. 임영웅의 슬로건과 사회자의 슬로건을 만들어 같이 들고 뛰어 볼 예정이다. 그의 슬로건은 밤에 이름이 더 빛이 난다. 콘서트용으로 제작이 되어 어두운 곳에서 더 반짝인다. 올여름 밤, 미사리에 다시 한번 그의 이름이 빛날 것이다. 이 모습을 본 신랑이 한마디 한다. "조금 조용히 뛸 수는 없을까?" 나도 조용히 뛰고 싶다. 남들 모르게 조용히 마라톤을 하면서 건강을 지키고 싶다. 운동을 좋아하는 편이 아니다. 잘하는 편도 아니다. 마라톤을 할 아무런 동기나 이유가 없다. 단지 건강을 유지하기 위해서라고 하면 다른 운동도 많다. 이런 이벤트로 인해 나를 알리면 뛰어야 할 이유가 생긴다. 여러 사람들의 응원을 받으면 다시 도전할 수 있는 힘도 생긴다. 앵커리와 인터뷰 때 앞으로의 계획을 말했다. 꼭 임영웅 슬로건을 들고 풀코스 마라톤을 뛸 거라고. 지금 그 꿈을 실현하기 위해, 가을의 전설을 만들기 위해 열심히 연습하고 있다.

무슨 일이든 동기가 없으면 지속하기가 힘들다. 동기는 반짝이는 슬로건의 이름처럼 삶의 빛이 되어 준다. 동기라는 빛을 따라서 가면 말 그대로 빛나는 삶을 살아갈 수 있다. 용기 있게 풀코스를 마라톤을 신청했다. 또 하나의 뛰어야 할 이유가 생겼다. 그 동기로 인해 도전을 한다. 성공 여부는 아직 말하기 힘들지만 도전만으로도 주변 사람들은 대단하다고 한다. 나도 내가 대단하다. 운동 하나 못했던 내가, 6000보 걷기도 힘들었던 내가 여기까지 오다니. 믿을 수 없는 일들이 계속 생겨난다. 요즘 들어 느끼지만 앞으로의 인생이 더 재밌을 거 같다. 인생 살아볼 만하다. 인생이 막 재밌어지기 시작했다.

* 2024년 두 번의 풀코스를 완주했다. 2025년에도 나는 계속 달릴 것이다.

아름답고 튼튼한
국화꽃 피우기

한 송이의 국화꽃을 피우기 위하여 봄부터 소쩍새는 울고, 천둥은 먹구름 속에서 또 그렇게 울었나 보다. 서정주 시인의 유명한 시 구절이다. 지금까지 의미 없게 다가온 이 시가 요즘에서야 공감이 된다. 모든 것은 다 때가 있다는 법, 마음먹고 꾸준히만 한다면 언젠가는 국화꽃도 아름답게 피어나는 순간이 있을 것이다.

인생을 크게 세 개의 시기로 나눠 보면 초년, 중년, 말년이 있다. 나에게 중년은 또 크게 결혼 전과 결혼 후로 나뉠 것이다. 말년의 시작을 준비하는 시기인 지금, 생각지도 못한 덕질을 시작했다. 시들어 가던 국화꽃이 한 가수로 인해 다시 싹을 피우려 하고 있다. 시간을 결혼 전, 중년의 시작인 20대 초반으로 거슬러 올라가 나의 활짝 핀 국화꽃을 한번 바라본다.

처음 사회생활의 시작은 호텔이었다. 당시 송윤아 주연의 〈호텔리어〉 드라마가 인기리에 방송되었다. 영어를 좀 한다는 사람들은 호텔 경영학과로 유학을 떠났다. 몇 명 친구들도 호텔리어가 되었다. 승무원을 꿈꿨다. 겁이 많아 비행기 타는 것이 무서웠다. 영어만 좀 더 연습하면 호텔은 가능해 보였다. 내로라하는 오성급 호텔 인사과 리스트를 먼저 정리했다. 이력서와 자기소개서를 출력해 각 지역별 호텔 인사과에 이력서를 무작정 우편으로 보냈다. 이미 호텔에 취업을 성공한 친구들 말에 의하면 어디든 기숙사가 제공된다고 했다. 제주, 서울, 부산 등 생각보다 오성급 호텔이 많았다. 서울 호텔 한 곳에서 면접을 보러 오라고 전화가 왔다.

1차 시험으로 자체 영어시험을 봤다. 캐나다 유학파 취업 준비생과 최종 후보자가 되었다. 부장님과의 인터뷰만 남겨 둔 상황이었다. 뭐가 뭔지도 모른 채 서울이라는 낯선 지역, 호텔이란 곳도 면접도 처음이었다. '왜 여기서 나를 뽑았지? 내가 왜?' 당연히 떨어질 거라 생각했다. 지원자들 대부분이 유학파였다. 당연히 떨어질 거라 생각하니 오히려 마음 편히 시험을 봤다. 이어지는 인터뷰에서 부장님의 질문에 마음껏 대답했다. "필기시험 어땠나요?", "전 쉬운 거 같아 빨리 풀었습니다." 나중에 들은 말이었지만 내 점수가 제일 낮았다. 부장님의 얼굴에 미소가 보였다. '어디서 이상한 아이가 왔나?' 생각했을 수도 있었다. 부장님의 웃음에 마음이 놓였다. 서울에는 어떻게 왔냐, 교통편에 관한 것을 포함한 일상적인 질문들이 이어졌다. 인터뷰 내내 농담도 하고 부장님의 호탕한 웃음소리도 들을 수 있었다. 수시 모집이었기 때문에 합격자 발표가 바로 난다. 잠시 밖에서 대기했다. 캐나다 경쟁자 언니와 이야기를 나눴다. 그녀는 호텔 여러 곳을 면접 봤는데 모두 떨어졌다고 했다. 이번엔 될 거라며 위로의 말을 건넸다. 결과는 내가 합격을 했다. 합격의 이유를 물을 겨를도 없이 바로 인사과로 향해 근무 날짜를 받았다. 그런데 기숙사가 없단다. '당장 어떻게 하지?' 엄마에게 전화를 했다. 유학파를 이기고 선택된 곳이기에 일하고 싶었다. 호텔리어가 되고 싶었다. 나의 간절함을 알았던 엄마는 먼 친척 할머니에게 부탁을 했다. 방 한 칸 얻었다. 부평에 살고 계시는 할머니 집에서 삼성역까지 출퇴근을 했다. 2호선 신도림역에서 부평 가는 지하철을 갈아타며 2년 동안 2교대 호텔리어 생활을 했다.

34층 VIP 라운지에서 손님들에게 차와 음료수를 서빙하면서 대화를 나누는 일이었다. 해피 아우어 시간에는 알코올 음료가 제공된다. 일하는 동안 앉아 있는 시간보다 서 있는 시간이 더 많았다. 거의 대부분 서서 일했다. 편하지 않은 유니폼을 입고 하루 8시간 굽 높은 구두를 신었다. 어떤 날은 바빠 일하는 내내 종종걸음으로 뛰다시피 한 적도 있었다. 시간이 지날수록 화려했던 호텔리어의 현실은 우아한 백조가 아님을 알게 되었다. 우아함 밑에는 열심히 움직여야 하는 다리가 있어야 가능했다.

1년이 지났을 무렵, 왼쪽 무릎에 통증이 느껴졌다. 비가 올 때마다 고통은 점점 더 심해졌다. 잠을 잘 수 없을 정도의 고통이 더해졌다. 오후 근무 출근 전, 회사 근처 정형외과를 방문했다. 당시 사람이 너무 많아 진료를 보지 못한 채 출근을 했다. 결국 서울에선 병원에 가지 못했다. 젊었기에 병원보다 놀기 바빴다. 마침 길게 휴가를 받아 고향인 대구로 갔다. 엄마에게 무릎증상에 대해 말했다. 병원을 가자고 했다. 별일 아닐 거라 생각하고 간 병원이었다. "큰 병원에 가 보셔야 할 겁니다. 열어봐야 할 거 같아요.", "뭘⋯ 열어 보나요?" 눈에서 눈물이 주룩주룩 흘렀다. "무릎이요. 조직 검사를 해 봐야 악성인지 양성인지 알지요.", "무릎을 어떻게 열어요? 수술이잖아요." 그 자리에서 눈물이 수도꼭지 튼 마냥 나왔다.

　서울 생활이 쉽지 않았다. 엄마에게 내색하지 않았다. 몸까지 열어 봐야 한다니 서러움이 폭발했다. 경북대병원 예약을 급하게 잡고 추가 검사가 진행되었다. 개복과 동시에 조직검사가 진행되어야 했기에 날짜가 바로 잡혔다. 병명은 '연골 모세포 종양'이었다. 다행히 조직은 양성으로 연골 속 종양을 파내고 대퇴부 뼈를 갈아 채워 넣는 수술을 받았다. 수술 후 회복하는 일주일 동안은 왼쪽 무릎과 허벅지가 따로 노는 느낌이었다. 그 뒤 집에서 엄마가 해 주는 곰국을 한 달 넘게 먹으며 요양을 시작했다. 백조 같았던 호텔 일은 그만뒀다. 몇 달 회복기를 거쳤다. 쉬면서 내 삶을 뒤돌아 봤다. 마땅히 하고 싶은 일이 없었다. 뭐라도 해야겠다 싶어 집 근처 사무실에서 근무를 했다. 집에서 주는 따뜻한 밥을 먹으며 걸어 다녔다. 교통비도 아꼈다. 이상하게 서울 생활보다 급여는 작았지만 돈은 더 많이 모을 수 있었다.

몇 년 뒤 나는 또 한 번 수술대 위에 누웠다. 자는 동안 아랫배가 살살 아프더니 점차 아픔이 윗배로 올라왔다. 기분 나쁜 아픔이 평상시 배 아픔과는 달랐다. 새벽 5시가 되자 고통이 더 심해졌다. 자고 있던 엄마를 깨워 위장약을 먹고 누웠다. 도저히 잠을 잘 수 없었다. 한 시간 후쯤 가장 빨리 문을 여는 내과로 갔다. 아직 해가 뜨기 전인데도 기다리는 사람들이 있었다. 세상에 아파 잠 못 드는 사람이 많았다. "빨리 큰 병원 가야겠어요." 이 말을 다시 들었다. 이번엔 덤덤했다. 맹장염이 의심된다며 오늘이 토요일이니 주말에 터질 수도 있다며 꼭 큰 병원을 가라 당부하셨다. 약은 일주일 치를 처방받았다. 집으로 돌아와 약을 먹으니 통증이 가라앉았다. 일주일 치 약을 먹으면 나을 줄 알았다. 약사였던 언니가 상황을 듣곤 당장 병원에 가라며 겁을 줬다. 복막염이 되면 큰 수술을 해야 한다는 것이다. 마지못해 병원으로 갔다. 한 시간 후 수술 대기실 침대 위에 누웠다. 남자 간호사가 침대를 수술실로 끌고 가는 동안 이유 없이 눈물이 났다. 왜 나에게 이런 시련이 두 번이나 생기는 것인가. 언니나 동생에게는 건강한 몸을 준 거 같은데 왜 나는 두 번이나 수술실의 차가운 기운을 느껴야 하는지, 억울함만 가득했다. 날씨도 흐렸다. "맹장은 아이들도 하는 수술이에요. 안 울어도 됩니다." 간호사가 말을 건넸다. 전혀 위로가 되지 않았다. 맹장 수술 때문에 운 것이 아니라 억울함에 울었다.

억울한 생각만 했다. 왜 이런 불행이 계속 닥쳐오는지 또 몇 번의 생사를 넘나들지도 모르는 상황이었다. 건강 때문에 호텔도 그만뒀다. 이제 별 볼

일 없는 인생일 거라 생각했다. 그 생각 때문에 여기까지가 한계라며 내 스스로를 가둬 버렸다.

무릎은 비록 양성종양이었지만 5년 동안 추적 검사를 받아야 했다. 매년 병원을 예약하고 검진을 받았다. 2년 차에는 다시 MRI도 찍었다. MRI를 분석해 주는 분과 함께 나란히 앉아 무릎 사진을 봤다. "여기 하얀 부분 보이시죠?" 뼈인 줄 알았던 하얀 부분은 다 지방이라고 했다. 지방을 운동하면서 모두 걷어 내고 근육으로 바꿔야 된다.

운동을 시작했다. 호텔 일을 그만둔 후 영어 공부를 다시 시작했다. 사무직 일을 하면서 모아 둔 돈으로 캐나다 어학연수도 다녀왔다. 운동으로 살도 많이 뺐다. 가장 예쁜 시기 데이트도 하고 결혼도 했다. 출산 후 또 한 번의 건강 위기가 있었다. 하지만 이전 위기들이 있었기에 더 단단한 내가 되어 견딜 수 있었다.

혹독한 겨울을 이겨 내고 나면 더 아름다운 봄의 계절을 맞이한다. 그 겨울을 이겨낸 사람만이 아름다움을 발견하고 느낄 수 있다. 젊은 시절 내 인생은 순간이 도전이고 좌절과 고비의 연속이었다. 지금 그때를 돌이켜보면 웃음이 나온다. 모든 어려움들이 단단한 씨앗이 되어 더 단단한 내면을 만들어줬다. 아름다운 국화꽃을 피워 오래 유지하기 위한 과정이었다. 모든 경험들이 내 안에서 보이지 않는 힘이 되었다. 처음부터 끝까지 지금의 나를 이끌어왔다. 과거의 시련들이 하나의 경험으로 남았다. 당시 힘들었던 모든 순간도 웃으며 말할 수 있는 추억이 되었다.

힘든 중년시절이 없었다면 행복한 말년이 없을 것이다. 지금은 어떤 시련이든지 덤벼라, 다 받아 주겠다는 마음으로 모든 일을 대한다. 자신감이 생겼다. 넘어져도 실패해도 굴복하지 않는다. 또 하나의 경험이 글감이 되고 극복하면 해냈다는 자신감으로 가득하니깐 말이다. 어떤 도전이든 한다. 세상은 내가 변해야 하는 것이다. 변한 세상의 에너지가 나를 향해 방향을 틀 때까지 계속 부딪혀본다. 모진 풍파를 견딘 국화꽃이 더 아름답고 튼튼한 것을 알기에 가능한 일이다.

내 인생의
덕후되기

제 5 장

■ 1

한 차례
죽을 고비를 넘기다

집에 들어와 침대에 털썩 누웠다. 평소 같았으면 괜찮았을 하루였지만 코로나 예방주사를 맞고 나니 축 늘어졌다. 지금 잠이 들면 내 숨이 멎어 죽을 수도 있을 거 같았다. 정신이 번쩍 들었다. 침대에 비스듬히 기대어 휴대폰 메모장을 켜 유서를 쓰기 시작했다.

1. 내 이름으로 된 재산 처분 2. 학원 수강료는 일할 계산해서 돌려주기 3. 딸 잘 키워 주기 4. 주식은 오를 때 팔기 5. 화장을 해서 재는 바다에? 나무 밑에? 뿌려 두기

그 뒤로 막혔다. 40년 넘게 살았는데 유언장에 더 이상 쓸 내용이 없었다. '뭐 하고 살았나? 이뤄 놓은 것 하나 없는 인생!' 이대로 죽기 억울했다. 다시 살아야 할 의지가 생겼다. 남편에게 몸이 이상하다고 말하니 참으라 했다. 참을 수 없이 축축 처지고 미열도 지속되고 있다. 시간이 늦어 응급

실이라도 가고 싶었다. "오버 좀 하지 말고 오늘 밤만 잘 넘겨 봐." 신랑이 말이 귀에 들어오지 않았다. 오늘 밤을 넘길 수가 없을 거 같았기 때문이다. 살 길을 찾아야 했다. 119에 전화를 걸어갈 수 있는 응급실이 어딘지 물었다. 일단 열이 있으니 음압 병동으로 가라고 했다. 근처 가능한 곳이 한 군데 있다며 연락처를 알려 주셨다. 당시 친정엄마가 집에 와 있어 아이를 맡기고 남편과 함께 응급실로 갔다. 가는 차 안에서도 남편은 계속 "오버한다, 조금만 참으면 될 것을, 다들 겪는 부작용인데, 의지가 약하다."는 잔소리를 늘어놓았다.

오전에 코로나 주사를 맞고 불안한 상황이 있었다. 주사를 맞고 10분 정도 앉아 있다 부작용이 없음을 확인했다. 주차장으로 걸어가 차를 탔다. 운전을 하는데 오른쪽 얼굴 입 주변이 마비가 되는 느낌이 들었다. 곧이어 눈 밑까지 오른쪽 얼굴 전체의 느낌이 이상했다. 치과에서 마취 주사를 맞고 나면 느껴지는 그 느낌이었다. 다시 주사를 맞은 체육관으로 갈까 고민했다. 자칫하다간 출근시간이 늦어져 바로 학원으로 향했다. 그 뒤로 하루가 어떻게 흘렀는지도 모르게 피곤함이 몰려왔다.

병원으로 가는 30분 정도의 시간동안 신랑의 잔소리는 계속되었다. 남양주에 위치한 종합병원에 도착해 접수를 하고 기다렸다. 음압 병동으로 들어가 기본검사를 했다. 심장이 평소보다 빨리 뛰는 거 같다고 하니 심전도 검사도 함께 진행되었다. 그 다음 검사가 무슨 검사인지 잘 기억나지 않는다. 몸에 하얀색 액체 같은 것을 넣고 그것이 심장까지 잘 통과하는지 확인하는 검사였다. 검사실로 가는 복도는 밤이라 어두컴컴했다. 텅 빈 검사실 불이 켜졌다. 나 때문에 불을 켠지는 모르겠다. 대기실에서 기다린 후 검사실로 들어가 누우니 기계 소리만이 귓가를 윙윙거렸다. 검사는 그렇게 끝이 난 간단한 검사였다. 모두 검사를 끝낸 후 응급실 침대에 누워 잠시 기다렸다. 20분쯤 지나 담당 의사가 왔다. 결론은 아무 이상이 없었고 해열제를 처방받고 집으로 돌아왔다. 병원비가 야간 응급실이라 평상시보다 많이 나왔다. 약 30만 원이 안 되는 돈이었다. 집으로 돌아가는 길 내내 남편의 잔소리는 계속되었다. "돈이 아깝다, 별일 아닌데 호들갑을 떨었다."라는 등 잔소리에 답할 기운도 없이 창밖만 바라봤다. 아무 이상이 없다는 소식에 한숨이 쉬어졌다. 집에 도착하니 자정을 다해 가는 시간이었다. 딸은 할머니 옆에서 곤히 자고 있었다. 엄마라도 있어 다행이었다. 걱정하는 엄마에게 괜찮다고 말하고 약을 먹고 침대에 누웠다. 잔소리를 했지만 피곤했을 법한데 보호자 역할을 해 준 남편도 고마웠다.

하루 동안 죽을 고비를 넘기면서 죽음에 대해 곰곰이 생각했다. 평상시 삶과 죽음에 관심이 많았다. 영혼이 있는지 전생과 후생이 있는지 궁금해 드라마 〈도깨비〉도 코로나 시절 3번 넘게 다시 봤다. 사람이 죽으면 어디로 가는지, 어떻게 태어나는지, 삶에서 우연이라는 것이 실제로 존재하는지, 인연이라는 것이 있는지 세상 모든 일들이 궁금해 교회와 절도 시간 날 때마다 다녀 봤다. 종교에서 정답을 찾으려 했다. 철학, 인문학에서도 답을 찾으려 책도 읽었다. 딱 떨어진 답이 나오질 않았다.

당시 네이버 뉴스에선 서현역 칼부림 사건으로 시끌시끌했다. 모방 범죄들도 많이 일어났다. 이 글을 쓰고 있는 지금도 매일 사건은 일어난다. 며칠 전 한 운전자가 도로를 덮쳐 퇴근길 시민들이 희생되었다. 그러고 보니 살아가면서 죽음은 언제나 함께 있었다. 당장 내일 어떤 사건에 의해서 죽음을 맞이할 수도 있는 것이다. 코로나 질병으로 희생되는 사람들을 보니 죽음이 더 현실로 다가왔다.

사는 것이 힘들다고만 생각했다. 죽음에 대해서는 막연했다. 오늘을 계기로 명백한 사실 하나를 알게 되었다. 하루하루의 삶이 죽음에 가까워진다는 것, 즉 삶과 죽음이 따로 분리된 것이 아니라 하나의 선으로 연결이 된 것이다. 늘 궁금했던 삶과 죽음에 대한 문제에서 해답을 하나 찾았다. 유서를 써 보고 앞으로 어떤 내용들을 유서에 채워 나갈지 고민이 되었다. 어떤 인생을 살아야 후회하지 않고 살아갈 수 있을까? 생각이 많아졌다.

다음 날 눈을 떴다. 새 아침이 밝았다. 이전과 마음가짐이 남다르다. 오늘이라는 하루가 내일 다시 찾아온다고 안일하게 생각했었다. 하지만 내일이 없다고 생각하면 오늘은 특별한 날이 된다. 오늘은 단 한 번뿐이고 다시는 찾아오지 않는다고 쇼펜하우어는 말했다. 임영웅의 〈인생찬가〉에서도

"찬란한 순간이여, 영원하라."고 말한다. 순간을 오늘로 비유해 보면 오늘, 그것보다 지금 이 순간이 가장 소중한 것이다. 같은 오늘은 내일 다시 찾아오지 않는다. 또 다른 하루에 불과하다. 최선을 다해 죽을 각오로 오늘을 살아야 할 이유가 생겼다.

코로나가 우리 사회 전체의 분위기를 바꿔 놓았다. 코로나는 오늘 할 일을 항상 내일로 미루기 좋아하는 내 삶도 변화시켰다. 지금까지 이뤄 놓았던 성과도 없다. 유서에 쓸 내용도 없었다. 하고 싶지만 시도하지 않았던 게으름, 불평하고 남과 비교하면서 내 삶을 초라하게 만들었던 과거를 반성했다. 살아온 인생도 반성했다. 지금부터라도 남은 인생을 간절히 그리고 열심히 살아야겠다고 다짐했다. 당장 내일 죽어도 여한이 없게 매일 하루를 값지게 살아갈 것이다. 나에게 주어지는 하루는 누군가에게 간절한 하루가 될 수 있으니 살아 있음에 감사하며 행복하게 살아가겠다고 말이다.

이왕 사는 거
죽을 때까지 잘 살아 보자

자신의 죽음을 알고 그 죽음에 대한 생각 때문에 현재의 삶을 바꿔 놓는 존재는 인간밖에 없다. 무한한 세상에 유한한 삶을 살아가는 인간, 그래서 더 삶이 소중한 것일지도 모른다. 사람은 누구나 죽는다. 이 사실은 모두가 알고 있지만 인지하는 순간 세상을 보는 시각이 달라진다.

생각해 보니 나는 늘 겁이 많은 사람이었다. 고소공포증이 심해 놀이동산을 가도 빅 파이브권(다섯 개의 놀이 기구를 탈 수 있는 티켓) 혹은 자유이용권을 끊으면 회전목마만 타고 끝장을 본다. 어렸을 땐 회전목마조차 무서워 그 안에 있는 마차를 애용했었다. 움직임이 없는 마차 안에서 뭐가 좋은지 밖에서 사진 찍는 엄마, 아빠에게 손을 흔들었던 기억이 있다. 당시 부모님이 보기에 얼마나 한심했을까 싶다. 달리기를 시작하고 보강운동으로 등산이 참 좋다고 했다. 산은 나와 어울리지 않은 곳 중 하나이다. 다리가 후들거리고 떨어질 듯한 느낌이 먼저 들어 산 정상을 가도 일어설 수가 없다. 실제 떨어지는 일은 일어나지도 않는다. 혹시 내가 발을 헛디뎌 넘어지지는 않을지, 산에서 돌멩이가 날아와 덮칠지 않을지, 산을 올라가다 옆 낭떠러지에서 균형을 못 잡아 굴러 떨어지지는 않을지, 모든 두려운 생각이 앞선다. 이 생각들이 나를 지배해 산은 갈 수 없는 곳 중 하나였다. 다른 등산객들에게도 민폐였다. 좁은 산길에서 나 때문에 뒷사람이 앞으로 못 가니 뒤에서 계속 밀리는 상황도 발생했다.

겁이 많던 내가 코로나로 인해 변화된 것이 있다. 좌절을 주기도 했던 코로나였지만 값진 깨우침도 동시에 줬다. 바로 죽음에 대한 두려움을 넘어서게 했다는 것이다. 전염병으로 죽은 수많은 시신들의 사진을 뉴스에서 봤다. 그 시신들을 처분할 방법을 몰라 구덩이를 깊게 파 그 안에 넣기도 했다. 미처 처리하지 못한 시신들은 공터에 흰 천으로 가린 채 눕혀 놓았다. 코로나 뉴스와 사망자 수의 통계들이 삶의 일부분으로 다가왔다. 죽음이 언제 나에게 올지 모른다는 생각, 내가 위험한 곳을 가지 않고 조심하게 다녔던 모든 순간들이 다 무너질지도 모른다는 것. 그 사실을 인지하는 순간 다음에 든 생각은 바로 하나였다. '나, 참 바보처럼 살았구나.' 그 뒤로 용기를 내기 시작했다. 산을 올라가기로, 산을 달리는 대회를 신청하기로 말이다. 2023년 '서울 100K 트레일 러닝 마라톤 대회'에서 처음으로 10K 코스를 신설하였다. 북악산과 인왕산 그것도 하루에 2개의 산을 동시에 올라야 하는 코스였다. 고비들도 많았지만 대회 2주 전 마라톤 멤버들과 함께 코스 답사를 한 터라 대회 당일에는 두려움이 조금 덜했다. 결국 완주 메달을 목에 걸었다.

아이와 함께 지하철을 타고 홍대로 가는 길이었다. 자리가 없어 나는 서 있었다. 내 앞에 놓인 알록달록하고 복잡한 지하철 노선표를 봤다. 내가 가 본 장소가 몇 군데 없었다. 서울, 이 한 곳도 넓은 곳이었다. 아이에게 말했다. "유진아. 우리 여기 지하철역에 있는 모든 곳을 다 가 볼까?" 집순이 딸이 엄마 왜 그러냐는 식으로 쳐다봤다. 어디든 다 가 보고 싶었다. 언제 또 닥쳐올지 모르는 팬데믹 상황, 지구온난화로 인해 파괴되는 환경, 기후변화 등으로 앞으로 날들이 예측할 수 없이 바뀌거나 변할 것이다. 그때 가서 '아, 이거 할걸. 저걸 했어야 했는데.'라는 후회는 남기고 싶지 않았다. 기회가 될 때 부지런히 움직이고 싶다.

생각해 보면 살아온 시간 동안, 죽음을 두려워한 것이 삶의 질을 떨어뜨렸다. 두려움 때문에 매번 한 발짝 앞으로 나가지 못했다. 주춤하고 뒷걸음질 쳤다. 남들이 하는 경험들을 많이 못 했다. 설령 구름다리 건너기 같은 건 꿈에도 생각지 못한 일이다. 그 다리를 건널 때의 쾌감과 설렘을 생각했다면 좋으련만. 그저 다리가 무너지면 어쩌나, 바람이 불어 어딘가 나사가 끊어져 다리에 매달려 있는 모습이 먼저 상상되었다. 그런 상황은 일어나지도 않았는데 오직 상상만으로 사건들을 만들어냈다. 매 순간을 소중하게 만들지 못했다는 것을 알았다. 두려움 때문에 이루고자 하는 꿈들을 보물 상자에 넣어 놓은 값진 보석처럼 보기만 하고 꺼내지 못한 적이 많았다.

죽음이 현실로 다가오고 있다는 것을 직시하면서 많은 것이 달라졌다. 추상적으로 생각했던 죽음을 구체적으로 그려보기 시작했다. 사는 것이 곧 죽는 날에 다가가고 있는 것이라는 사실을 알게 되니 시간이 얼마 남지 않은 듯했다. 미뤄왔던 일, 하고 싶은 일들을 하나씩 이뤄가야겠다. 나에게 정말 중요한 것이 무엇인지 알아가고 모르는 것들을 배우고 새로운 경험들도 도전해야겠다는 생각이 절실했다. 남들이 나에게 하는 말들, 사소한 감정이나 다툼 등에 인생을 허비하는 행동도 하지 않으려 노력했다. 자연스럽게 부정적인 감정들에 무신경해졌다. 죽음을 생각하면 남들과의 비교도 무의미한 것 중의 하나이다. 지금의 인생과 현실에 충실하면 되는 것이다. 그 어떤 우월감도 의미가 없었다.

우리 인생은 짧다. 앞으로 100년을 산다고 하면 나에게는 길어 봤자 앞으로 50년 정도 인생이 남아 있을 것이다. 이 사실을 알게 되면 하루의 해야 할 일들이 더 선명하게 다가온다. 못 이룬 것들을 차근하게 이루고 싶다. 죽기 전에 해야 할 일들을 적어 봤다. 나중에 배우자고 마음먹은 것들은 기다리지 않고 지금 할 수 있는 것들이면 그냥 도전해 보고 시도해 본다. 지금 글을 쓰는 자체도 그중 한 가지다. 예전 같았으면 누가 내 글을 읽을 것인가, 나는 글쓰기를 잘 못하는 사람인데라고 생각하며 시작도 하지 않았을 것이다. 지금 시작하고 있다. 하루에 한 꼭지씩 글을 쓰고 해내고 있다.

어려움이 닥쳤을 때도 지금 내가 할 수 있는 일을 먼저 생각하게 되었다. 시간이 약이라는 말처럼 내가 하는 일의 순간에 온전히 집중했다. 어려움도 해결책이 눈에 보이기 시작했다. 매 1분 1초가 소중한 순간인 것을 알게 되었다. 아침에 눈을 뜨면 새로운 하루의 시작에 자연스럽게 감사의 인사가 나온다. 순간의 소중함, 지금의 소중함을 비로소 깨닫게 되었다. 과거 소파 위에서 머물렀던 시간들이 아까웠다. 하지만 이미 지나간 것에 미련을 두지 않기로 했다.

혹자는 죽음은 극복하는 것이라고 말할 수도 있다. 하지만 죽음은 극복하는 것이 아니다. 그저 받아들여야 하는 것이다. 인간은 모두 병에 걸리거나 아프다. 결국 인간은 죽음을 맞이해야 하는 존재이다. 그렇게 때문에 현재의 순간을 진지하게 살아가는 것이 더 중요하다. 내 인생 모든 순간을 긍정적으로 바라보고 모든 가능성을 열어 둔다. 삶이 언제 끝날지 모르는 만큼, 그 시간 속에서 어떤 값진 삶을 살아갈지에 대한 생각만 한다. 지금 이 순간, 내 앞에 놓인 지금을 더 소중히 여기고, 삶을 더 깊이 경험하며 살아가고 싶다.

코로나는 나에게 죽음을 다시 생각하게 만든 중요한 계기가 되었다. 죽음을 두려워하기보다는, 매일을 의미 있게 살아가며, 현재 순간을 최대한으로 누리는 것이야말로 내가 지금 할 수 있는 가장 중요한 일임을 느끼게 해 줬다. 앞으로 도전할 수 있는 일에는 과감히 도전장을 내밀 것이다. 지구라는 행성에서 뭔가를 경험할 수 있는 시간은 한정되어 있다. 하루를 허투루 낭비하지 않는다. 꿈을 향해 한 발짝 전진해야 할 시기다. 내가 할 수 있는 일은 뭐든지 다 이루며 살아갈 것이다. 소설『스토너』에서 주인공이 죽기 전 마지막 대사가 생각난다. "넌 무엇을 기대했니?" 죽는 날, "멋진 인생이었어."라고 말하고 싶다.

■ 3

행복은
함께여서 가능하다

'건행'의 의미는 건강과 행복이다. 건강은 평생 살아가면서 지켜 내야 하는 숙제이자 의무라고 하면 행복은 뭘까? 단순히 행복이라고 느끼는 감정인지, 인생을 행복하게 산다는 것이 뭔지, 삶에서 살아가는 의미와 목적을 찾는 것이 행복인지, 생각이 많아진다. 건강이 외적인 것이라고 한다면 행복은 내적인 것을 의미한다. 이 두 가지 개념은 따로 떨어져 있다고 생각하지만 서로 연관이 되어 있다.

육아 동지, 아이를 키우면서 만난 인연들이다. 화려했던 청춘을 보내고 출산이라는 같은 고통을 겪는다. 독박 육아라는 힘든 과정을 함께 거친다. 동네에서 비슷한 연령의 아이를 키우는 엄마들이 우연인지 필연인지 모르지만 만난다. 육아의 힘든 일, 내 집 마련하기, 시댁과 친정 남편 이야기를 나누다 보면 벽에 부딪히는 경우도 생겼다. 그중 나의 불행을 기뻐하고 행복한 일은 질투를 하고 뒷말을 하는 경우도 있다. 그때마다 마음 상하고 알게 모르게 마음에 상처가 되어 버렸다. 당시에는 몰랐지만 몇 번 당하고 보니 사람 만나는 것이 두려운 시기가 왔었다. '내 이야기를 너무 많이 했나?, 내가 뭘 잘못 한 건가?' 혼자 자책도 해 봤다. 하지만 나만의 이야기가 아니었다. 독서모임에 한 어머니는 사람에게 상처를 받아 집 밖을 몇 달 동안 나오지 못했다고 고백했다. 세상은 혼자 사는 것이다. 마음의 문을 닫고 지냈다. 누군가가 다가오면 거리를 두고 마음을 먼저 열지 않았다.

아이 친구의 한 엄마를 만났다. 힘들어했던 시기에 비슷한 경험을 한 그녀. 둘은 서로 경계하면서 탐색전에 들어갔다. 이 사람이 나와 맞는지, 또 이전 같은 일은 생기지는 않을지, 깊은 탐색전에 들어갔다. 지금은 3년 넘게 친한 언니 동생으로 마음 터놓고 지낼 수 있는 사이가 되었다. 마라톤도 함께 시작했다. 손재주도 좋고 음식도 잘하는 친구다. 현재 좋은 동생으로 희로애락을 함께 나눈다. 둘의 성향은 완전히 다르다. 나는 적극적이고 막무가내의 기질이 있다면 그녀는 신중하다. 뭔가를 시작하려고 하면 브레이크를 한번 걸어 주기도 한다. 그녀 덕분에 다시 사람에게 마음을 열기 시작했다. 행복한 순간 함께 기뻐하고 좋지 않은 일들은 함께 슬퍼해 주는 관계, 서로 공감을 해 주는 관계가 되었다. 공감이야말로 인간이 할 수 있는 유일한 감정인 걸 알기에 친구의 수가 중요한 것이 아니라 공감해 주는 한 사람만으로도 힘이 난다. 행복은 여러 사람이 함께 하지 않아도 가능하다. 오직 두 사람만이 함께 순간을 나눠도 행복하다.

예전엔 몰랐다. 누군가는 내가 행복하면 질투를 했고 불행해하면 행복해 하는 사람들도 있었다. 그런 사람들을 옆에 두고 있으니 답답함만 늘었다. 세상에 보이지 않는 큰 벽이 내 앞에 있는 느낌이었다. 그 벽은 너무 커 뛰 어넘을 수도 없었던 벽. 지금은 내가 바꼈다. 예전에 나는 누군가 행복하면 질투하고 불행해하면 행복해하는 사람이었다. 그러니 내 주변에도 그런 사 람들로 가득했다. 덕질과 마라톤을 하면서 생각이 바뀌기 시작했다. 독서 를 하면서 내면에 목소리를 귀 기울이면서 달라졌다. 생활패턴이 바뀌기 시작했다. 긍정적이고 적극적으로 삶을 대하기 시작했다. 내 주변 사람들 의 즐거운 일에 진심으로 축하해줬다. 아직 힘든 일에는 위로해 주는 방법 을 잘 알지는 못한다. 누군가 나에게 고민을 말하면 해 줄 말이 별로 없다. 지금은 알아가고 있다. 힘든 사람들의 이야기를 들어주고 공감해 주는 것 만으로도 위로가 된다는 것을. 주변에 좋은 사람들이 모이기 시작했다.

달리기를 하는 사람들은 에너지가 대단하다. 뛰면서 자신과 끊임없이 대 화를 나누고 어떤 일이든 거침없이 도전을 한다. 그들이 뛰는 이유가 궁금 해 인터뷰 형식으로 브런치에 글을 연재하면서 이야기를 나눴다. 각자 달 리기를 시작한 사연도 다르지만 공통적으로 하는 말이 있었다. 함께 뛸 때 행복하다고 말했다. 그래서 매번 대회를 등록하고 같은 완주 지점을 향해 뛰어가는지도 모른다.

책을 읽는 사람들도 마찬가지다. 독서를 통해 끊임없이 자신의 내면을 살펴보고 대화를 나눈다. 혼자 하는 독서지만 여러 사람들의 의견을 들을 때 귀를 기울이게 된다. 함께 같은 책을 읽고 이야기를 나눌 때 책의 내용뿐 아니라 서로 알고 있는 배경지식과 경험도 함께 공유한다. 책을 읽을 때보다 더 많은 지식들이 기억에 남게 된다. 연령대도 다양하고 성별도 다양한 사람들의 의견들을 들어보면 생활의 지혜도 얻게 된다. 다른 관점에서 많은 생각들을 할 수 있게 된다. 책을 읽는 기쁨은 독서 토론을 통해 두 배가 된다.

음악을 좋아하는 사람들도 마찬가지다. 가사에서 인생을 배우고 가사가 없는 음악을 듣더라도 음악에서 비슷한 감정이 생긴다. 같은 꿈을 꾸고 같은 곳을 향해 나아간다는 느낌이다. 임영웅 콘서트에 오는 사람들을 살펴보면 하나같이 표정들이 밝다. 좋아하는 가수의 티켓팅에 성공해 그 자리에 있는 것만으로도 기쁘겠지만 얼굴에는 설렘이 가득하다.

임영웅의 팬클럽인 '영웅시대'. 그들이 주목을 받는 이유도 함께서 가능한 것이다. 어느 집단 내의 구성원이 동일한 생각을 하고 동일한 감정을 공유하고 있다면, 외모도 비슷하게 닮아간다. 그래서 모두 밝고 행복한 얼굴이다. 영웅시대도 가수처럼 받은 만큼 돌려주려 한다. 임영웅의 선한 영향력이 팬에게까지 닿은 것이다. 가수는 그의 팬덤 이름인 영웅시대의 이름으로 기부를 하고 팬들은 임영웅의 이름으로 기부를 한다. 봉사도 마찬가지다. 각 지역방의 회원들이 모여 급식도 지원하고 장애 아동, 쪽방촌 이웃들, 손길이 필요한 모든 곳에 봉사활동을 한다. 영웅시대가 지나간 자리는 깨끗하다. 쓰레기 하나 남겨두지 않는다. 팬 한 명 한 명이 소중한 별처럼 정말 빛이 난다. 가수는 팬을 존경한다. 팬들도 본인보다 나이가 어린 가수지만 존경한다. 서로가 존경하는 마음이 더 빛을 내고 아름답게 만든다. 혼자 할 땐 그 힘이 큰지 모르지만 함께 할 땐 힘이 커진다.

긍정적이고 밝은 생각들이 모이니 주변에는 좋은 사람들로 가득 차기 시작했다. '항상 너는 할 수 없어.'라고 부정적인 생각으로 가득 찬 사람들에서 '넌 뭐든지 할 수 있는 사람이야.'라고 응원해 주는 사람들로 가득차기 시작했다. 없던 자신감이 생기기 시작했다. 뜻이 비슷한 사람들과 손잡고 한 발씩 또 나아갈 것이다. 죽음도 두렵지 않다. 이제 함께할 사람도 생겼다. 무엇이 두렵겠는가. 우주의 기운이 나를 향하여 빛나게 만들 것이다. 나와 내 주변 모든 사람들이 행복한 인생을 살며 찬란하게 빛나길 바라본다. 나를 둘러싼 모든 것이 빛나게 말이다.

'우리'보다 현명한 '나'는 없다. 『위대한 멈춤』에서는 현대사회에서 때때로 외딴섬으로 존재하는 것처럼 보이나 우리가 함께 연대할 수 있다는 것, 그것은 삶을 바꾸는 강력한 힘이다. 고립되고 단절된 낱낱의 개인은 약하지만 개인들이 모여 만든 공동체는 엄청난 힘을 발휘한다고 한다. 공동체의 에너지 장은 사람들의 마음을 모으고 긍정적으로 바꾸며 나아가 그런 공동체들이 강력한 연대의 물길을 이루면 세상을 바꿀 수 있다고 언급한다. 혼자서는 아무 소리도 나지 않는다. 박수도 서로 마주쳐야 소리가 난다. 혼자서 할 수 없거나 힘든 것이 있다. 함께하면 가능하다. 행복은 배가 된다. 마음이 맞는 사람이 있다면, 그 사람이 나에게 긍정적인 기운을 준다면 용기를 내어 다가간다. 함께하자며 연락처를 물어본다. 행복은 함께여서 가능하다는 것을 알기에 기꺼이 누군가의 지인이 되어 준다. 그들도 나의 지인이 된다.

오늘의 실패는
내일로 나아가는 길

"선생님. 10년 뒤 제가 그린 그림으로 전시회를 열 겁니다. 중간엔 그랜드 피아노 한 대 두고 오신 분들께 피아노 연주도 멋지게 할 겁니다." 미술 선생님에게 말했다. 1년에 3~5작품만 멋지게 완성해도 10년이면 30개~50개의 작품이 나온다. 충분히 전시회를 열어도 된다고 하셨다. 이어 10년까지 건강하게 잘 지도해 달라고 부탁했다.

마라톤에서도 꿈꾸는 순간이 있다. 상상한다. 나는 지금 보스턴 마라톤 출발점에 서 있다. 풀코스 기록 3시간 40분이면 보스턴 마라톤 출전 자격을 얻는다. 그것을 달성하고 이 자리에 왔다. 과정이 쉽지는 않았지만 보스턴에서 뛴다. 응원소리에 벅차오른다. 응원소리는 이미 익숙하다. 전날 임영웅 뉴욕 콘서트 현장에서 이미 더 큰소리를 들었기 때문이다. 해외 콘서트를 보러 가고 그 지역에서 하는 마라톤 대회도 참여하는 나의 미래를 그린다.

베스트셀러 작가가 되었다. 내가 쓴 책에 임영웅이 서평을 써 준다. 책 앞 표지에 내 사인을 한 후 그에게 전달한다. 나도 그의 사인을 받는다. 기념 사진을 찍는다. 성덕이 되었다. 지난번 글쓰기 수업에서 선생님께선 본인이 베스트셀러 작가라 생각하며 꿈을 크게 가지라고 조언했다. 하지만 작가로서 더 큰 꿈이 생겼다. 동네 독서모임에서 임레 케르테스의『운명』이라는 책을 읽었다. 독서토론을 하던 중 노벨문학상 이야기가 나왔다. 그 뒤로 내 머릿속은 노벨문학상만 계속 되뇌었다. 이후의 이야기가 들리지 않았다. 한 회원이 노벨문학상 받는 방법이 있다고 했다. 전쟁 이야기, 수용소 이야기 등은 후보로 올라갈 가능성이 많다고 했다.『운명』은 유대인 출신 작가의 자서전이다. 학교 가는 길에 아우슈비츠 수용소로 끌려간다. 이어 다른 수용소에서 옮긴 후 간신히 삶을 견뎌 내며 살아온 순간들의 자전적인 이야기다. 소설은 수용소 수감 당시 14세였던 작가의 경험담을 담담하게 그 나이 또래의 소년의 관점에서 써 내려갔다. 홀로코스트, 전쟁 등 내 삶은 큰 위기가 없었다. 큰 위기라면 결혼과 코로나였을지도 모른다. 어떻게 하면 노벨문학상을 탈 것인가를 고민했다. 옆에 앉아 있던 동생의 한마디에 솔깃했다. "언니, 집에 가두고 15년 동안 만두만 줘요?" 만두 종류는 다양하게 해 준다며 그 경험을 그대로 글로 써 보라고 했다. 15년 갇혀서 노벨문학상 탈 작품이 나오면 좋은 거 아닌가. 꿈을 크게 가지라고 했지만 너무 큰 꿈이었다고 자각했다.

원대한 꿈을 꾼다. 그리고 상상한다. 그 순간 너무 행복하다. 물론 위 예시로 든 것들은 막연하다. 이뤄질 수 있는 것도 있지만 당장에 이룰 수 없는 것이다.

　지금 내가 해야 할 일은? 계속 그림을 그리는 것이다. 피아노를 계속 배우고 연습하는 것이다. 글을 계속 쓰는 것이다. 매일 꾸준히 달리기 연습도 하는 것이다. 매일이 쌓이면 언젠가는 더 큰 내일의 꿈에 한발 앞서 다가간다. 모든 결과에는 원인이 있다. 모든 꿈꾸는 것에는 노력이 뒤따라야 한다. 노력은 하고 있다. 노력만 한다고 해선 되지 않는 것도 있다. 바로 운이다. 그래서 항상 혼잣말하고 꿈꿔본다. 말 속에는 힘이 있다. 하늘에 대고 우주에게 계속 기운을 보낸다. 말속의 힘을 통하여 보이지 않는 에너지가 전달되고 실천하고 노력하면 언젠가는 말한 대로 이루어진다고 믿는다. 말이 현실화되도록 하는 힘이 바로 기운이고 에너지이다. 계속 하늘에 우주에 에너지를 보낸다. '나는 할 수 있다, 하면 된다.'는 긍정의 에너지를 계속 보낸다.
　R=VD, Realization is vivid dream. 생생하게 꿈꾸면 이루어진다. 이 말은 실제 임영웅이 고척 콘서트에서 한말이다. 그는 항상 "건행"이라는 말을 듣기만 하지 말고 생각하라고 전했다. 건강하다고 생각하고 행복하다고 생각하면 이루어진다고 했다. 무명시절 힘든 생활도 생생하게 지금 4만 명 앞에서 노래를 부르는 이 순간들을 생각하며 노력했다고 했다. "저는 항상 이 날만을 꿈꾸고 살았어요. 가수를 꿈꾸면서 그렸더니 이루어졌습니다."
　뉴스에 나온 그는 꿈을 위해 도전하는 분들에게 한마디 덧붙여 달라는 아나운서에게 말한다. "간절하게 원하면 온 우주가 도와준다는 말이 있잖아요. 정말 간절하고 바라고 생생하게 꿈꾸면 못 이룰 게 없는 게 같아요. 포기하지 말고 항상 도전하고 하시면 언젠가 기회가 찾아오지 않을까라고 말씀드리고 싶다고."

양평이나 가평에 큰 집을 하나 짓는다. 넓은 잔디와 주차장도 넉넉하다. 건물 외벽은 파란 하늘을 닮은 색으로 벽을 칠한다. 임영웅과 책을 좋아하는 사람들이 모여 이야기를 나눈다. 1층은 커피숍, 2층은 전시공간과 이벤트 홀, 3층은 내가 사는 곳이다. 언제나 사람들로 가득 차 에너지가 넘치는 공간이다. 주변에는 강을 끼고 멋진 풍경을 보면서 달릴 수 있는 주로도 있다. 밤에는 별들이 가득한 하늘을 바라보며 모닥불 피워놓고 도란도란 소중한 사람들과 이야기 나누고 싶다. 이런 공간의 안주인으로 평생 살아가고 싶다. 오늘을 꿈꾼다. 내일도 꿈꾼다. 앞으로도 꿈을 꾼다. 꿈이 내 삶의 원동력이 되어 지금 활기찬 순간을 만들어 낸다. 심심할 겨를이 없다. 매일매일이 소중한 순간이니깐.

매일 아침, 새로운 하루가 시작된다. 오늘의 경험과 노력, 내가 하는 모든 일들이 내일을 향한 디딤돌이 된다. 꿈을 실현하기 위한 한 걸음이다. 그 한 걸음이 힘든 걸음일 수도 있고 물 흐르듯 자연스럽게 지나갈 수 있는 쉬운 걸음일 수도 있다. 힘든 걸음일 경우는 쉬어 가면 되고 더디게라도 가기만 하면 된다. 빠르게 흘러가는 경우는 또 흘러가는 대로 놓아둔다. 실패를 두려워하진 않는다. 실패를 통해 하나씩 배우고 성장하는 과정이다. '할 수 있다'는 생각과 긍정의 에너지를 가지고 생생하게 미래를 그려본다. 오늘의 작은 노력이 모여 내일의 큰 변화를 만들어 낸다. 크든 작든 조금의 변화들이 모여 10년 후의 내 모습에 영향을 미칠 것이다. 어떤 삶을 살지 생생하게 상상해 본다. 내일을 꿈꾸니 지금 순간이 더 소중하다. 오늘은 내가 상상하는 미래에 한 걸음씩 다가가는 소중한 하루다.

내일을 꿈꾸며 오늘을 살아간다. 매일매일 꿈을 이루기 위해 최선을 다한다. 어려운 순간에도 포기하지 않는다. 좌절을 하더라도 조금만 한다. 주변 사람들과 함께 그 꿈을 나누며 함께 행복하게 살아가는 삶을 꿈꾼다. 내일을 향한 꿈을 가지고, 그 꿈을 실현하기 위해 현재를 더 의미 있게 살아간다. 앞으로 나의 인생은 더욱 풍요로워질 것이다.

인간은 생각하고 말하는 대로 행동 범위가 결정된다. 인간은 자기가 생각하는 대로 자기 한계가 결정된다. 좋은 생각, 좋은 말, 꾸준히 하는 힘, 의지와 끈기, 이 모든 것을 가지고 내일을 꿈꾸고 5년 후, 10년 후를 꿈꾸며 살아가려 한다. 오늘 하루는 보잘것없겠지만 하루하루가 모여 내일을 만들어 가는 것이기에 값지게 최선을 다한다. 오늘보다 더 희망찬 내일을 꿈꾸면서 말이다. 오늘보다 조금 더 발전된 나를 만들어 가면서 살아간다.

■ 5

그냥
하는 거야

"코어, 코어, 코어에 힘, 힘주신 거예요?" 선생님 힘준 건데요. 요가와 필라테스를 등록했다. 결국 코어를 찾지 못해 포기했다. "선생님, 무게 좀 낮춰 주세요.", "낮출 무게가 없는데…." PT 수업을 받았다. 일명 쇠질, 무게 친다고들 한다. 칠 무게가 없다. 여기도 코어의 문제였다. 선생님은 내 몸중 팔을 살짝 만져 보더니 놀라셨다. 근육이 하나도 없는 몸이라며 신기해하셨다. 달리기 보강운동으로 스콧이 좋다며 자세를 알려 주셨다. 아무리 해도 자세가 나오질 않았다. 30분이 지났다. 결국 고개를 갸우뚱하며 수업은 끝났다. 예전에 받았던 무릎 수술 때문에 자세가 안 나온다며 스스로 합리화했다.

"코치님. 뛰는 게 너무 힘들어요." 달리기 코치님이 근력이 약하다고 하셨다. 평상시 보강운동이 필요하다고 조언해 주셨다. 이번에도 코어와 근력이 문제였다.

건강을 위해 시작한 마라톤이다. 마라톤을 시작한 지 1년이 좀 넘은 날이었다. 동호회 회원 한 분이 말했다. "1년 넘게 뛰었는데 10km를 뛸 수 없다면 문제가 있는 거야." 문제가 있었다. 그 뒤로 조금씩 거리를 늘리면서 뛰어 봤다. 10km를 쉬지 않고 뛸 수 있게 되었다. 대회에서 어떻게 뛰는지 묻는다면 솔직히 중간에 조금씩 걷는다. 하프 대회도 조금씩 걷는다. 선수가 될 것도 아니고 기록을 세워야 하는 것도 아니기에 완주만 목표로 삼는다. 즐겁게 건강하게 뛰고 싶어 기록에 욕심내지 않는다.

마라톤을 시작한 지 2년이 넘어간다. 근력 하나 없던 내 몸에 근력이 생겼다. 뭐든 꾸준히 하다 보니 말랑말랑한 허벅지에도 근육이 생겼다. PT 트레이너들은 여전히 무서운 존재다. 헬스장을 마음껏 갈 수 없다. 트레이닝을 2년 넘게 받은 동네 언니에게 자세 한번 봐 달라 부탁했다. 헬스기구 앞에 섰다. 부족하지만 연습하니 자세가 나오기 시작했다. 올 가을, 새로운 도전을 한다. 마라톤 풀코스, 42.195km의 거리를 쉬지 않고 뛰어야 한다. 42km가 길게 보이지만 나눠 보면 짧은 거리다. 5km를 8번 넘게 뛰면 된다. 아니면 10km를 4번 뛰면 된다. 목표를 잘게 나눠 본다. 춘천마라톤은 완주 시간이 6시간이다. 완주가 목표다. 더디지만 꾸준히 달려 볼 것이다.

글쓰기도 마찬가지다. 좋은 글을 쓰기 위해 책을 많이 읽는다. 다른 사람이 쓴 글을 많이 읽고 분석도 하고 이야기도 나눈다. 수업도 듣고 노트나 메모장에 소재거리들과 하루의 일상들을 끼적여본다. 나는 원래 말을 많이 하는 사람이다. 글을 쓰고는 달라졌다. 상대방의 이야기를 많이 듣고 있는 요즘이다. 세상에 고민이 없는 사람이 없다. 누구나 다 저마다의 걱정과 고민을 안고 산다. 어쩌면 내가 제일 힘들다고 생각한 인생이었지만 그렇지 않다는 것을 알아가고 있다. 특히 현재 수강하고 있는 글쓰기 수업에서 자이언트 작가님들의 이야기를 듣다 보니 나는 참 행복한 사람이다. 한분 한분 사연들이 구구절절했다. 글쓰기 사부님부터 자기소개를 알코올중독, 암 환자, 파산자, 전과자라고 소개한다. 이런 글쓰기 클럽에서 나의 시련은 애송이에 불과했다.

　독서를 하니 다른 사람들의 생각도 알게 된다. 한 가지 사건과 인물을 다양한 관점에서 볼 수 있는 눈도 생겼다. 내가 생각하는 방식이 무조건 맞는다고 생각하고 살았다. 오만했다. 생각 없이 독서만 할 때는 몰랐다. 글을 쓰고 독서를 하니 다른 각도로 세상을 볼 수 있게 되었다. 예전부터 뒤죽박죽이었던 생각들이 글로 쓰니 정리가 되었다. 문화센터 수필 수업을 등록했다. 첫 수업 때 호기롭게 내가 쓴 글들을 가지고 갔다. 많은 지적을 당했다. 그런 지적쯤이야 처음이니 당연한 거라는 생각으로 고쳐 나갔다. 두 번의 학기가 지난 지금, 내가 쓴 글을 읽고 박수와 칭찬을 받았다.
　벽돌 책을 손에 든다. 페이지를 확인한다. 하루에 읽을 분량을 정한다.

책을 못 읽은 날도 낙담하지 않는다. 내일 또 읽으면 된다. 700페이지가 넘는 책을 한두 달에 걸쳐 완독하면 뿌듯하다. 매일 기록을 남기고 인증도 한다. 이런 식으로 읽은 책들이 쌓여 간다.

몸의 근력을 마라톤으로 만들었다면 독서와 글쓰기를 통해 마음 근력도 함께 키웠다. 20대에는 빠르게 뭔가를 이루려고 했다. 결과가 바로 보이지 않으니 항상 답답했다. 30대에도 마찬가지였다. 내 인생은 점점 입구 없는 어두운 터널로 들어가는 듯했다. 깜깜했다. 40대, 임영웅이라는 빛을 만나 터널에서 한 걸음씩 나올 수 있었다. 나와 보니 깜깜한 밤하늘 별 하나가 빛나고 있었다. 천천히 은은하게 밤하늘에서 오래오래 빛나는 별, 그것이 나의 모습이라는 것을 깨달았다. 조바심 낸다고 이루어지는 건 없다. 취미로 시작한 피아노도 천천히 한 음 한 음 건반을 향해 손을 얹고 치니 노래 한 곡을 칠 수 있었다. 미술은 시간이 더 더디게 걸렸다. 섬세하게 터치 하나하나가 매일 이루어진다. 몇 달 정도 시간이 걸린 후 한 작품이 완성된다. 글쓰기도 같은 글을 몇 번이나 살펴본다. 사전을 찾고 다시 글을 읽고 소리에 걸리는 부분이 있나 조사도 요리조리 바꿔 본다. 귀찮고 시간이 걸리지만 천천히 시도해 본다. 어찌 보면 끝이 존재하지 않을지도 모른다. 한 작품이 완성되었지만 항상 실수가 보이고 고칠 부분은 생기기 마련이다. 만족하려면 끝이 없다. 매 순간 최선을 다할 뿐이다.

포기하지 않는 법을 배웠다. 결국 꾸준히 하는 자가 승자인 것을 안다. 꾸준히만 한다면 더디지만 앞으로 나아간다. 아무리 뛰어도 거리가 줄지 않을 때가 있다. 아무리 피아노 앞에 앉아 한 음씩 내리쳐도 그 자리인 경우가 있다. 붓만 들고 그릴 사진을 뚫어져라 쳐다보는 경우도 있다. 정답이 나오지 않고 뭐부터 그려야 할지 막막할 때도 있다. 메모장을 펴 놓고 백지만 바라볼 때도 있다. 책장을 아무리 넘겨도 검은 것은 글이요, 이해도 되지 않고 책장이 안 넘어갈 때도 있다. 그래도 하루하루는 흘러갔다. 이 모든 것들이 지금 앞으로 나아갈 수 있는 원동력이 되어 조금씩 전진하게 한다.

고명환은 그의 저서 『나는 어떻게 삶의 해답을 찾는가』에서 인간은 성장을 하는 동안 행복하다고 말한다. 매일 성장하는 사람은 결과가 당연히 좋을 거라 믿기 때문에 고통이 없다고 했다. 지금 가고 있는 방향이 맞는지는 모르지만 매일 성장이라는 것을 느끼기 때문에 언젠가 내 삶이 원하는 궤도에 오를 것이라는 믿음을 가지고 있다고 한다. 그는 이어 책을 읽음으로써 열정이 생기고 성장을 한다고 독서의 중요성을 강조했다. 독서뿐만이 아니라 성장을 하는데 음악과 글쓰기, 미술 어떤 것도 좋다. 한 가지로 시작된 관심이 그 줄기를 뻗어가니 말이다.

위대한 사람들은 자기 앞에 놓인 장애나 좋지 않은 조건에도 불구하고 자기가 할 수 있는 일과 해야 할 일에 전념했다. 평범하지만 내 인생에 있어서는 위대한 사람이 되고 싶다. 지금이 모여 하루가 되고 하루가 모여 삶이 된다. 지금이 활기차면 하루가 활기차고 내 삶도 활기차진다. 앞으로도 비록 더디지만 포기하지 않는다. 꾸준히 뭔가를 하고 있는 사람이 되고 싶다. 계속 성장하고 싶다. 그리고 아낌없는 나무처럼 누군가의 성장도 도와주고 싶다.

처음에는 우리가 습관을 만들지만 그다음에는 습관이 우리를 만든다고 영국의 시인 존 드라이든은 말했다. 포기하지 말자. 더디지만 꾸준히 뭔가를 해 나가 보자. 결과는 바로 나오지 않는다. 그냥 꾸준히 뭔가를 해 보자. 10년 후 어떤 모습으로 내가 성장할지 기대하면서 말이다.

■ 6

나를 행복하게
만드는 일

 초등학교 4학년이 된 딸은 방송댄스에 푹 빠져 있다. 2학년 때부터 댄스
학원을 다니기 시작한 딸은 첫 버스킹을 앞두고 있었다. 며칠 전부터 긴장
해 떨린다는 이야기를 수없이 반복했다. 같은 이야기도 계속 들으니 처음
에는 희망을 줬지만 나중에는 슬슬 짜증이 났다. "그냥 해. 하면 된다고."
달래도 주고 자신감도 주고 짜증도 주면서 날짜는 다가왔다.

 버스킹 바로 전날, 저녁을 먹고 컨디션 조절을 위해 일찍 잠을 재웠다.
딸은 계속 걱정을 하며 잠을 뒤척였다. 결국 새벽에 속이 좋지 않다며 일어
나 먹은 것을 다 게워 냈다. 버스킹 당일 아침, 아무것도 먹지 못한 채 집을
나섰다. 괜찮겠냐며 물어봤다. 밝은 표정을 지으며 무대로 향했다. 결국 멋
지게 해냈다. 덥고 떨릴 법도 한데 춤을 추는 딸의 표정은 행복했다. 무대
가 끝나고 내려오면서 딸은 웃으며 말했다. "별거 아니네. 배고파." 근처 도

넛 가게에 들렀다. 배가 많이 고팠는지 딸은 도넛 몇 개를 급하게 입에 욱여넣었다. 문뜩 딸이 어떤 모습으로 자랄지, 무엇을 하고 살지는 모르겠지만 오늘 같은 정신을 가지고 살아갔으면 좋겠다고 생각했다. 본인이 하는 일에 최선을 다하는 사람의 모습에는 빛이 난다. 그 빛을 오늘 딸에게서 봤다. 아이에게서도 배울 것이 있었다. 자신이 좋아하는 일을 하는 것, 그것이 가장 행복한 일이라고 말이다.

　이은대 작가의 『일상과 문장 사이』에서 뭔가에 승부를 걸어 보는 경험은 앞으로의 삶에서도 큰 재산이 될 거라고 언급했다. 공부든 운동이든 취미생활이든 고만고만하게 간 보는 선에서 그치지 말고 자신의 모든 것을 걸어 보는 치열한 과정을 겪을 때 한 걸음 성장하는 것이다. 나는 어떤 성장을 할 수 있을까?

　내가 잘하는 일은 물론 가르치는 일이다. 처음부터 잘하진 못했다. 어떻게 하면 쉬운 개념을 쉽게 아이들에게 쉽게 설명해 줄 것인가, 가장 쉬운 Be 동사부터 어떤 예를 들어 가르쳐야 할지 막막했다. EBS를 보고 유명 강사의 강의도 보면서 공부했다. 보는 것만으로는 내 것이 되지 않았다. 쉬운 문제집을 구입해 해설집을 보며 나만의 방법을 만들어 갔다. 기본 개념들의 설명을 말로 내뱉으며 혼잣말로 중얼중얼하며 계속 연습했다.

　처음 공부방을 오픈하고 원장이라는 직함을 달았다. 상담부터 관리까지 모두 내 역할이었다. 학부형에게 상담전화가 오면 무엇을 말해야 할지 막막했다. 그때부터 혼잣말이 늘었다. 딸을 어린이집으로 데려다주고 오는 차 안에서 혼자 학부모 상담 역할놀이를 했다. 노력하니 결과는 따라왔다. 상담 시 떨리는 것이 줄었고 여유가 생기기 시작했다. 지금 이런 노력 끝에 학원 일은 내가 잘하는 일이 되었다. 가르치는 아이들의 성적이 오를 때, 영어를 싫어하던 아이가 영어가 재미있다고 할 때, 첫 학생이 약대를 입학해 찾아왔을 때, 내가 하는 일에 보람을 느꼈다. 세상에는 하기 싫은 일을 억지로 직업으로 삼아 하는 사람들도 있다. 그들에 비하면 나는 행복한 사람이다. 가르치는 일은 누구보다도 내가 잘하는 일이고 나에게 천직이라고 생각한다.

학원을 운영하면서 가르치는 일을 지속할 건지 묻는다면 그렇다고 대답하고 싶다. 하지만 출생률도 낮아지고 학원끼리 경쟁도 심해지는 요즘, 내 대답에 확신을 가지기는 불안감을 느낀다. 각종 브랜드의 영어학원이 서로 자기 프로그램이 좋다고 광고를 한다. 이 경쟁에서 언제까지 살아남을지는 막연하다. 그럼 앞으로 남은 인생 무엇 하며 살고 싶은지 40대 중반에 들어선 지금, 인생의 전환기인 이 시기에 잠시 멈추고 생각해야 했다.

살기 위해 일하는가 일하기 위해 사느냐는 현대인이 누구나 겪는 문제이다. 『무엇이 나를 행복하게 만드는가』에서 현실적인 낭만주의자가 되라고 조언한다. 우리 모두는 누구나 먹고살기 위해 돈을 벌고 가족을 부양해야 하고 빚도 갚아 나가야 하는 현실을 살아야 한다. 사람은 원래 사랑을 해야 하는 존재다. 내가 몸담은 곳, 추구하는 목적, 바람직한 삶을 살기 위해서는 어리석을 만큼 이상을 추구하고 낭만적인 삶을 살아가라고 책에서는 언급했다.

생각해 보면 하고 싶은 일을 모두 할 수는 없다. 잘하는 일을 찾아가는 것이 중요하다. 뭔가를 잘한다는 것은 재능이다. 자신의 재능을 찾고 발견하는 것이 중요하다. 그러기 위해선 계속 나와 대화를 나눠야 한다. 어렸을 때부터 나는 글쓰기에 재능이 있다고 생각했다. 하지만 실제 글을 써 보면 형편없는 글들이 나왔다. 뭘 해야 할지 몰랐다. 이 길이 내 길이 아니라는 생각이 들어 글쓰기를 접었다. 국어국문학과에 진학할 수도 있었지만 엄마의 반대로 꿈을 접었다. 그 뒤로 잘하는 것도 없었고 하고 싶은 것도 없었다. 내가 할 수 있는 건 그저 한 가지, 일을 배우면 그것이 숙달될 때까지 열심히 하는 것이었다. 어느 직장에서건 하나의 일을 맡으면 다음 해에는 일거리가 배로 늘어나 있었다. 일복이 많다고 생각하며 묵묵히 그 일들을 다 해냈다.

시대가 변했다. 지금은 직업이 중요한 것이 아니다. 시대가 변한 만큼 내 나이도 익어 갔다. 더 이상 젊음 하나만 믿고 나서기에는 불안하다. 내 인생의 주인으로 살기 위해 나를 발전시켜 나가야 한다. 내가 정말 원하는 게 뭔지, 나의 꿈은 뭔지, 30년 후에 나는 무엇을 하며 노후를 보낼지 생각해야 하는 시기다. 쳇바퀴처럼 굴러가는 인생에서 벗어날 수 있는 도전을 가끔 해 본다. 내 생활의 안전지대에서 벗어나려 노력한다. 한 발짝씩 삶의 경계를 벗어나 많은 도전과 모험을 하려 한다. 더 멀리 나가 보려 한다. 세상은 아직 내가 못해 본 일들로 가득 차 있기 때문이다. 어떤 일이든 도전해 보고 나에게 맞는지, 해낼 수 있는지 경험해 본다. 정말 즐거워서 하는 일인지 앞으로 10년 동안 계속 할 수 있는 일인지 생각해 본다. 정답은 없다. 아직 나에 대해 알아가는 단계다. 생각이 많아지는 요즘이다. 생각이 많아질 때면 달리기를 한다. 책을 읽는다. 음악도 듣는다. 내 안의 수많은 내가 대답한다. 내면의 목소리에 귀를 기울인다. 어떤 일을 해야 가장 행복한지 끊임없이 묻고 있는 요즘이다. 평생 알 수 없을지도 모른다.

오늘도 딸은 아이돌 영상을 보고 춤에 빠져 있다. 공부에 소질은 없는 것 같다. 닦달하지 않는다. 딸에게 댄스를 계속 시켜 임영웅의 백댄서가 되어 보라고 했다. 헤어와 메이크업을 배워 물고기 뮤직(임영웅 소속사)에 취직을 하라고 권유해 봤다. 딸이 의사가 되길 바라는 남편이 헛소리하지 말라며 말린다. 미래는 아무도 알 수 없으니 헛소리는 아니다. 딸로 인해 성덕이 될 수도 있는 것이 아닌가. 딸, 너만 믿는다.

내가 이 세상에 태어난 이유를 물어본다. 신이 있다면 뭔가 계획을 했을 것이다. 인생이란 이 정답을 찾아가는 과정이다. 모든 가능성에 마음을 열어놓고 있다. 답을 언젠가는 줄 것이다. 그때까지 지금 하고 있는 일에 집중을 하면서 또 하루를 순간을 살아간다. 미래는 아무도 알 수 없으니 말이다.

■ 7

무조건
'고!' 하는 거야

〈아임 히어로 더 파이널〉 개봉일이 다가온다. "가수가 영화를? 임영웅이 영화 찍었어요?"라고 묻겠지만 고척 콘서트의 감동과 현장감을 고스란히 담아 놓은 영화다. 영화는 스크린X로 제작이 되어 3면이 스크린으로 이루어진 특별 상영관에서 볼 수 있다. 문제는 늘 티켓팅. 영화도 마찬가지 스크린X 전용 상영관이 몇 개 없다. 개봉 당일 티켓팅이 걱정이었다.

작전에 들어간다. 어느 자리를 공략해 예매할 것인가? 덕친(덕후 친구의 줄임말)인 막내 고모와 예매 전 긴 전화 통화를 했다. 좌석을 앞, 중간, 뒷자리 중 어디를 예매할 것인지 결정해야 했다. 별 소득 없이 아무 자리나 되면 좋겠다며 전화를 끊었다. 생각해 봤다. 그의 첫 영화다. 개봉일은 삼일절, 공휴일이었다. 무. 대. 인. 사! 100프로 감이 온다. 다시 고모에게 전화를 했다. 작전을 새로 짜야 했다.

개봉 당일 그는 영등포 스크린X 영화관에 무조건 무대 인사를 올 것이다. 언제, 어디서 올지는 공개되지 않았다. 감이라는 것을 믿어볼 때다. 내가 잠시 그가 되어 생각해 봤다. 평상시 그는 아침형 인간이 아니라고 말했다. 그럼 일어나는 시간은 주로 9시나 10시쯤 일어날 것이다. 스케줄을 시작한다고 치면 헤어와 메이크업을 받고 나면 11시쯤, 그때부터 활동을 시작한다고 하면 영등포에 도착시간은 12시 타임이나 1시 타임이 될 것이다.

두 가지의 전략이 나왔다. 첫 번째, 영등포에서 오전 영화를 두 번 보는 것, 두 번째, 무조건 제일 앞자리로 예약하는 것이었다. '영웅시대' 그 누구도 무대 인사를 생각지 못했을 것이라며 고모와 나는 자축했다.

예매 당일, 운 좋게 2회차와 3회차 영화 앞자리에 성공을 했다. 이제 그를 만날 준비만 하면 되는 것이다. 상영일 당일, 갑자기 뭐가 씌었는지 작전과 무색하게 생각을 바꿨다. '같은 영화를 두 번 볼 필요가 있을까'. 고척 콘서트도 벌써 두 번을 봤던 터라 영화까지 두 번을 보는 건 돈 낭비일 수도 있다. 스크린X라 영화비도 일반 영화보다 비쌌다. 그날따라 고모도 한 번만 보자는 내 말에 동의했다. 어떤 회차를 취소할 것인가 선택해야 했다. 영등포까지 가려면 집에서 한 시간이 넘게 걸렸다. 아침 일찍 이동하는 것이 힘들었다. 오후 2시 타임을 보자며 약속하고 집에서 느긋하게 출발했다.

영등포에는 이미 파란색 물결들로 팬들이 극장을 가득 채웠다. 다른 상영관도 많지만 서울역과 가까워 기차를 타고 지방에서 올라오신 분들도 계셨다. 순간 멀리서도 이렇게 오는데 한 시간 조금 넘는 시간이 멀다고 느낀 내가 머쓱해졌다. 팝콘 라지 사이즈를 사면 임영웅의 사진이 팝콘 홀더에 감싸져 있었다. 안 먹을 이유가 없다. 영화티켓을 포토카드로 출력할 수도 있었다. 포토카드 출력기 앞에 줄을 섰다. 알바생들이 기계 앞에서 출력을 쉽게 할 수 있게 도와줬다. 신문물이었지만 어렵지 않게 성공했다. 한쪽에는 굿즈를 파는 공간도 있었지만 인기 있는 굿즈들은 이미 매진이었다. '얼마나 아침 일찍 와서 사 갔으면 매진일까.' 머그컵을 커플 아이템으로 하나 더 사고 싶었는데 살 수 없었다. 곳곳에 전시된 포스터 앞에서 사진도 찍고 영화를 기다렸다.

상영 시작 전 무대 인사를 할지도 모른다는 생각에 심장이 두근거렸다. 꽃이라도 사올걸 생각하며 입장했다. 옆 사람들과 인사를 나누고 들고 간 응원봉을 꺼내려 했지만 꺼내지 못했다. 영화에 방해된다며 응원봉은 금지되었다. 극장에서는 팬들의 마음을 눈치챘는지 '영시 봉 상영회' 날을 따로 만들어 줬다. 그 순간만큼은 영화를 보면서 영웅시대 응원봉을 흔들고 노래도 할 수 있는 시간이었다.

옆 사람이 충격적인 말을 했다. 이전 타임 영화 시작 후, 임영웅이 이미 다녀갔다고 했다. 그날 그는 11시 영등포를 시작으로 용산과 홍대, 왕십리를 거쳐 총 4번의 극장 상영관에서 무대 인사를 마쳤다. 11시 갈지 말지 고민했던 그 2회 차 영화. 그 시간을 예측했었고 전략도 짜 났다. '왜 그랬을까? 무조건 갔어야 했는데.' 뭐가 씌었던 것에 틀림없다. 고모와 나는 영화에 집중할 수 없었다. 그를 바로 앞에서 볼 수 있는 기회였는데, 그 기회가 날아가 버렸다. 내가 내 손으로 직접 취소를 눌렀다. 누군가는 나의 행운을 가져갔으리라.

영화를 보고 난 후에도 기회를 놓쳤다는 생각에 두고두고 후회가 남았다. 고모와 함께 커피를 마시면서도 왜 그랬을까 서로 신세한탄만 했다. 이미 지나간 일 더 이상 후회하지 말자며 앞으로 무슨 일이 있든지 티켓팅에 성공하면 고민은 사치다. 같은 것을 두 번 볼 필요가 있냐고 했던 〈아임 히어로 더 파이널〉 영화는 결국 다섯 번을 넘게 봤다. 남편은 한두 번 더 본 줄로 알고 있다. 미안!

며칠 뒤 그의 무대인사 영상이 유튜브로 공개되었다. 차마 바로 볼 수가 없어 마음의 준비를 하고 플레이 버튼을 눌렀다. 그날따라 조명에 비춰 눈속에 별을 따다 담아 놓은 것 같이 그의 눈은 빛났다. 목에 걸친 스카프는 어찌나 잘 어울리는지, 의상도 딱 내가 좋아하는 댄디한 스타일이었다. 팬들을 사랑스럽게 바라보는 모습… 눈물이 났다. 내가 저 기회를 놓쳤다. 소 잃고 외양간 고치면 무엇하랴. 앞으로 그런 일이 일어나지 않게 어떤 일이든지 '무조건 고!' 정신을 발휘하기로 다짐했다. 다시는 기회를 놓치지 않을 것이다.

무대 인사를 놓쳤던 기회의 후유증이 지나간 내 인생을 돌이켜 볼 만큼 크게 다가왔다. 생각해 보니 나는 어떤 일을 하고자 할 때 항상 주춤했었다. 무엇이 무서웠는지 두려웠는지 시도조차 못하고 포기할 때가 많았다. 매번 실패하면 어쩌지, 안되면 어쩌지, 부정적인 생각들이 먼저 들었다. 인간의 뇌는 생존을 위해 본래 걱정하는 존재로 설계되어 있다고 한다. 우리 뇌는 미래의 위험을 미리 대비하여 생명을 지키도록 최적화되어 있다. 진화적으로 불안한 상황에서 생존을 해 왔던 조상 덕분에 뇌는 본질적으로 불안을 먼저 느끼고 피하게 설계가 되어 있다는 과학적인 증거가 있다. 무언가를 도전할 때 불안함을 느끼는 것은 당연하다. 불안하다고 도전하지 않으면 무슨 재미로 살 것인가. 한 번뿐인 인생, 우주 역사 약 138억 년 중 인간은 오직 길게 살아 봤자 100년 밖에 살지 못한다. 거대한 우주 역사에 비하면 얼마나 짧은 삶인가!

우리는 매일매일 선택과 도전을 하며 산다. 그 안에서 성장을 하며 살아간다. 실패도 하고 성공도 겪으면서 자신을 단련시켜 나간다. 어떤 것이든 귀찮다 힘들다는 생각부터 하지 말자. 하겠다고 하는 건 밀어붙이는 정신, 무조건 고! 하는 정신이 필요했다. 이 정신으로 아무리 신랑이 반대해도 임영웅 LA 콘서트도 갔었어야 했는데. Go를 포기하고 Back이나 Stop을 하니 후회만 쌓여 갔다. 이제 더 이상의 후회는 없다.

앞으로 무대인사든 콘서트를 어디에서 하던 기회가 되는대로 잡을 것이다. 덕질이 아니어도 좋다. 내 인생에 소중한 기회를 두려움과 불안 그리고 단순히 귀찮다는 이유만으로 놓치지 않을 것이다. 기회는 언제든지 다시 온다. 그때 잡은 기회를 놓치지 않을 준비를 지금부터 하나씩 해 나갈 것이다.

올해 또 상암 콘서트의 스토리를 담은 영화가 개봉한다. 남편은 또 몇 번 영화관을 가나 눈을 크게 뜨고 지켜볼 것이다. 남편의 목소리가 메아리친다. "한 번만 봐라." 무슨 소리인가. 시간 되는 대로 표가 되는대로 무조건 봐야지. 남은 인생에 어떤 기회가 올지 아무도 모른다. 천천히 하나씩 준비해 나간다면 기회가 눈앞에 왔을 때 과감하게 행동하고 잡을 수 있다. 기회를 활용할 것이다. 실패하든 성공하든 상관없다. 두려울 것이 없다. 무조건 'Go!'다.

■ 8

내 인생도
덕질하듯이

어찌 보면 불안한 40대의 시기, 생각해 보면 가장 힘들었던 시기였다. 바로 인생의 전환기에 서 있었다. 인생의 터닝 포인트가 필요했던 바로 그 시기에 운명처럼 시작된 덕질로 인해 많은 것들이 달라진 지금이다. 가수 한 명을 좋아했을 뿐인데 그 힘으로 지금의 내가 움직일 수 있는 모든 에너지를 얻었다. 임영웅의 뺨에는 어릴 적 담장을 넘다 생긴 상처가 있다. 가수가 꿈이었던 그는 상처가 있는 얼굴을 거울로 볼 때마다 속상했을 것이다. 오히려 그는 걱정하실 엄마를 위해 얼굴에 나이키가 있다고 말하며 엄마를 위로했다고 한다. 어느 팬 한 분은 그의 얼굴의 상처를 '천사의 날개'라고 언급했다. 그러면서 임영웅은 '우리에게 온 천사'라고 말이다. 그렇다. 그는 신이 내게 보내 준 천사이자 나의 우주다.

더 이상 나는 중, 고등학생 아이가 아니다. 덕질도 나답게 변화시키고 싶었다. 어른이 되어 시작된 덕질은 평생 가지고 갈 의리, 변치 않는 마음이다. 가수와 함께 성장하고 싶었다. 덕질이 내 인생을 멋지게 만들 수 있는 원동력이 되게 하고 싶었다. 내 가수가 도전하면 나도 한다는 정신을 가지고 첫 도전을 해 봤다. 그 시작은 노래 한 곡으로 시작되었다.

〈사랑의 콜센타〉라는 프로그램에서 임영웅은 스페인어로 〈데스파시토〉를 불렀다. 스페인 사람들조차도 그가 부른 노래를 들으면 발음이 완벽하다고 감탄했다. 이 노래 한 곡을 위해 얼마나 많은 시간을 연습했을까? 나도 한번 따라 불러 봤다. 유튜브로 노래를 검색했다. 한글로 가사가 적힌 것을 따라 불렀다. 너무 빨랐다. 다시 노트에 들리는 대로 가사를 쓰기 시작했다. 플레이와 정지 버튼을 눌러 가면서 한 음 한 음 가사를 적었다. 다 쓰고 나서 노트를 보고 들으면서 음이 어떻게 이어지는지 표시를 했다. 학창 시절 좋아하던 팝송을 가사 보지 않고 부르고 싶어 노트에 한글로 써 가며 연습했던 것이 생각났다. 그때와 다른 점은 이번엔 언어가 스페인어다. 노래를 따라 부르다 보니 스페인어에도 관심이 생겼다. 도서관에서 관련 책을 빌렸다. 10년 하다 보면 스페인에 여행 가서 인사말 정도와 가벼운 회화는 할 수 있을 듯했다. 다시 배우고 도전하고 싶은 것이 생겼다.

건행 실천을 위해 '걸어 볼까?' 시작했던 것이 마라톤으로, 임영웅 노래를 치고 싶어 문을 두드렸던 피아노 학원을 2년째 다니고 있다. 단순히 그를 그리고 싶다고 시작한 미술로 전시회까지 꿈꾸고 있다. 덕질로 인해 달라진 나의 이야기를 글로 쓰고 있다. 조금 더 우아하게 글로 옮겨 닮고 싶지만 연습이 더 필요하다는 것을 깨닫고 있는 요즘이다. 그래서 이 글을 읽어 주는 독자들이 고맙다. 작년 초등학교 학부모 독서모임에서 『아주 작은 습관의 힘』이라는 책을 읽었다. 작은 습관들이 루틴을 만들고 그 루틴대로 살아가다 보면 어느새 성공한 삶이 된다는 메시지를 담은 책이다. 이전에 자기계발서를 읽을 때마다 나오는 거리가 있는 책이었다. 이미 성공한 사람들의 이야기라 나와 상관없는 일이라고 대충 읽고 넘겼다. 지금은 자기계발서를 읽고 하나씩 실천해 보려고 한다. 그런데 놀라운 일이 벌어지고 있었다. 내가 지금 실천하고 있는 일들이 모두 책 속에 이미 언급되어 있었다. 예를 들면 아침에 일어나 생각나는 노래 한 곡씩을 루틴처럼 들어보자라는 문구가 눈에 띄었다. 아침 운동을 가기 전 루틴처럼 아파트 현관문을 열고 〈모래알갱이〉로 하루를 시작한다. 어떤 날은 운동보다 새벽 분위기에 듣는 그 음악을 듣고자 운동화를 신고 나가는 경우도 있다. 자기계발서를 읽고 실천하는 것을 잘하고 있다며 스스로를 칭찬한다. 실천하지 않은 것들은 해 보려고 노력한다. 진정한 나로 살아가고 싶다. 인생은 내가 누구인지 끊임없이 탐구하는 과정이다. 내가 무엇을 하면서 앞으로 살아갈 것인지를 아는 건 어렵지만 내가 행복해지려면 지금 무엇을 해야 하는지는 조금만 생각해 보면 알 수 있다.

나의 경우는 내가 행복해지려면 가장 먼저 회복해야 하는 것이 건강이었다. 마음이 행복한 것이 먼저가 아니라 건강이 우선이 되어야 마음의 평화도 찾아온다. 우리가 느끼는 감정은 몸이 우선시되었을 때 더 쉽게 조절이 가능하다. 즉 몸이 정신을 지배하는 것이다. 다이어트와 달리기를 통해 건강을 되찾았다. 그 결과 작은 변화 세 가지가 생겼다. 첫째, 짜증이 덜해졌다. 조금만 몸이 힘들면 집안일도 못하고 짜증만 늘었다. 특히 가장 소중한 가족들에게 짜증을 많이 냈다. 몸이 덜 힘드니 짜증이 덜 해졌다. 아이가 말을 안 들어도 화를 참고 억지웃음을 만들 수 있는 체력이 생겼다. 두 번째, 내가 할 수 있는 것들을 찾아 배워 가는 시간이 늘었다. 다른 스포츠에 도전해 볼 것이다. 최근 탁구와 볼링을 시작했다. 세 번째, 무슨 일을 하든 두렵지 않다. 건강을 위해 선택한 운동이 달리기였다. 그 하나로 인해 삶이 많이도 변했다. 가장 큰 변화는 자신감이었다. 늘 나는 할 수 없다고 생각했던 것들이 5km, 10km, 하프, 풀코스 마라톤을 완주하면서 '나도 해낼 수 있는 사람이다.'라는 걸 느꼈다. 주로에서 뛸 때 고통스러운 순간도 잠시, 완주 후의 성취감은 힘든 순간도 미화되어 아름답기 만하다. 마라톤은 그나마 결승점이라도 있지 우리 인생은 결승점이 없지 않은가. 앞으로 얼마의 거리를 더 가야 할지도 모른다. 그 앞에 고통스러운 순간이 얼마나 지속될지도 알 수 없다. 인생의 끝에서 행복한 삶을 살아가기 위해서 현재의 약간의 고통은 감수는 해야 한다. 앞으로 더 큰 고통이 찾아올지도 모르는 일이지만 이제는 두렵지 않다. 마라톤의 결승점에서 고통이 아름다운 순간이 되듯 인생의 끝, 고통도 노력도 아름다운 순간이 되도록 만들어 가야 한다.

덕질로 인해 세상 밖으로 나올 용기를 얻었다. 코로나로 지치고 건강도 잃고 사람 사이의 작은 상처로 인해 마음도 다쳤다. 깜깜한 동굴 속에 혼자 지냈던 내가 밖으로 한 걸음을 옮겼다. 밖은 아직 밤이었지만 하늘에 별이 반짝 빛났다. 유독 밝게 빛나는 별 하나를 발견한다. 은은한 빛에 매혹되어 용기를 내어 한 발짝씩 더 나아가 본다. 해가 뜨기 시작하고 세상이 곧 밝아지고 숨겨뒀던 아름다운 모습들을 보여 준다. 새싹이 자라고 꽃이 피고 벌과 나비가 날아다닌다. 새들이 아름답게 지저귄다. 내 마음도 단단해지고 자연과 함께하니 건강해지고 튼튼해졌다. 자연이 변하듯 시간도 지나간다. 순간을 놓치고 싶지 않아 이리저리 살펴본다. 사람들이 보인다. 머뭇거리면서 다가간다. 용기 내어 말도 먼저 걸어 본다. 주변의 모든 것이 소중하다. 마음이 향하는 곳으로 더듬더듬 나아가는 중이다. 지금 힘든 사람들이 있다면 이렇게 말해 주고 싶다.

지금 당신의 마음속에 임영웅이 필요한 시점입니다. 무언가를 마음속에 깊이 품어 보세요. 자신이 좋아하는 무언가가 있을 때 삶은 살고 싶은 것입니다. 마음 다해 좋아하는 것이 생기길 바랍니다. 사랑하세요. 순간을 사랑하며 사세요. 인생의 주인공이 되어 살아가세요. 내 인생의 덕후가 되어 보세요. 자신감 있는 인생을 살아가세요. 눈치 보지 마세요. 좋아할 수 있는 마음을 숨기지 마세요. 하고 싶은 것을 참지 말고 멋지게 하면서 살아가세요. 앞으로 더 찬란해질 당신의 인생을 응원합니다.

마치는 글

드넓은 우주에 있는 별들은 빛의 속도로 몇 백 년을 달려야만 평생에 한 번은 만날 수 있을까 싶은 엄청난 거리만큼 떨어져 있었다. 그들은 서로 다른 환경에서 서로 다른 방식으로 홀로 태어나고 살아가고 또 죽어갔다. 그렇게 혼자서 몇 천만 년을 살아온 별들, 그런 별들이 마침내 하나의 선으로 이어지게 된다. 사람, 사람들은 인생을 혼자 살 수 없다고 믿었고 그러한 마음을 별들에게 투영하듯 그들은 별을 이어서 의미를 만들었다. 이야기를 만들었다. 하나하나 떨어져 있던 별들에게 의미를 만들었다. 산산이 조각나 있던 시절 나에게 영웅시대가 선을 그어 준 것처럼 오늘 나는 그들에게 또 하나의 의미가 되고자한다.

영화 <아임 히어로 더 스타디움> 중

산산이 조각나 있던 나에게 임영웅은 선을 그어 줬다. 나라는 별이 세상에 나가 다른 별들과 만나 이야기를 듣고 의미를 만들라고 등 떠밀어 줬다. 내 인생은 아직 하나의 완성된 선으로 완성되지 못했다. 지금도 선을 만들어 가고 있다. 인생은 여러 선들이 만나 결국 나만의 우주를 만들어 가는 것이다. 영웅시대에게 살아갈 의미를 부여해 주는 가수가 있기에 우리 각각의 삶도 빛이 난다. 삶을 이끌어 주는 믿음직한 누군가가 있기에 세상 무서울 것이 없이 과감하게 용기 내본다. 도전해 본다. 계속 살아갈 힘을 주는 누군가 덕분에 뭔가를 시작한다. 끊임없이 도전한다.

임영웅의 영화 〈아임 히어로 더 스타디움〉이 개봉했다. 이번 영화는 아이맥스로 상영이 된다. 전용 영화관이 있는 용산과 영등포를 종횡무진 누비고 다녀야 한다. 그의 영화 개봉에 맞춰 IM HERO FESTA 이벤트가 열린다. 9월 한 달 남산 타워를 시작으로 용산 아이파크 광장과 왕십리에서 열리는 이벤트에 가야 한다. 10월에는 대전에서 그가 광고하는 은행 후원 축구대회도 열린다. 기회가 주어진다면 놓치고 싶지 않다. 쉴 틈을 주지 않는다. 그는 팬들에게 계속해서 건강을 외친다. 건강하게 계속 쫓아다닐 것이다. 일상에서 벗어나 모험을 계속할 것이다. 축제의 현장에 다녀오면 그곳에서 만난 사람들에게 에너지를 얻고 돌아온다. 그 에너지로 하루를 살아가고 한 달을 살아가는 힘을 얻는다.

두 팀이 그라운드에 섰다. 승부를 예측하기도 하지만 예측일 뿐, 승패는 알 수 없다. 더군다나 축구공은 둥글다. 어디로 갈지 모른다. 기회는 모든 선수들에게 공평하게 주어진다. 누가 잡느냐, 어떤 기술이 먹히느냐, 성공하느냐에 따라 오늘 경기에서 주인공이 된다. 평상시 노력도 중요하지만 이때만큼은 우주의 기운도 필요하다. 항상 노력하고 준비하고 있으면 기회와 운은 따라 준다. 끝까지 시선을 공에서 놓지 않으면 된다.

〈뭉쳐야 찬다〉 TV 프로그램에 2주 분량으로 오래간만에 그가 얼굴을 비췄다. 임영웅이 리턴즈 FC라는 이름으로 축구 구단을 만들었다. 현재 다양한 직업에 종사하고 있는 리턴즈 FC멤버들, 그들은 모두 축구 국가대표를 꿈꿨던 사람들이다. 임영웅도 마찬가지다. 초등학교 때까지 축구선수를 꿈꿨다. 나는 그가 노래를 불러 줘서, 가수가 되어 줘서 고마울 뿐이다. 그들이 뭉쳐 어렸을 적 못 이뤘던 꿈을 다시 이뤄 나가고 있다. 프로그램에서 첫 주는 미니 게임 형식으로 진행되었다. 두 번째 주는 전반, 중반, 후반 30분씩 총 90분 경기로 뭉쳐야 찬다 팀과 리턴즈 FC팀의 대결이 이뤄졌다. 결과는 4:0으로 리턴즈 팀이 승리했다.

축구경기를 보는 내내 골을 향해 열심히 달리는 임영웅의 모습을 지켜봤다. 구단주, 팀의 리더답게 팀원들에게 응원과 격려를 보내 줬다. 팀원들의 경기력이 저조할 땐 모진 말도 툭툭 내뱉으며 속상해하고 안타까워하기도 했다. 순간 내가 축구선수를 좋아하는지 가수를 좋아하는지 의문이 들 정도였다. 그는 축구에 진심으로 빠져 진정 프로그램을 즐기면서 90분 동안 그라운드를 뛰어다녔다. 그 정도로 축구를 잘하는 줄 몰랐다. 정확한 패스, 화려한 발재간, 집중해 공을 쫓아가는 눈빛을 봤다. 그는 무슨 일을 해도 성공할 수 있을 것이다는 생각을 했다. 결국 3번째 골의 주인공으로 멋진 골 세리모니도 선사했다. 팬들에게 멋진 모습을 보여 주고 싶은 마음에 부담도 있었을 것이다. 그 부담을 이겨 내고 골을 넣어 주니 고맙기만 한 순간이었다. 〈뭉쳐야 찬다〉를 보면서 음악도 축구도 어떤 일이든 즐기면서 노력하는 자는 이길 수가 없다는 것을 다시금 깨달았다.

글을 마치면서 내가 쓴 글을 살펴보니 지금까지의 내 인생을 소신을 가지고 내 의지대로 살아가지 못했다. 대학교 전공을 선택할 때도 직장을 가질 때도 사회의 트렌드에 영향을 받았다. 주체적이지 못한 삶을 살았다. 결혼을 했다. 남들이 다 하는 시기에 내가 선택한 남자와의 결혼이었지만 막상 생활에 부딪히니 사소한 것도 다툼이 되었다. 결혼 생활과 육아를 하면서 부정적인 마음만 키웠다. 삶 자체를 즐기기는커녕 남과 비교하고 자책했던 삶이었다. 내 인생을 송두리째 빼앗겼다고만 생각했다. 매 순간이 불행이었고 우울이었다. 그 순간을 즐겼다면 지금은 달라졌을까? 지금 더 나은 삶을 살고 있었을까? 과거는 바꿀 수 없다는 것을 안다. 처음부터 내 인생에 내가 빠져 있었다. 결혼 후 힘든 시기를 돌이켜보면 인생의 전환기 어디쯤이었던 거 같다. 잃어 간 나를 다시 찾는 여행을 하라며 잠시 쉬었다가는 순간이었다. 몸 안 에너지를 축적하고 있었다. 덕질로 인해 에너지에 불이 켜졌다. 주춤했던 40대 중반 다시 빛을 얻었다. 누군가를 좋아하는 마음이 커질수록 나를 더 아끼는 마음이 커졌다. 누군가 무언가를 사랑하게 되니 나의 존재의 소중함을 알아가게 되었다. 나도 이 세상에 무언가를 하기 위해 태어난 사람이구나. 비로소 한 사람의 가치를 알게 된 것이다.

40대는 20대처럼 젊지도 30대처럼 막연한 불안감이 앞서지는 않는다. 오히려 마음의 여유가 있는 시기다. 자신을 돌아볼 수 있고 사회의 유행보다 내면에 더 귀를 기울일 수 있는 시기이다. 그 전환기에 인생의 멘토가 되어 줄 대상을 만났다. 그것이 동기가 되어 현재 인생 의미 찾기가 진행중이다. 힘들었던 시기의 고민과 살고자 했던 투지들이 이 책을 쓰게 해 주었기에 고맙다. 예전에 나를 알던 지인들은 갓생을 사는 현재 나의 모습을 보고 놀란다. 과거의 나를 몰랐던 사람들은 현재 나의 삶의 에너지를 보고 놀라기도 한다. 이 책은 한마디로 덕질로 인해 한 인간의 모든 삶이 변한 이야기, 40대 삶의 의미와 목적을 잃어버린 주부가 다시 나를 찾아가고 사랑하게 된 이야기이다. 나처럼 삶의 의미를 잃어버리고 살아가는 40대 주부들에게 3가지 메시지를 전하고자 한다.

1. 작은 일부터 시작하자

내 나이 50이 되면 아이가 어느 정도 자라니 그때 피아노 치는 것을 배워야지! 내 나이 55세가 되면 지금부터 적금을 부지런히 넣어 스페인으로 혼자 여행도 해 봐야지! 내 나이 60이 되면 커피숍을 하나 차려 나와 마음 맞는 사람들과 좋은 시간을 가져 봐야지! 내 나이 70이 되면… 항상 기준을 잡아 놓고 먼 미래의 계획만 세웠다. 현재 아무것도 하지 않은 채 미래만 꿈꿨다. 내 나이 몇 살이 되면, 그런 건 없다. 그때 가서 시작하려면 그때 상황 때문에 결국은 죽기 전까지 이룰 수 없는 것이 된다. 체력이 될 때, 기회가 될 때, 지금 하고자 하는 일이 있으면 무조건 시작한다. 주춤해도 괜찮다. 실패해도 괜찮다. 넘어지면 다시 일어난다. 처음부터 "작심 삼 일이면 끝날 거 같아, 지속하지 못할 거 같아."라는 마음을 먹지 않는다. 안되면 될 때까지 천천히 꾸준히 뭐든지 한다. 하고 싶은 일을 미루지 말고 일단 작은 일부터 시작한다. 언젠가는 멋진 도전을 하고 있는 자신의 미래의 모습과 마주하게 될 것이다.

2. 나에게 투자하자

아이들 학원비는 매달 20~30만 원씩 결제한다. 자기계발에 들어가는 돈은 아까워하는 것이 주부들의 현실 모습이다. 매달 책 한 권 사는 것도 돈이 아까워 선뜻 사지 못한다. 아이들 문제집과 읽어야 할 필독서는 과감히 전집으로 구매한다. 나에게 쓰는 돈과 시간을 눈치 보지 않는다. 나에게 투자하는 돈을 아까워하지 않는다. 공연, 뮤지컬, 연극, 전시회 등 보고 싶은 것, 가고 싶은 곳, 하고 싶은 것을 한번 해 본다. 그곳에서 또 다른 만남과 인생의 길을 찾을 수 있다. 자신이 진정 원하는 것이 무엇인지 어떤 삶을 앞으로 살아갈지에 대한 정답도 찾을 수 있다. 세상은 나, 가족, 내가 사는 동네가 끝이 아니다. 나의 경계를 넓혀간다. 가만히 있지 말고 어디든지 찾아가 배운다. 주변 눈치 따윈 그냥 눈 감아버린다.

3. 나 자신을 사랑하자

나처럼 방황의 시기를 겪고 있는 40대 주부들에게 꼭 해 주고 싶은 말이다. 자식들은 점점 나이가 들어 필요한 엄마의 손길이 줄어든다. 지금 시대의 40대는 자식만 바라보고 사는 시대도 아니다. 부모님과 어른들에게 효를 강요받았지만 자식에게는 강요할 수 없는 세대이다. 나에게 가장 필요한 것은 인생에서 가장 소중한 사람은 바로 나라는 것을 아는 것이다.

누가 보면 매정하다고 할 수도 있다. 부모로서 자식이 소중해야 하는 것이 아니냐며 반문할 수도 있다. 하지만 내가 아프고 내가 불행하면 자식인들 무슨 소용 있으랴. 덕질로 인해 다시 시들어 가던 심장이 뛰기 시작했다. 내가 좋아하는 음악을 듣고 가수를 보러 다니고 하고 싶은 것들을 하나씩 하니 나를 알아가게 되었다. 그때부터 제 2의 인생이 시작되었다. 결국 이 여정의 시작을 돌이켜보고 이름을 지어 보니 '나로 향하는 여행'이 되었다. 내가 좋아 하는 것, 내가 하고자 했던 것, 내가 하고 싶은 일들을 하나씩 도전하기 시작했다. 혼자가 힘이 들 때는 주변의 도움도 주저하지 않았다. 절실히 간절히 뭔가를 하고 싶다고 생각하니 모든 상황들이 나에게 들어맞았던 순간들이 온다. 가족을 위해 희생하고 자기 삶과 꿈도 버리는 시대는 끝났다. 나를 먼저 사랑하기 시작하면 주변은 자연스럽게 변화된다. 세상을 내 중심으로 만들어 간다. 내가 세상의 중심이 되어라는 말을 꼭 전하고 싶다.

    40대 위기의 순간, 분기점을 하나 넘겼다. 삶이 위태롭기만 하고 이대로 반복되는 생활에 지겨워진 순간이었다. 코로나로 인해 삶과 죽음에 대해서도 깊이 생각했다. 그 순간을 넘기고 보니 긴 겨울잠을 자고 일어난 듯하다. 깨어 보니 나만 제외하고 세상은 빠르게 돌아가고 있다. 한 발짝씩 나아가 본다. 갑자기 자다 일어난 내가 달라지니 처음엔 모든 상황들을 받아들이지 못했던 가족들, 이제는 슬슬 덕질하는 엄마와 아내를 이해해 주는 남편과 딸에게도 고맙다. 신랑은 이제 익숙해져서 내가 하는 행동들에 잔소리 조금하고 내버려 둔다. 딸은 아이돌 덕질을 시작하면서 엄마를 이해하기 시작했다. 임영웅은 말한다. 영웅시대가 있기에 자신이 존재한다고. 나는 말한다. 임영웅이 있기에 내 인생이 존재한다고. 빛나게 해 줘서 고맙다고 전하고 싶다. 앞으로의 추억들도 곱게 글로 담아 두 번째 에세이를 기약해 본다. 그가 만드는 우주 속에서 찬란하게 빛나는 별로 영원하고 싶다. 지금의 찬란한 순간을 즐기면서 살자. 매일매일이 찬란한 순간이다. 내 인생을 사랑한다. 온 마음을 다해 나를 사랑한다.